Horst Schawohl

„Das ist der einzige Grund,
warum Sie so mit uns reden dürfen ..."

Kommunikation als
motivationaler Faktor für die Arbeit
mit gewaltbereiten Jugendlichen

2013
Mönchengladbach
Forum Verlag Godesberg

Bibliographische Information der Deutschen Nationalbibliothek

Die Deutsche Nationalbibliothek verzeichnet diese Publikation in der Deutschen Nationalbibliographie: detailierte bibliografische Daten sind im Internet über http://dnb.d-nb.de abrufbar.

© Forum Verlag Godesberg GmbH, Mönchengladbach
Alle Rechte vorbehalten
Mönchengladbach 2013
Coverdesign: Steffen Bärenfänger, Hamburg
Gesamtherstellung: BoD - Books on Demand GmbH, Norderstedt
Printed in Germany
ISBN 978-3-942865-07-4

Inhalt

3

Vorwort

Die Behandlung von Gewalttätern ist ein schwieriges Geschäft, denn es steht viel auf dem Spiel. Misslingt sie, bekommen Opfer das zu spüren. Gelingt sie, werden Krankenhausaufenthalte und Traumatisierungen vermieden. Letzteres ist der Anspruch des Sozialpädagogen Dr. phil. Horst Schawohl. Schawohl hat langjährige Erfahrungen in der Behandlung von Gewalttätern im ambulanten und im stationären Bereich. Er weiß, wovon er spricht, theoretisch und praktisch.

Seine Probanden erhalten richterliche Behandlungsauflagen oder werden im Strafvollzug trainiert, Alternativen zur Gewalt zu erlernen. Bei seinen Wiederholungstätern haben die Gerichte damit Abstand vom Freiwilligkeitsgebot genommen. Sie haben stattdessen über den § 10 JGG Weisungen und Auflagen zur Behandlung erteilt. Schawohls Probanden werden somit zur Behandlung gerichtlich gezwungen. Sie sind zunächst nicht intrinsisch motiviert. Ihre Gefährlichkeit erlaubt es aber auch nicht abzuwarten, bis sie möglicherweise freiwillig zu einer intrinsischen Motivation gelangen. Bei Gewalttätern auf Behandlungsfreiwilligkeit zu setzen heißt, Opfer billigend in Kauf zu nehmen. Leider! Nur: Behandlung wider Willen ist kein Erfolg versprechendes Konzept. Ein offensichtliches Dilemma!

Exakt diesem Dilemma stellt sich Schawohl mit dem vorgelegten Buch auf eine Art und Weise, die weit über den Bereich der Gewalttäter-Behandlung hinausgeht. Er fragt, wie man Delinquente vom Behandlungszwang zur Freiwilligkeit motivieren kann. Sein Buch beschreibt – fachlich gesprochen – die Möglichkeiten des Wandels von der primären zur sekundären Behandlungsmotivation, basierend auf einer qualitativen Befragung von Betroffenen.

Eines wird dabei deutlich: wer in diesem schwierigen Arbeitskontext erfolgreich motivieren möchte, muss seine Probanden wertschätzen, mit Herz bei ihnen sein, an sie glauben, trotz ihrer zum Teil erschütternden Taten. Gewalttäter verstehen, aber nicht mit ihren Taten einverstanden sein, wird so zum Leitprinzip der Arbeit. Schawohl zeichnet dabei ein Professionalitätsverständnis, das den Probanden nie aufgibt und ihm immer und immer wieder eine Chance gibt, bis dieser selbst anfängt daran zu glauben, dass Veränderungen möglich und sinnvoll sind. Spätestens an diesem Punkt beginnt der angestrebte Wandel vom Zwang zur Behandlungs-Freiwilligkeit. Wer für diesen Prozess ein Gespür entwickeln möchte oder beruflich entwickeln muss, ist mit dem vorliegenden Buch bestens bedient.

Schawohl überzeugt in seiner sozialpädagogischen Arbeit durch langen Atem, Nachhaltig- und Glaubwürdigkeit. In seinem Handeln ist Nohls ‚pädagogischer Bezug' zu spüren: für die LeserInnen und für die Probanden. Allein das macht dieses Fachbuch lesenswert!

Hamburg, im Oktober 2012

Prof.Dr.phil. Jens Weidner
Erziehungswissenschaftler & Kriminologe
an der Fakultät Wirtschaft & Soziales
der Hochschule für Angewandte Wissenschaften Hamburg

Einleitendes

Jugend und Gewalt; Jugend und Kriminalität; Jugendgewalt und Jugendkriminalität – allesamt Phänomene mit dauerhafter medialer Präsenz. Im Wesentlichen wird der Fokus auf die Jugendgewalt gerichtet, vor allem wenn diese Fokussierung im Kontext von Körperverletzungs- sowie Raub- und Erpressungsdelikten erfolgt. Dabei generiert die massenmediale Berichterstattung den Effekt, dass „insbesondere physische Gewaltanwendung gegen Personen deutlich überrepräsentiert [ist]"[1]. Wenig bis gar nichts wird dadurch zum Guten befördert – eher wird ein Dilemmata festgeschrieben: „Die von den Printmedien, Fernsehen und Rundfunk mitproduzierte öffentliche Meinung setz[t] Politiker wie Praktiker unter einen ständigen Erklärungs-, Legitimations- und Handlungsdruck"[2], so dass bei der phänomenalen Betrachtung der Thematiken Jugendgewalt und Jugendkriminalität – „eine sprachliche Kampfformel"[3] – sowie der damit konnotierten Begleiterscheinungen zu Recht der Hinweis auf die Schwierigkeit in diesem diskursiven Geflecht erfolgt, „objektive Einschätzungen zu einem real nur selten beobachteten Phänomen abzugeben"[4]. Viel mehr potenzieren die Medien lediglich den Eindruck einer Zunahme – gleichsam einer Omnipräsenz ; allerdings handele es sich hierbei „eher um einen im Laufe des 20. Jahrhunderts und noch deutlicher in den letzten Jahren medial populär gewordenen Kunstgriff als um ein eigenständiges Phänomen"[5]. Schon Mitte der sechziger Jahre des vorherigen Jahrhunderts

---

[1] Dollinger/Schmidt-Semisch 2010, S. 11

[2] Colla 2007, S. 34

[3] Dollinger 2010, S. 12f

[4] Steiner 2011, S. 7

[5] Streit 2010, S. 35f

lautete eine Fragestellung: „Steigt die Jugendkriminalität wirklich? Bereits 1965 erschien eine Studie [...] unter diesem Titel. Die Ergebnisse sind spektakulär, und zwar gerade deswegen, weil sie es im Grunde nicht sind. Sie reduzieren nämlich das wieder und wieder berufene ‚explosive' Ansteigen der Jugendkriminalität auf seine ganz und gar unspektakulären wahren Dimensionen"[6] – soweit der pragmatische Lakonismus der damaligen Darstellung.

Jahrzehnte später wird festgehalten, „seit Anfang der 1990er Jahre steht das Thema ‚Jugendgewalt' im Mittelpunkt der Aufmerksamkeit – vor allem der Massenmedien, der Pädagogik, der Rechtspolitik und nicht zuletzt der Kriminologie bzw. der Sozialwissenschaften. Ständige Schreckensmeldungen über Gewalttaten von jungen Menschen [...] und scheinbar unaufhörlich steigende Kriminalitätsraten, insbesondere im Bereich der Gewaltdelinquenz, vermitteln in den letzten Jahren den Eindruck, als sei die Jugend das zentrale Problem der inneren Sicherheit in Deutschland"[7] – soweit die kontinuierliche Fortschreibung dieses Phänomens.

---

[6] Albrecht/Lamnek 1979, S. 9
[7] Leutner 2010, S. 9

Hinsichtlich der Delikte Körperverletzung sowie Raub u.ä., weist die Polizeiliche Kriminalstatistik des Jahres 2011 nachfolgend aufgeführte Zahlen aus[8]:

Gefährliche und schwere Körperverletzung	139 091 vs. 142 903
Raubdelikte	48 021 vs. 48 166
Tatverdächtige Jugendliche (14 – 18 Jahre)	214 736 vs. 231 543
Tatverdächtige Heranwachsende (18 – 21 Jahre)	204 491 vs. 216 764

Obwohl die Angaben im Bereich Gewaltkriminalität, wozu gefährliche sowie schwere Körperverletzung, Raub und räuberische Erpressung zählen, insgesamt einen Rückgang um 2,1% gegenüber dem Vorjahr ausweisen, sind die Zahlen im Vergleich doch beeindruckend.

Ein Handlungsbedarf ist somit nicht zu leugnen. Daher sei hier eine Möglichkeit, die sich als geeignete Reaktion und zugleich als sinnvolle Präventionsmaßnahme für die Arbeit mit dieser Klientel erwiesen hat, dargestellt.

[8] Bundesministerium des Innern (BMI) 2012

Annäherndes und Konkretisierendes

Seit Mitte der 1980er Jahre steht der sozialpädagogischen Arbeit bezogen auf eine eng umschriebene Klientel eine neue und – und aus heutiger Sicht zugleich wirksame – Methodik zur Verfügung: Für die Arbeit mit gewaltbereiten sowie gewalttätigen Jugendlichen eröffnet die Konfrontative Methodik geeignete Zugangsmöglichkeiten, um begonnene und/oder verfestigte kriminelle Karrieren zu beenden oder zumindest hinsichtlich der Wirkungsintensität abzuschwächen[9]. Eine Anwendungsform der Konfrontativen Methode erfolgt in der Praxis durch das Anti- Aggressivitäts-Training® (AAT®)[10].

In der Regel handelt es sich bei der an einem AAT teilnehmenden Klientel um junge Menschen im Alter von 16 bis 21 Jahren. Für die jüngeren Klienten ist die Teilnahme an einem Coolness-Training® (CT) eher geeignet, da diese Maßnahme primär im Bereich der Jugendhilfe umgesetzt werden kann, wohingegen das AAT nahezu ausschließlich der tertiären und seltener der sekundären Präventionsstufe zuzuordnen ist. Die vom Verfasser in bisher 75 AAT- beziehungsweise CT-Kursen betreuten Jugendlichen und jungen Heranwachsenden rekrutierten sich überwiegend aus dem Bereich jener Straftäter, die – zum Teil wiederholt – durch Delikte wie Körperverletzung, gefährliche Körperverletzung, schwere Körperverletzung, Raub, räuberische Erpressung sowie versuchte oder vollendete Tötungsdelikte aufgefallen und deswegen entsprechend verurteilt worden sind; die Gruppe der zuletzt genannten Personen hat das Training als stationäre Maßnahme innerhalb eines Spektrums von Angeboten in einer Justizvollzugsanstalt absolviert. Unter Bezugnahme

---

[9] vgl. Weidner/Kilb 2011; vgl. Schawohl 2012, S. 70 ff.

[10] vgl. Weidner/Kilb/Jehn 2010

auf die im ambulanten Bereich stattfindenden AAT-Kurse handelt es sich nicht selten um die als Intensivtäter bezeichneten jungen Menschen, also jene „Untergruppe der (polizeilich bekannten) Tatverdächtigen, die eine große Anzahl polizeilicher Registrierungen aufweisen"[11]. Genauer: Die Teilnehmer eines Anti-Aggressivitäts-Trainings gelten nahezu allesamt als gewaltbereit und/oder gewalttätig, gleichsam „offensiv-sozial orientierte Gewalttäter"[12]. Ein nicht undramatisch klingendes, allerdings in seinem Tenor gar nicht so untypisch anmutendes, zugrunde liegendes Urteil eines AAT-Teilnehmers lautet folgendermaßen: „Der Angeklagte ist des Raubes, der räuberischen Erpressung in Tateinheit mit gefährlicher Körperverletzung, der Körperverletzung in fünf Fällen, davon in zwei Fällen in Tateinheit mit Bedrohung, in zwei Fällen in Tateinheit mit Beleidigung und in drei Fällen in Tateinheit mit Widerstand gegen Vollstreckungsbeamte, der gefährlichen Körperverletzung in Tateinheit mit Sachbeschädigung und Bedrohung, des Diebstahls, der Bedrohung und der Beleidigung in drei Fällen, davon in zwei Fällen in Tateinheit mit Widerstand gegen Vollstreckungsbeamte und in einem Fall mit Bedrohung schuldig"[13] – „der Gewalttatbestand dominiert mit 88% [...] bei den AAT-Absolventen"[14], lässt sich somit nachvollziehbar konstatieren. Und nach Ansicht des Verfassers sollte eine wiederholte Straftätigkeit der hier betrachteten Deliktqualität nicht aufgrund juristischer Rabulistik – dies gilt vor allem für die strafverteidigende Seite – euphemistisch bagatellisiert werden[15]. Vielmehr scheint der pragmatisch

[11] Naplava 2010, S. 294

[12] Sitzer 2009, S. 186

[13] Schawohl 2009, S. 143

[14] Kilb/Weidner 2010, S. 89

[15] vgl. Rückert 2011, S. 10 ff.

bewertende Blick angebrachter und angemessener, der es zur Stärkung des Rechtsbewusstseins der Allgemeinheit für erforderlich hält, „die Normgeltung durch Ausspruch eines Unwerturteils und Zufügung eines Übels zu bestätigen"[16], und in diesem Zusammenhang sind weitere Punkte gleichsam als Desiderat anzufügen: Grenzsetzungen müssen transparent benannt werden und sollten nachvollziehbar sein; Grenzübertretungen, vor allem die wiederholten, müssen Konsequenzen nach sich ziehen.

„Es kommt also nicht nur darauf an, dass Jugendliche Normen kennen, sondern sie müssen auch bestimmte Reaktionen auf Normbrüche erwarten, damit für sie Normsicherheit entsteht"[17]. Eine mögliche Konsequenz könnte die Teilnahme an einem AAT sein. Hier sei auf das Ergebnis eines Arbeitskreises des 28. Deutschen Jugendgerichtstages verwiesen, welches das Potential ambulanter Maßnahmen hervorhebt, da als unbestritten angenommen wird, dass jene auch in spezialpräventiver Hinsicht als überlegene Reaktionsform gegenüber den freiheitsentziehenden Maßnahmen gelten[18]. Auch dieser Aspekt ist für das AAT relevant. Bei gelingender Umsetzung gehen damit zudem eine präventive sowie eine gesellschaftsintegrierende Komponente einher.

Der Verfasser hat sich mehrfach über die Geeignetheit dieser Methodik geäußert[19]. Mit Verweis auf die im Verlauf ausführlicher umrissene Klientel sei an dieser Stelle auf einen generellen Bedeutungspunkt hingewiesen: „Die allgemeinen Ziele einer Konfrontativen Pädagogik gehen [...] weit über das bisherige AAT-Curriculum hinaus und

---

[16] Kurzberg 2009, S. 25

[17] Robertz/Wickenhäuser 2010, S. 229

[18] Ulrich 2010, S. 16

[19] vgl. Schawohl 2011, S. 182 ff.; vgl. Schawohl 2009

zielen auf Aspekte wie eine autonome Handlungsfähigkeit und die Befähigung zur selbst bestimmten Lebensführung, die Selbstregulation als Selbsthilfe- und als Grundlage für Selbstorganisationsfähigkeit, die Unterstützungsmaßnahmen durch lebensweltliche Ressourcen. Die im Curriculum integrierten Aspekte sind zunächst einmal rein operative Handlungsziele"[20].

Gleichwohl wird das Anti-Aggressivitäts-Training von Beginn an seitens eines interdisziplinär ausgerichteten Forums fachlich-kritisch[21], vereinzelt ignorant-polemisch[22], zudem ignorant-kontrafaktisch[23], begleitet – allerdings ohne dabei die nachfolgend genannten Evaluationsergebnisse widerlegen zu können. Die festgelegten Qualitätsstandards sowie ein jeweils für einen Trainingskurs zugrunde liegendes Curriculum[24] implizieren „eine hohe fachliche Qualifikation der Trainer, die fortwährende wissenschaftliche Begleitung und Fortentwicklung der Methode"[25] und die Überprüfbarkeit hinsichtlich der positiven Wirkungsfaktoren, die das praktische Gelingen begünstigen[26].

[20] Kilb 2011, S. 39

[21] Leutner 2010; Hörmann/Trapper 2007

[22] Rzepka 2004, S. 126ff.; Kunstreich 2000, S. 35ff.

[23] Plewig 2010, S. 427 ff.

[24] Schawohl 2012, S. 70 ff.

[25] Hein 2011, S. 69

[26] vgl. Schneider 2010, S. 7 f.

Trainingsstandards und Evaluationen

Sowohl das AAT als auch das CT lassen sich der sogenannten Konfrontativen Pädagogik zuschreiben – diese
Ansätze „artikulieren sich einerseits in einer klar grenz-
ziehenden und intervenierenden Haltung bei Regelverletzungen, andererseits in Form curricularer Programm-
angebote wie etwa dem Antiaggressivitäts- und dem
Coolnesstraining"[27]. Die vom Institut für Sozialarbeit und
Sozialpädagogik (ISS) in Frankfurt und vom Institut für
Konfrontative Pädagogik (IKD) in Hamburg verbindlich
festgelegten Rahmenbedingungen gestalten sich wie
folgt[28]:

- Die Zielgruppe umfasst grundsätzlich jene Menschen, die wiederholt Straftaten im Bereich Körperverletzung und/oder Raub oder ähnliche Delikte begangen haben;
- die Dauer des Trainings liegt bei etwa einem halben
  Jahr mit einem feststehenden Termin pro Woche, der
  ca. drei Zeitstunden beträgt;
- die teilnehmenden Personen müssen dem Training
  inhaltlich sowie sprachlich folgen können;
- das Training gliedert sich in die Phasen:
  1. Integration
  2. Konfrontation
  3. Coolness- oder Kompetenzphase
  4. Reflexion.
- Ein halbes Jahr nach dem Ende des Trainings werden
  die Absolventen zu einem Nachtreffen eingeladen;

---

[27] Kilb 2011, S. 60
[28] Weidner 2011, S. 101/102; Schawohl 2009

- den Teilnehmern soll möglichst während der Phase der Integration der Schritt von der sekundären zur primären Behandlungsmotivation gelingen;
- das AAT-Team sollte geschlechtsheterogen sein und idealtypisch aus drei bis vier Personen bestehen. Von der Gruppenleitung wird ein abgeschlossenes Hochschulstudium im Bereich Erziehungswissenschaft, Sozialwissenschaft, Psychologie, Soziologie oder Kriminologie erwartet. Zudem ist für die Gruppenleitung eine qualifizierte Zusatzausbildung zur/zum Trainerin/Trainer für den Bereich AAT/CT erforderlich;
- ehemalige AAT/CT-Absolventen können bei entsprechender Eignung als Tutoren das Trainerteam unterstützen;
- Grundlage für das Training ist ein optimistisches Menschenbild: Akzeptanz der teilnehmenden Personen, Ablehnung der Gewaltbereitschaft sowie der Gewalttätigkeit;
- es gilt ein non-touch-Gebot: Teilnehmer werden beim AAT ausdrücklich nicht berührt. Darauf weisen das ISS und das IKD hin. Bei Verstößen gegen diese Vorgabe erfolgt durch die genannten Institute der Entzug der Lizenz, so dass eine weitere qualifizierte Durchführung von Trainings nicht stattfinden kann;
- Ausschlusskriterien: Personen mit Suizidgefährdung, Personen mit Traumatisierungen, Personen, die vordergründig alkohol- oder anderweitig drogenabhängig sind, Mitglieder der organisierten Kriminalität, Personen, die ausschließlich Sexualstraftaten begangen haben, sind für dieses Training nicht geeignet.

In dem 1987 von Weidner maßgeblich konzipierten und begründeten delikt- sowie defizitspezifischen AAT „werden [heute] über 1500 Intensivtäter pro Jahr in Deutschland, der Schweiz, Österreich und in Kürze auch Luxemburg behandelt"[29].

Diese Verbreitung mag neben der die Klienten ansprechenden und anschließend genauer skizzierten Art der Kommunikation den umfassenden Evaluationsergebnissen der vergangenen Jahre geschuldet sein, die sich explizit mit dem Anti-Aggressivitäts-Training befasst haben und unter anderem folgende Resultate benennen:

- Ressourcen werden aktiviert und es gelingt eine Erweiterung des Handlungsrepertoires[30];
- das AAT wirkt reflexionsfördernd und gewalthemmend[31];
- die nach außen gerichtete Aggressivität wird abgebaut[32];
- in betreuten Einrichtungen ist eine Reduzierung der Gewalttätigkeiten festzustellen[33];
- etwa zwei Drittel der AAT-Absolventen, die an evaluierten Kursen teilgenommen haben, sind nicht einschlägig, das andere Drittel lediglich deliktschwächer rückfällig geworden[34].

Kurzum: Die Wirksamkeit dieses spezifischen Trainings für eine eng umschriebene Klientel ist hinreichend belegt.

[29] Weidner 2011, S. 85

[30] Schawohl 2009

[31] Feuerhelm/Eggert 2007

[32] Schanzenbächer 2003

[33] Kilb/Weidner 2010

[34] Ohlemacher et al. 2010

Kommunikation:
Das Herzstück der Konfrontativen Pädagogik

Das Anti-Aggressivitäts-Training favorisiert das gesprochene Wort: „Mit Klartext und Empathie, mit Nachdruck und Emphase. Das verlangt vom TrainerInnenteam unter anderem: Mit Aufmerksamkeit und Geduld hinzuhören und zuzuhören und daraus resultierend (zu)treffende Fragen zu stellen [...]"[35]. Den Teilnehmern wird zu Beginn des Trainings versichert, dass sie nicht auf die von ihnen begangenen Straftaten reduziert werden. Das bedeutet für die praktische Umsetzung: Weder wird das deviant-delinquente Verhaltensrepertoire der Klientel negiert noch werden vorhandene, möglicherweise lediglich allzu lange ungenutzt gebliebene, Ressourcen ignoriert, deren Aktivierung gerade dadurch gelingen kann, dass die Auseinandersetzung mit der eigenen Person erfolgt. Das AAT-Team berücksichtigt die Idee, wonach es nicht darum geht, „moralisch oder psychisch gestörte Persönlichkeiten zu rehabilitieren, vielmehr sollen die jungen Menschen habilitiert werden, d.h. sie sollen zu dem befähigt werden, was in ihnen angelegt ist, was aber durch das Vorenthalten der ‚equality of opportunity' und als 'ghetto poor' mit gesellschaftlich zugemuteter und individuell erfahrener Ohnmacht nicht entfaltet werden konnte"[36].

Um vorhandene Ressourcen aktivieren und prospektive Aussichten generieren zu können, ist vom AAT-Team ein über das eigentliche Training hinausgehendes Engagement erforderlich, damit individuell-bedeutsame Themen erkannt und angesprochen werden können, um den Teilnehmern die Möglichkeit zu eröffnen, perspektivisch(e) Vorhaben angehen und umsetzen zu können, die eine

[35] Schawohl 2004, S. 99
[36] Colla 2007, S. 44

19

legal-legitimierte Entwicklung ermöglichen. „Wenn es euer Ziel war, mich wegen der Schule in den Arsch zu treten, dann habt ihr das geschafft", hat der AAT-Absolvent Viktor (19 Jahre) das permanent angetragene Unterstützungsangebot zwecks Wiederaufnahme des Schulbesuchs angenommen. „Mit dem ewigen Gerede habt ihr das ja fast herbeigeredet", erkannte er die Ernsthaftigkeit und Aufrichtigkeit dieses Angebotes, so dass ihm ein diesbezüglicher Eigennutz nachvollziehbar und vorteilhaft erschien. Was unter der Propagierung der Wertschätzung[37] subsumiert wird, lässt sich mit Schleicherts Worten so formulieren: „Eine humane Behandlung ist etwas, das den Menschen nicht erst aufgrund besonderer Verdienste zugebilligt werden darf; das ist der Sinn des Wortes Menschenrechte"[38]. Keiner der AAT-Teilnehmer wird herabgewürdigt oder despektierlich behandelt, denn „jemanden herabsetzen, lächerlich machen, vor anderen bloß stellen, erniedrigen, demütigen gehört nicht in das Handlungsrepertoire von Pädagogen. Feindseliges Verhalten löst Feindseligkeit aus"[39], muss eine andauernde Wertschätzung der Klientel gegenüber zum Ausdruck gebracht werden. Als ein Zugangspunkt – nicht trotz, sondern komplementär zur Konfrontation – wird die kommunikative Botschaft und die gelebte pädagogische Beziehung vermittelt, die da lautet: „Du wirst nicht abgelehnt, sondern wir suchen mit dir Wege, daß du wieder zu dir kommst und die Chance erhälst, trotz der Tat, eine gute biografische Perspektive zu entwickeln"[40]. So verstanden eröffnet das AAT-Team durch sein sozialpädagogisches Handeln einen Raum für Neuanfänge, basie-

---

[37] vgl. Schawohl 2011, S. 165ff.

[38] Schleichert 1997, S. 59

[39] Büchner 2005, S. 46

[40] Böhnisch 1999, S. 213

20

rend auf einem pädagogischen Beziehungsverhältnis, das nach Nohl ein „leidenschaftliches" ist: „Die Grundlage der Erziehung ist also das leidenschaftliche Verhältnis eines reifen Menschen zu einem werdenden Menschen, und zwar um seiner selbst willen, daß er zu seinem Leben und seiner Form komme"[41]. Bei gelingender Umsetzung gewinnt die Klientel die Erkenntnis, dass ihnen etwas für die Zukunft mit individueller Gültigkeit mitgegeben werden soll, wie Markus (21 Jahre) bestätigt: „Inzwischen hab ich mitbekommen, was sie hier von uns wollen: Wir sollen reden und uns vorher einen Kopf darüber machen, was alles passieren kann, wenn wir zuschlagen. Am Anfang hab ich gedacht, was wollen die denn von mir? Aber jetzt weiß ich das, und das ist auch in Ordnung so" – eine Einschätzung, die Ahmet (19 Jahre) teilt: „Als ich Sie das erste Mal gehört habe, also Ihre Texte so, da hab ich nur gedacht: ,Alter, was geht denn jetzt ab?' Aber trotzdem hab ich dann auch gedacht: ,Alter, irgendwie passt das schon ganz gut und irgendwie stimmte das ja auch, was Sie so gesagt haben! Sie waren gut – und ich bin besser geworden!"

Dieser junge Heranwachsende ist einen guten Schritt vorangekommen und lässt nachvollziehbar werden, was es meint, dass „jedes Alter, jede Lebensstufe seine eigene Vollkommenheit und seine eigene Reife [hat]"[42], denn der Mensch muss als „'Werdewesen' nicht immer schon fertig und perfekt sein, sondern darf unterwegs sein"[43].

Findet dieser Umstand bei den Professionellen Beachtung und wird um das Wissen bereichert, „Veränderung als unabdingbar zu sehen, aber Veränderungsbereitschaft

---

[41] Nohl 1957, S. 131

[42] Rousseau 1998, S. 149

[43] Brantschen 2005, S. 31

und Motivation von Gesprächspartnern – wie *wir* sie erwarten – nicht einfach vorauszusetzen"[44], werden perspektivische Schritte konstruktiv begünstigt.

[44] Widulle 2011, S. 53

Belastbare Beziehung durch eindeutige Haltung und wertschätzende Konfrontation

Die Begegnung zwischen einem jungen gewaltbereiten Menschen und einer pädagogisch professionellen Person erfolgt im Kontext der konfrontativen Pädagogik in der Regel gemäß SGB VIII (§ 29 KJHG) oder aufgrund einer Weisung gemäß § 10 (1), S. 3 Nr. 6 Jugendgerichtsgesetz[45].

Für beide Konstellationen gilt: Das Recht kann „ein weithin sichtbares Muster für einen menschenrechtsfreundlichen Umgang mit abweichendem Verhalten sein"[46], demnach sowohl perspektivische Wirkung entfalten für einen Täter als auch für die Gesellschaft, da mit Blick auf eine zukünftige Vermeidung weiterer Opfer ein wesentlicher Aspekt zum Gemeinwohl beigetragen werden kann. Konkret bedeutet die Auseinandersetzung mit den hier im Fokus stehenden Personen sowohl enorme Herausforderung als auch Anforderung, denn es muss gelingen, den Probanden, den die Vertrauensbasis schaffenden Respekt entgegenzubringen, damit aus wenig oder gar nicht motivierten Menschen möglichst aktive Partner am Hilfeprozess werden.

Dafür ist unbedingt die Reihenfolge einzuhalten: erst der Beziehungsaufbau, dann die Konfrontation. Da eine Konfrontation nur mit der Interventionserlaubnis der konkret Betroffenen stattfindet, muss das gesprochene Wort die Bereitschaft für diese Erlaubnis bewirken[47].

Nicht selten werden jene jungen Menschen der Jugendhilfe bzw. Jugendstraffälligenhilfe überstellt, die medienwirksame Resonanz hervorrufen: „Gewaltexzess am Va-

---

[45] vgl. Nix/Möller/Schütz 2011, S. 87f.

[46] Hassemer 2009, S. 114

[47] Schawohl 2009, S. 99ff.; Schawohl 2011, S. 157ff.

tertag"[48], „Blutige Rache auf der Flaniermeile"[49], „Koma-Prügler: Sie sind erst 17 Jahre alt!"[50]. Eine angemessene Reaktion, so der Ärztliche Direktor der Abteilung Psychiatrie und Psychotherapie im Kindes- und Jugendalter der Universität Tübingen, beinhaltet „bei delinquentem Verhalten immer beides: Die juristische Sanktion und die Überlegung, wie pädagogisch therapeutisch reagiert werden kann"[51].

Es gilt Voraussetzungen zu schaffen, „dass der junge Mensch sich zukünftig gesetzeskonform verhalten kann. Es wird unterstellt, dass der junge Mensch mit der ‚Welt', nicht nur mit dem eigenen Milieu auskommen will"[52]. Das Schaffen guter Gelingensbedingungen erfordert eine komplementäre Umsetzung von Wohlwollen plus Konfrontation, von Gewährenlassen plus Gegenwirkung, von Empathie plus Emphase – „*Verbindlichkeit* und *Engagement* [der Professionellen] ist dabei unbedingte Voraussetzung für einen etwaigen Erfolg"[53]. Konkordant wird formuliert, es seien „eher die ‚kantigen', die fordernden, konfrontierenden und gleichzeitig auffangenden PädagogInnen, die Erinnerungs-Eckpunkte in der Retrospektive früherer AdressatInnen der Jugendhilfe markieren und nicht die ‚immer-und-alles-akzeptierende' Fraktion"[54]. Die wichtige Botschaft ‚*Ihr werdet nicht auf Eure Straftaten reduziert* impliziert, dass für den Zugang zur betrachteten Klientel „80% der professionellen Persönlichkeit einfühl-

---

[48] Heitkamp 2011, S. 32

[49] Frenzel/Gaertner 2011, S. 9

[50] Iksanov/Gaertner 2012, S. 8

[51] Günter 2011, S. 23

[52] Colla 2007, S. 44

[53] Guggenbühl 2011, S. 190

[54] Kilb 2004, S. 160

sam, verständnisvoll, verzeihend und non-direktiv bleiben [sollten], aber um 20% Biss, Konflikt- und Grenzziehungsbereitschaft ergänzt werden"[55] – der Beziehungsaufbau ist gleichsam die „Grundlage für dieses Trainingsprogramm"[56].

Die Bereitschaft zum konfrontativ geführten Dialog widerspricht nicht dem Herstellen eines warmen Gesprächsklimas mit dem Ziel, sowohl das Sprachverhalten als auch das Verhaltensrepertoire der jungen Menschen begünstigend erweitern zu können. Bezüglich des Sprachverhaltens von Jugendlichen ist anzunehmen, dass dieses „sowohl in formaler als auch in inhaltlicher Hinsicht [...] deutlich durch die Art des Sprachverhaltens von erziehenden Erwachsenen [...] beeinflusst wird"[57]. Die perpetuierliche Forderung des Sprechens statt Schlagen ist exponierend für die praktische Arbeit, damit den bisherigen Straftaten Worte und diesen Worten nunmehr gewaltfreie Taten folgen können[58]. Ein Sich-in-Beziehung-Setzen geschieht durch das gesprochene Wort; bezogen auf das Verhältnis zwischen TrainerIn und Proband meint dies in der Regel eines zwischen unterschiedlichen Generationen, da es sich um ein pädagogisches Verhältnis handelt und also um das Verhältnis eines reifen Menschen zu einem werdenden.

Die Besonderheit der (sozial)pädagogischen Beziehung liegt darin, „dass junge Menschen die Pädagogen primär als konkrete Person erleben mit jeweils eigener Expressivität und Wirkung im pädagogischen Umgang und in ihrem innewohnenden Balanceakt von Nähe und Dis-

[55] Weidner 2004, S. 16
[56] Weidner 2011, S. 85
[57] Tausch/Tausch 1973, S. 79/80
[58] vgl. Schawohl 2004, S. 99 ff.

tanz"[59]. Ebenso unverzichtbar für die pädagogische Arbeit, so Colla unter Verweis auf Nohl, ist „die Kenntnis des zu erziehenden Individuums [...], seines äußeren und inneren Zustandes, seines äußeren und geistigen Milieus und insbesondere seiner personalen und seiner pädagogischen Situation"[60]. Um diese Kenntnis zu erlangen, erarbeiten die Probanden und die TrainerInnen während der Integrationsphase einander das Vertrauen, mit dem eine Beziehung für ein halbes Jahr ausreichend Stabilität gewinnen kann. Dies gelingt um so besser, je feiner und geübter der zur pädagogischen Haltung dazugehörige pädagogische Takt ausgeprägt ist – ein Begriff, den Herbart bereits 1802 in die Pädagogik eingeführt hat und der als „Scharnier zwischen (empirischer) pädagogischer Wissenschaft, also Theorie, und pädagogischer Praxis [gilt]"[61]. Das taktvolle Handeln verleiht im Dialog, so führt Colla Nohls Gedanken weiter aus, Erzieher wie Zögling eine Situationssicherheit; die Würde der Person, die Gleichwertigkeit der Gesprächspartner bleibt im Diskurs gewahrt. Die gelungene Umsetzung beschreibt der Absolvent M. E. in seinem Interview mit den Worten, dass „es zum größten Teil Spaß gemacht hat, muss ich ehrlich sagen. Ihr habt schon echt einen Draht gehabt, wenn ihr mit uns geredet habt. Korrekt eben. [...] Ja, wenn wir da alle gesessen haben und unsere Stories erzählt haben und ihr dann immer klar gemacht habt, dass das alles auch immer noch weiter geht und nicht immer so komisch ist, wenn andere fertig gemacht werden, nur weil man selber da so Bock drauf hat. Ihr ward hart, aber fair, kann man sagen. [...] Hart, wenn ihr mit uns geredet habt – so die Kon-fron-ta-tion oder wie das heißt, und fair,

[59] Meyer 2009, S. 58; vgl. Müller-Teusler/Colla 2012
[60] Nohl 1927, S. 76; zit.: n.: Colla 1999, S. 348
[61] Colla 1999, S. 349

dass ihr eben doch nie, ja nie unfair ward eben, also ihr habt nie jemanden beleidigt oder nur fertig gemacht, das war fair. War hart, aber fair. [...] Respekt – das ist es, genau. Und was haben Sie noch immer gesagt: ‚Respekt ist keine Einbahnstraße' (lacht)" (Int. 12).

Im Übrigen generiert der gezeigte und der akzeptierte Respekt jene Atmosphäre, nach der in der Sphäre des Vertrauens an die Stelle des Widerstandes gegen das Erzogenwerden ein eigentümlicher Vorgang tritt, da der Zögling den Erzieher als Person annimmt, „er fühlt, dass er diesem Menschen vertrauen darf, dass dieser Mensch nicht ein Geschäft mit ihm betreibt, sondern an seinem Leben teilnimmt, dass dieser Mensch ihn bestätigt, ehe er ihn beeinflussen will"[62]. Dieses Verständnis und diese Sichtweise bringen – nach einem Brecht-Zitat – zum Ausdruck, dass die Jugendlichen und jungen Heranwachsenden „Menschenantlitz tragen wie wir"[63].

Dabei gibt das Team essentielle Items vor, die nicht verhandelbar sind, zum Beispiel das Regelwerk.

An dieser Stelle tritt das Bedürfnis des AAT-Teilnehmers, selber sein und selber machen zu wollen, hinter die Vorgaben der älteren Generation zurück. Die Regeln sowie deren Festlegung stehen nicht zur Disposition; Kontroversen um die Interpretation der Regeln werden letztendlich autoritativ entschieden, gleichsam durch die den TrainerInnen zustehende und idealtypisch zugestandene Macht. Das Generationsverhältnis begründet in diesem Fall die „Autoritätsstellung der erziehenden Erwachsenengeneration"[64]. Kilb spricht von einer temporär-situa-

[62] Buber 1953, S. 68; zit. n.: Colla 1999, S. 350

[63] Fischer/Röttger 2007, S. 5

[64] Büchner 2004, S. 255

tiven Gegnerschaft[65], die unter anderem die Kompetenz eines differenzierten pädagogischen Gestaltungs- und Reaktionsvermögens beinhaltet – bei gleichzeitiger Angemessenheit des konfrontierenden Verhaltens, denn diese Klientel, die zum einen in besonderem Maße in Krisen- und Grenzsituationen gerät und zum anderen nur begrenzt über verlässliche Beziehungserfahrungen verfügt, benötigt „wohlwollende, verständnisvolle und zugleich konturierte Bezugspersonen, die sich ihnen in der Beziehung stellen"[66]. Die eindeutige Positionierung um einer richtungsweisenden Orientierung willen ist somit für die Trainerinnen und Trainer unbedingte Voraussetzung. Die Partizipation am AAT offeriert den Jugendlichen und jungen Heranwachsenden ein verlässliches Beziehungsangebot mit einem sicheren Rahmen.

In der Fachliteratur wird auf die resiliente Wirksamkeit von verlässlichen Beziehungen verwiesen. Somit ist dieser Aspekt umso wichtiger, da den Probanden zumindest temporär begrenzt die Möglichkeit geboten wird, eine „positiv-emotionale und stabile Beziehung [...] aufzubauen, die ihnen eine konstante und kompetente Betreuung sowie Anregungen"[67] zuteil werden lässt.

Wiederholt wurde von den interviewten Absolventen als auch von den Abbrechern mitgeteilt: ‚Ihr seid schon in Ordnung gewesen'. S. T., einer der Abbrecher, formuliert: „Also, Sie waren jetzt nicht Schuld daran, dass ich hier nicht mitgemacht habe; im Gegenteil: Sie sind ja in Ordnung, das hab ich ja auch so beim Vorgespräch gesagt. Das ist echt nichts gegen Sie und die anderen [TrainerInnen; Anm. d. Verf.]" (Int. 29). Und der Abbrecher M. A.

---

[65] Kilb 2004, S. 160

[66] Ahrbeck 2004, S. 75/76

[67] Wustmann 2004, S. 107

nimmt wie folgt Stellung: „Ihr ward ja irgendwie lustig. Immer so mit ernstnehmen und so, die Leute dann zutexten, wenn die da gar nicht drauf können [...]. War schon korrekt, so mit Euch. Aber ich hab das ja nicht gepeilt. Ihr ward gut, ich war nicht so fit damals" (Int. 16).

Inwieweit die propagierte wertschätzende Haltung gegenüber der Klientel von dieser als ihr geltender Respekt anerkannt wird, drückt der AAT-Absolvent K. M. so aus: „Sie waren gut, das auf jeden Fall. Das war ne korrekte Sache, wie Sie das gemacht haben. Auf jeden Fall war das dann schon einfacher für mich, das durchzuziehen, obwohl ich das ja sowieso wollte. Also, deshalb war das schon wichtig, dass da nicht irgendwelche Kasperköpfe loslabern [...]. Sie sind aber kein Kasperkopf, Sie können so weitermachen" (Int. 7).

Zum Abschluss dieses Kapitels sei auf ein Gespräch mit einem Psychiater bezüglich der heilenden Kraft der Beziehung verwiesen, da eine analoge Gültigkeit für die hier betrachtete Beziehung TrainerIn – Proband vermutet werden kann. In dem Gespräch heißt es dazu unter anderem: „An der Universität Stanford wollte man einmal untersuchen, welche Art von Gruppentherapie besser wirkt. Dabei wurde eine ganze Reihe verschiedener Therapieschulen getestet, und am Ende kam heraus: Die Therapierichtung war völlig bedeutungslos, entscheidend war der Therapeut. Die guten hatten mit jeder Methode Erfolg, die schlechten mit keiner. Das zeigt, wie wichtig die Beziehung ist"[68]. Ergänzt sei, dass schon der Glaube an den in Aussicht stehenden Erfolg, also beispielsweise auf das gelingende Absolvieren des Trainings, somit die als Voraussetzung dafür einzugehende Beziehung zwischen Proband und TrainerIn eher positiv beeinflusst, da

---

[68] Schnabel 2006, S. 33

bereits dieser Glaube „heilsame Prozesse anstößt"[69] und der Teilnehmer somit zu seinen Möglichkeiten begabt[70] werden kann.

[69] Voss 2007, S. 103
[70] vgl. Colla 1999, S. 351

Die Autorität der TrainerInnen und Trainer

Die Konfrontative Pädagogik gilt ausdrücklich als delikt- und defizitspezifisch – diese Spezifität dient allerdings ebenso ausdrücklich als Basis für eine Lebensweltorientierung[71] – es geht unter anderem um nicht weniger, als „gangbare, lebbare Wege mit den Klienten zusammen zu definieren"[72].

Bei einer gelungenen Aneignung trainingsrelevanter Inhalte klingt die Rückmeldung so wie bei Edwin (19 Jahre): „Vieles hat sich geändert. Seit ich diesen Kurs hier mache, hat es schon viele Situationen gegeben, wo ich früher ausgeflippt wäre. In der S-Bahn, wenn mich jemand zutextet, oder in der Disco, wenn mich jemand schief anguckt. Früher wäre ich sofort mit dem rausgegangen und hätte ihm gezeigt, was los ist. Doch jetzt ist mir vieles scheißegal. Meinetwegen können die von mir denken, was sie wollen – ich denke an meine Zukunft"[73].

Die erfolgte Konfrontation provoziert prosoziales Verhalten und diese Intention findet – wie bei Edwin – Anerkennung. Demnach sollte nicht Indifferenz der Tenor sozialpädagogischen Handelns sein, da Permissivität zum Agieren ohne Berücksichtigung und Einhaltung von Normen verleiten kann. Eine gezielte Konfrontation, die einer Realitätsprüfung standhält, muss seitens der Professionellen keineswegs eine dahingehende Befürchtung wecken, den Bezug zur Klientel zu verlieren. Vielmehr ist diese Befürchtung gar brisant, da die bewusst verzeihenden SozialpädagogInnen/-arbeiterInnen dazu tendieren, „in einer Art und Weise auf antisoziales Verhalten zu reagie-

---

[71] Weidner/Kilb 2004, S. 7

[72] Kilb 2011, S. 43

[73] Schawohl 2003, S. 275

31

ren, die dazu beiträgt, dass es aufrechterhalten wird"[74]; das sollte weder im probanden-individuellen noch im gesellschaftlichen Interesse liegen. „Ich bin jetzt 22", so Ronnie, „da muss ich allmählich mal was anderes draufhaben, als immer nur zuzuschlagen. Das passt irgendwann nicht mehr. Irgendwann muss ich den Mund mal aufkriegen", wird der Versuch einer Abkehr von gewaltaffinen Verhaltensweisen formuliert und gleichsam implizit der Auftrag an die AAT-Professionellen ausgesprochen, unterstützende Gegenwirkung anzubieten. Kilb konstatiert gar eine eventuelle Förderung realitätsfremder biografischer Entwicklungen, wenn insbesondere in der sozialpädagogischen Arbeit mit schwierigen Einzelnen und/oder Gruppen anbiederndes und meist auf eigenen Ängsten aufbauendes Verständnis für extreme Regelverletzungen aufgebracht wird; daher propagiert er ein handlungsbezogenes Verhaltensinventar mit einer möglichst großen Breite im Spektrum zwischen Akzeptanz und Verhaltensverstärkung einerseits sowie Kritik, Konfrontations- und in extremen Situationen auch Verurteilungs- und sogar Ablehnungsvermögen des Klientenverhaltens – dabei wären für den konfrontierenden Pol „folgende pädagogische Haltungen (Stile) und Techniken relevant:

- die Verhaltensspiegelung in der Einzelfallarbeit [...] (etwa mit Tätern) [...] z. B. in Form des Rollenspiels: Verhaltenskonfrontation in einer Gruppe oder auf dem ‚heißen Stuhl';
- die Konfrontation als Level in oder als Glied/Stufe einer verhaltensbezogenen Reaktionskette in der pädagogischen Beziehung bei Regelverletzungen [...];

[74] Bandura 1979, S. 115

- die personale Konfrontation mit einer geschädigten Einzelperson oder Gruppe mit dem Ziel, erlittenes Opferleid nachempfinden und/oder ausgleichen zu können;
- die intrapersonale Konfrontation mit sich selbst in therapeutischen Prozessen [...];
- die interpersonale Konfrontation als Gegenüberstellung unterschiedlicher Interessen und Konfliktverständnisse in Streitschlichtungen [...];
- die provokative Konfrontation als Training (Desensibilisierung)"[75].

Von den pädagogischen Praktikern ist für die Umsetzung Vertrauen in die eigene Autorität erforderlich sowie das Sich-Trauen, diese Autorität in der face-to-face-Begegnung mit der Klientel einzu- und durchzusetzen. Dieses Vertrauen sollte auf dem eigenen Zutrauen in sowie dem Wissen um eine fundiert-professionelle Kompetenz basieren.

Weiterführend ist die Beachtung der Dudendefinition, da der Begriff Autorität wie folgt erklärt wird: „1. [...] auf Leistung od. Tradition beruhender maßgebender Einfluss einer Person od. Institution u. das daraus erwachsende Ansehen. 2. einflussreiche, maßgebende Persönlichkeit von hohem [fachlichem] Ansehen"[76].

Da den Professionellen aufgrund eines Studiums und/oder weiterführender qualifizierender Ausbildungen der Nachweis erbrachter Leistungen möglich und ob eines gelungenen Theorie-Praxis-Transfers das fachliche Ansehen erworben sein sollte, gilt es, exakt diese Leistung und dieses Ansehen selbstbewusst in die Zusammenarbeit mit

[75] Kilb 2011, S. 73
[76] Duden 2011, S. 131/132

den AAT-Teilnehmern in deren Interesse einzubringen. Erinnert sei hier an Rousseaus im Jahre 1762 veröffentlichtes Werk *Émile ou de l' éducation*, da er die Erfahrung der Älteren als jene Autorität bezeichnet, die den Jüngeren leiten muss, denn: „Was uns bei der Geburt fehlt und was wir als Erwachsene brauchen, das gibt uns die Erziehung"[77]. Die TrainerInnen stehen somit in der Verantwortung gegenüber den AAT-Probanden. Die Übernahme dieser Verantwortung impliziert zwangsläufig manche Konfrontation – Konfrontationen mit gewaltbereiten jungen Menschen, die, drastisch formulierend und Verbalinjurien aussprechend, ihre Forderungen, Erwartungen und Interessen durchzusetzen versuchen, testend, ob zuvor nach Absprache aufgestellte Regeln seitens des autoritären Gegenübers zur Einhaltung gemahnt werden; und nichts spricht gegen Regeln sowie deren Einhaltung und die Einforderung der Einhaltung, soweit diese Regeln nachvollziehbar und orientierungsgebend sind. Wird diesem Verständnis gefolgt, sind die Professionellen eines AAT-Teams gleichsam Lernhelfer, und zwar solche, „die ihr Handwerk planmäßig und zielorientiert auszuüben verstehen. Sie sind Menschen, von und mit denen man etwas lernen kann: Sie wissen oder können etwas, was andere nicht wissen oder können, und sie sind in der Lage, mit diesen anderen eine produktive Lerngemeinschaft einzugehen; beides zusammen macht den Kern pädagogischen Handelns aus"[78].

Die dem Teilnehmer gebotene sowie zugesagte Bereitschaft und Verlässlichkeit hinsichtlich einer dialogischen Auseinandersetzung generiert jene Belastbarkeit der pädagogischen Beziehung, die über den zeitlich begrenzten

[77] Rousseau 1998, S. 168; a. a. O., S. 10
[78] Giesecke 1996, S. 395

Rahmen eines Anti-Aggressivitäts-Trainings perspektivische Biografieerweiterungen ermöglicht. Das bedeutet für das AAT-Team: Es darf kein Solidarisierungsangebot im Sinne eines Konfliktvermeidungsbündnisses erfolgen; vielmehr ist ein Konfrontationsbündnis angesagt, um einer permissiven Tendenz jegliche Basis zu entziehen.

Ohne Expertentum, also ohne ein „ausgewiesenes, gesellschaftlich anerkanntes und benütztes Spezialwissen, eine Position, die von der der Laien deutlich und bewusst abgehoben ist"[79], kann eine professionelle Praxisumsetzung nicht gelingen, denn „Sozialarbeit muss den Alltag (der Betroffenen) konfrontieren mit den Möglichkeiten der Interpretation, die über das Alltagswissen hinausgehen; (dieser Alltag) muss hinsichtlich besserer Möglichkeiten kritisiert werden können"[80], um dadurch den jungen Menschen Alternativen zu bisherigen Verhaltensweisen aufzuzeigen und prosoziale Handlungsstrategien erlernbar werden zu lassen. Exakt mit diesem Anspruch treten die Probanden den Professionellen gegenüber – seinen Anspruch und die damit einhergehende Erwartung benennt der AAT-Absolvent D. S. dahingehend, dass er auf die Erfahrung des Verfassers vertraut hat, die dieser besitzt für den Umgang und die Auseinandersetzung „mit Jugendlichen oder mit Straftätern [...], und das war schon wichtig, wie Sie darüber denken, weil Sie haben doch ein wenig mehr Ahnung wie ich. [...]. Sie haben mir viel gesagt, wie das richtig gemacht wird [...] – wie man einen Weg gehen kann und jetzt weiß ich genau, was ich für eine Scheiße gebaut hab und wie ich jetzt gehen muss. [...]. Also, nach den Sitzungen abends, wenn ich zu Hause gewesen bin, dann hab ich schon noch oft darüber nach-

[79] Thiersch 1986, S. 241
[80] Thiersch 1986, S. 252

gedacht, was wir da gemacht haben, oder auch wenn andere jetzt was gesagt haben, was sie sich vorgenommen haben, hab ich auch darüber nachgedacht, ob das überhaupt realistisch wäre für die. Oder auch bei mir hab ich darüber nachgedacht, was kannst Du denn noch ändern bei Dir?" (Int. 15).

Eine weitere Einlassung bezieht sich bei der Kursreflexion auf die anerkannte Kompetenz: „Sie sind für diesen Job echt geboren, Sie machen das echt gut. Sie wissen, wovon Sie reden, und *das ist der einzige Grund, warum Sie so reden können mit uns – also reden dürfen*, ohne dass wir sagen, dass interessiert uns sowieso nicht". Implizit wird zum Ausdruck gebracht, dass Glaubwürdigkeit und Autorität miteinander korrespondieren.

Eine Glaubwürdigkeit von der oben zum Ausdruck gebrachten Qualität wird durch Autorität wiederum erst möglich. „Wer anderen aufgrund ihrer Rolle, ihrer Erscheinung oder symbolischer Zeichen von Macht den Status von Autoritäten verleiht, vereinfacht die Informationsverarbeitung, indem er sich auf deren Expertentum und Vertrauenswürdigkeit verlässt"[81]. Um die vermutete Autorität der Professionellen überprüfen zu können, sind hinsichtlich des Wissens sowie der Vertrauenswürdigkeit zwei Fragen für die Probanden von Bedeutung: „Ist die Autoritätsperson tatsächlich ein Experte? Und inwieweit können wir diesem Experten vertrauen?"[82]. Beide Aspekte werden von den jungen Trainingsteilnehmern nach deren eigenen Maßstäben überprüft, was der Absolvent B. R. folgendermaßen zum Ausdruck bringt: „Euer Verhalten, Euer Reden. Ihr seid eine abgewichste Truppe. Am ersten Tag wusste ich schon, die sind abgewichst. Ihr

---

[81] Zimbardo 1995, S. 714
[82] Cialdini 2006, S. 290

redet gut und seid korrekt. Das war verlockend, sich mit Euch zu fetzen und zu reden" (Int. 9), und der Absolvent A. B. bringt seine Ansicht so auf den Punkt: „Mir kam das immer so vor [...] – ihr ward ein eingespieltes Team. [...]. Und wir hatten gegen keinen von diesem Team etwas, [...], weil keiner hat gegen irgendeinen was gesagt jetzt, wirklich so jetzt, wo man sagt: ‚Äh, den mag ich nicht‘, das gab es gar nicht. Das gibt es ja auch bei Lehrern, zum Beispiel, wo man sagt, den mag ich nicht, aber ich muss mit denen ja irgendwie zurechtkommen – da war das nicht so. Oder vielleicht haben wir das auch nur so empfunden, dass das nicht so war, dass das voll korrekt ist so – auch, wie die sind. Das ist, glaube ich, einer der wichtigsten Punkte. Weil, wenn man zum Beispiel auf einen Lehrer keinen Bock hat, geht man auch nicht gerne in seinen Unterricht, nä" (Int. 2).

Explizit betont Geissler[83], es sei dem Fehlschluss entgegenzutreten, Amtsautorität wäre mit pädagogischer Autorität zu identifizieren. Diese Identifizierung ist per se gerade nicht gegeben, „so kann man durchaus vom Amt her Autorität haben, für die Menschen aber überhaupt keine Autorität sein. Jene schon vorgegebene Bedeutung des Amtes auch im Ansehen der Menschen zur Geltung zu bringen, das eben ist die besondere pädagogische Aufgabe einer jeden Autorität. Deshalb liegt tatsächliche Autorität nicht schon dort vor, wo man sich auf das Amt stützt, sondern erst dort, wo man auch wirklich Anerkennung findet"[84]. Dieser Anerkennungsprozess lässt sich nach Geisslers Ausführungen gestalten, zumindest jedoch beeinflussen, da er folgende Annahmen zugrunde legt:

---

[83] Geissler 2000, S. 76 ff.

[84] Geissler 2000, S. 77

- Autorität meint ein bestimmtes Verhältnis von Menschen zueinander;
- diese Autoritätsverhältnisse haben etwas mit sozialer Macht zu tun;
- soziale Macht wird verstanden als Einfluss, der das Wollen und das Handeln von Untergebenen bestimmt;
- soziale Macht kann durch Autorität wie auch durch Zwang und Gewalt ausgeübt werden;
- Zwang fragt nicht nach einem freien Willen des Betroffenen, wohingegen Autorität nicht gegen den freien Willen wirkt;
- daraus ergibt sich, dass jemand einer Autorität folgt und dieser gehorcht, wenn und weil er selber es will;
- durch diese freie Zustimmung gewinnt Autorität ihre Macht;
- Freiheit ist hier so zu verstehen, dass diese stattfindet im Rahmen einer gemeinsamen gesellschaftlichen Ordnung;
- Autorität hat, wem andere von sich aus gehorchen wollen;
- unabdingbar ist ein Vertrauensverhältnis;
- die Vertrauenswürdigkeit schafft die Überzeugungskraft einer Autorität;
- Autorität muss zurücktreten, wenn Heranwachsende sich zunehmend neue Bereiche der Selbstständigkeit erschlossen haben;
- als Autorität wird anerkannt, wer andere zuvor als Person bestätigt hat.

Nur durch die Berücksichtigung dieser Autoritätsgenese kann das AAT-Team die ihnen angetragene Machtposition ohne jeglichen Missbrauch ausüben: „Macht als Autorität gewinnt ihren Einfluss durch eine freie Zustimmung"[85], ist zu betonen.

Eine „klare Linie mit Herz lautet die pädagogische Erfolgsformel der Zukunft"[86] propagiert Weidner und folgt damit der vorab erläuterten Autoritätsgenese, denn als Essential dieser Linie wird ein autoritativer Erziehungsstil befürwortet. Ist hier die Autorität der TrainerInnen gefordert, wird gleichwohl nicht autoritär, sondern autoritativ gehandelt. Dem autoritativen Stil „werden mit pro sozialerem Verhalten der Betroffenen, größerer Aufgeschlossenheit und sozialerer Kompetenz, sowie einem angemessenen, durchsetzungsfähigen Alltagsverhalten der Jugendlichen"[87] bedeutende Vorteile gegenüber dem autoritären Stil zugeschrieben. Grenzziehung in transparenter Form, Delegierung von Verantwortung sowie Konfrontation bei Regelverletzung, was in der Praxis so umgesetzt werden kann: „[...] Sie haben immer das Gefühl vermittelt, das ist für uns. Das ist nicht so wie in der Schule: Du sitzt da und dann läuft das so dahin, sondern das ist so, dass Du denkst, das ist für mich, das bringt mir was. Und auch so mit diesem ‚Plus' und ‚Minus' [meint: Rating für jede Sitzung; Anm. d. Verf.], das war auch so, dass wir dann immer noch darüber geredet haben, ob das nicht doch ein ‚Plus' war oder doch noch ein ‚Neutral' oder so. Sie haben dann, wenn einer gestört hat, ein ‚Minus' gegeben, normal, wurde ja vorher erklärt, darüber haben wir dann auch immer noch diskutiert. [...]. Ich war ja einer der Jüngsten dort, aber ich wurde auch respektiert von allen, darauf wurde ja auch von Ihnen geachtet. [...]. Wissen Sie, das war auch so aufgebaut, dass man das

---

[85] Geissler 2000, S. 79

[86] Weidner 2004, S. 13

[87] Weidner 2004, S. 17

Ganze respektvoll handhabt" (Int. 2). Diese Interviewpassage bringt zum Ausdruck, dass zuvörderst der Beziehungsaufbau hinreichend gelingen muss, um interventionistisch-konfrontativ agieren zu können.

Die konfrontative Arbeit wird möglich

Seitens der Probanden liegt nicht selten zunächst nur eine geringe Teilnahmemotivation, gleichsam eine sekundäre Behandlungsmotivation, zugrunde. Diese taugt als Einstiegsmotivation, nicht jedoch, um einen gesamten AAT-Kurs gelingend zu absolvieren, so dass ein anspruchsvoller Arbeitsprozess einzuleiten ist. Dieser Prozesseinstieg ist dabei nicht etwa zugleich der Einstieg in die ‚institutionelle Karriere' für die Probanden. Patrick (18 Jahre) zählt die ihn vor seiner Teilnahme am Anti-Aggressivitäts-Training ab seinem vierzehnten Lebensjahr im Rahmen der Jugendhilfe sowie der Jugendgerichtsbarkeit kontaktierenden Personen wie folgt auf:

- fallzuständige Fachkraft des Jugendamtes;
- ambulanter Betreuer;
- Wechsel der ambulanten Betreuungsperson;
- Gesprächstherapeut;
- Jugendbeauftragter der Polizei;
- Bedienstete des Jugendstrafvollzuges;
- Jugendrichter;
- Staatsanwaltschaft;
- Jugendgerichtshelferin;
- Jugendbewährungshelferin;
- Mitarbeiter eines sozialen Trainingskurses;
- weitere ambulante Betreuung;
- Mitarbeiterin der Schuldnerberatung;
- Betreuungsperson im Rahmen der Erfüllung von Arbeitsleistungen;
- Betreuer im Rahmen einer beruflichen Vorbereitungsmaßnahme.

Somit werden in der Summe fünfzehn Institutionen respektive die dort arbeitenden Personen benannt, die sich mit diesem Jugendlichen beschäftigt haben, ehe das AAT-

Team in diesen Prozess involviert worden ist, was Mollenhauers Anmerkung zumindest nicht falsifiziert, die da lautet: „Auch die Welt des Kindes ist inzwischen professionalisiert, von einer Fülle von Experten bevölkert. Unsere Beziehung zu Kindern – so scheint es – wird dadurch nicht notwendig besser, eher vielleicht problematischer"[88]. Von daher kommt es vor, dass ein Kursteilnehmer der Maßnahme und den TrainerInnen mit Ablehnung, Gleichgültigkeit oder Befremden begegnet, denn „Sozialarbeit und ihre Institutionen werden mehr als Kontrolleure denn als Helfer wahrgenommen. Dies geschieht weitgehend ohne persönlichen Vorwurf und kennzeichnet den Realitätsbezug der Probanden"[89], ist doch „zumeist bei Jugendlichen mit primärem Misstrauen gegenüber Erwachsenen zu rechnen, zumal gegenüber Personen, die sich professionell mit ihren Problemen befassen wollen"[90].

So gab ein achtzehnjähriger Teilnehmer seine Bedenken in der ersten Trainingssitzung an, er „war letzte Woche gerade bei meiner Bewährungshelferin – die hat genauso geredet wie Sie. Das ist doch sowieso überall dasselbe", so dass ein gelingendes Arbeitsbündnis in der Tat erarbeitet werden muss – in manchen Fällen ist Widerstand der Klientel vorhanden, denn „das bedingungslose Vertrauen in die Selbstveränderungsbereitschaft der Jugendlichen mutet heute relativ naiv an. Es stellt sich als eine ziemlich absurde und mutlose pädagogische Haltung dar, die sich rein strukturell nur schwer von der einer ‚emotionalen Komplizenschaft' unterscheiden lässt"[91]. Eine solche emo-

---

[88] Mollenhauer 2000, S. 74

[89] Maelicke 1988, S. 93

[90] Streeck 2012, S. 59

[91] Kilb 2011, S. 79

tionale Komplizenschaft versteht der Verfasser als eu-
phemistisches Darüber-Hinwegsehen hinsichtlich erfolg-
ter Straftaten, gleichsam wie bereits angeführt ein inak-
zeptables Unterstützungsangebot für eine Gewalt propa-
gierende Devianz- und Delinquenzkultur. Permissivität
kann diesbezüglich nicht zukunftsweisend sein, vielmehr
soll vermieden werden, dass die Probanden sich in einer
überwiegend deviant-delinquenten Parallelwirklichkeit
verfangen, die sie zu Experten dieses ihres gewaltimma-
nenten Milieus werden lässt, ohne dabei perspektivischen
Nutzen zu generieren – „die Bereinigung des Verhältnis-
ses zur Zukunft"[92] sollte angegangen werden, um diese
planend gestalten zu können. Nichts spricht dagegen,
dass diejenigen, die sich zum Leben in dieser Gesellschaft
entschließen, die von der Gesellschaft als verbindlich ak-
zeptierten Grundsätze einhalten. Dazu zählt zweifelsfrei
die Wahrung der körperlichen Unversehrtheit anderer
Menschen. Es gilt den jungen Menschen gegenüber Fol-
gendes deutlich werden zu lassen: „Wir nehmen nicht
nur die Regeln ernst [und diejenigen, die diese missach-
ten; Anm. d. Verf.], sondern reagieren auch bei deren Verletzung. Wir schließen dich nicht aus, sondern im Gegenteil: wir versuchen mit dir zusammen Möglichkeiten zur
Re-Integration zu finden"[93], um zukünftig eine gelingende Legalbewährung zu begünstigen[94].

[92] Bollnow 2000, S. 205
[93] Kilb 2011, S. 32
[94] vgl. Kurzberg 2009, S. 101ff.

44

Die Integrationsphase und das Vorgespräch:
Vom Interventionsrecht zur Interventionserlaubnis

Die Integrationsphase sowie das vor Beginn eines Kurses mit jedem vorgesehenen Teilnehmer zu führende Gespräch sollen nunmehr hinsichtlich der motivationalen Bedeutsamkeit näher betrachtet werden.

Die Phase der Integration, also des Prozesses der „Einbeziehung, Eingliederung in ein größeres Ganzes"[95], ist mithin jene Phase, die für eine gelingende oder misslingende Motivationsbildung mitentscheidend ist.

Bisherige Annahmen ließen vermuten, dass die Gründe für die erfolgten Abbrüche sich häufen „im motivationalen Bereich und damit, vermutlich in Verbindung stehend, bei Regel- und Abspracheverletzungen [[...] „damals, als ich dann immer unpünktlich erschienen bin oder meistens und auch ab und zu zu viele Fehlzeiten hatte, deshalb bin ich dann entlassen worden" (Int. 23)]. Ansonsten spielen eher individuelle Aspekte wie etwa mangelnde kognitive Fähigkeiten, das Gefühl des ‚Nicht-Ertragens-Könnens' [„Ich kann das nicht gut, wenn einer sagt: ‚Du machst das jetzt!' – und fertig. Da bock ich dann auch, stimmt" (Int. 18)] oder aber erneute Straffälligkeit, Bewährungswiderruf oder Nichterfüllen einer sonstigen Auflage eine Rolle"[96].

Zunächst ist zu berücksichtigen, dass das Recht zur Intervention für das Team der TrainerInnen formal durch eine richterliche Weisung initiiert wird, wie die nachfolgenden Aussagen der interviewten Absolventen und Abbrecher belegen:

[95] DUDEN 2011, S. 479
[96] Kilb/Weidner 2010, S. 91

M. H.: „[...] Ich musste den Kurs ja auch machen vom Gericht aus [...]"(Int. 5);

H. H.: „Bis ich die Anhörung vom Richter bekommen hab, und der mir dann eben auch gesagt hat, dass ich nun zwei Wochen Zeit hab, mich hier anzumelden, ansonsten steht die Polizei vor meiner Tür und hat einen Haftbefehl" (Int. 14);

H. M.: „Als der Richter das gesagt hat, hab ich gedacht, wenn er meint, soll er doch sagen, dass ich das machen muss – solange der nicht sagt, ich muss in den Knast ist das in Ordnung" (Int. 19);

C. H.: „Eigentlich wollte ich das ja sowieso gar nicht machen. Ich muss das ja machen vom Gericht aus" (Int. 26).

Ohne ein justizielles Einschreiten wäre demzufolge ein Kontakt zwischen den Probanden und dem AAT-Team nicht zustande gekommen. Erfolgt die Kontaktaufnahme, wird bei einem ersten Gespräch oftmals deutlich, dass es über die Straffälligkeit hinaus weitere Problemlagen gibt, die für die vorgesehenen Probanden bedeutsam sind; es gibt somit Probleme, die die jungen Menschen verursachen als auch Probleme, die sie haben.

Insbesondere die Verunsicherungen aufgrund von Ambivalenzen in den Individualisierungsprozessen sind in diesem Kontext[97] hervorzuheben, da diese zum einen vermehrte Handlungsoptionen gestatten, zum anderen jedoch dadurch eben auch mit einem Bewältigungsrisiko einhergehende Gefährdungslagen verursachen können; unter anderem werden folgende Ambivalenzen benannt:

- Zunahme der Möglichkeiten für eine Lebensplanung versus der Abnahme einer Berechenbarkeit der Lebenswege;

---

[97] Kilb 2009, S. 43ff.

- größere Entscheidungsmöglichkeiten versus einer Zunahme des Entscheidungszwanges;
- Steigerung der Gleichheit in manchen Bereichen versus einer gleichzeitigen Steigerung des individuellen Konkurrenzdruckes;
- Befreiung aus einem möglichen Lebenslaufkorsett versus der Verlustmöglichkeit einer sozialen Verortung;
- Zunahme einer individualisierten Lebensweise versus der Gefahr eines isolierten und anonymen Lebens.

Das Wissen um diese Widersprüchlichkeiten ist insofern von Bedeutung, weil somit eine Interpretationsoption eines individuellen Biografieaspektes eher als Chance mit perspektivischem Gehalt verstanden werden kann und nicht ausschließlich als eine zum Scheitern führende Situation zu bewerten ist. So kann beispielsweise die durch ein Gericht ausgesprochene Bewährung und die damit verbundene Auflage als Möglichkeit verstanden und genutzt werden, einen perspektivischen Biografiewandel anzustreben, andererseits ließe sich ein solcher Umstand gleichsam als desillusionierende Fatalismusannahme definieren, dass „jetzt doch eh alles scheißegal ist, weil die mich sowieso auf dem Kicker haben und nur darauf warten, dass die mich wieder packen", wie Sascha (18 Jahre) seine einjährige Bewährungszeit spontan einschätzt. Gleichwohl verändert der junge Heranwachsende seine zunächst eingeschränkt negativ geprägte Sichtweise, nachdem sowohl im Vorgespräch als auch wenige Wochen später während der Integrationsphase des Trainings die optionale Wirkung der Situation dahingehend interpretiert werden konnte, dass „ich ja eigentlich noch ganz gut weggekommen bin, wenn ich eigentlich auch hätte

abwandern [meint: inhaftiert werden; Anm. d. Verf.] können. Und jetzt helft ihr mir mit dem AAT, oder ich versuche, mir selbst damit zu helfen, jedenfalls nutz ich die
Chance lieber hier draußen als im Knast. Sie haben ja
auch gesagt, wenn wir was wissen wollen, so mit Job oder
Schule und so, dann können wir auch so was mit Ihnen
besprechen", hat der Einstieg in das Training ein Mehr an
Zuversicht und Motivation zur Teilnahme bewirken können. Inwieweit eine Gefährdung der eigenen Lebensplanung und eventuell ein Verlust der sozialen Verortung
durch die Teilnahme am AAT auftreten könnte, schildert
der Abbrecher S. T., da für ihn die Erfüllung der richterlichen Weisung vor allem eines bedeutete: „Stress – zuviel
zu tun. Ich hab damals ja schon in der Firma von meinem
Vater gearbeitet, das hatte ich ja erzählt. Und mein Vater
hat immer schon so viel gearbeitet und mit seinem Herz
kann er eigentlich nicht so viel arbeiten, aber aufhören
kann er auch nicht. Und nun versuch ich eben, ihm einige
Aufträge abzunehmen, damit er sich mal ausruhen kann.
Wenn wir am Donnerstag [Sitzungstag für das AAT;
Anm. d. Verf.] Aufträge haben, schaff ich das auch nicht
immer, dass ich um 18.30 Uhr [Sitzungsbeginn; Anm. d.
Verf.] hier bin. Und immer zu spät kommen geht ja auch
nicht, das wollt ihr ja nicht [...]. Ich hab das ja schon mal
versucht hier, weil ich ja schon mal angemeldet war, und
da hab ich das ja auch nicht gepackt, weil ich immer so
lange arbeiten muss. Das hab ich auch dem Richter gesagt, aber der hat trotzdem gesagt, ich muss das hier machen. Nur ich riskier doch nicht, dass wir Kunden verlieren, weil ich Aufträge nicht annehmen kann. Das hat
mein Vater alles mühsam aufgebaut und dann kann ich
nicht einfach sagen, ich geh da heute nicht mehr hin, weil
ich noch einen anderen Termin habe – das kann ich meinem Vater doch nicht antun" (Int. 29).

Vor einem solchen Hintergrund wird geprüft und mit dem Probanden überlegt, wie eine Möglichkeit realisiert werden kann, die es gestattet, dass nicht ein Entweder/Oder – also: entweder die Teilnahme am Anti-Aggressivitäts-Training oder Anwesenheit bei der Ausbildung oder beim Job – die ausschließliche Variante darstellt, sondern ein Sowohl-als-Auch realisiert werden kann, zum Beispiel durch das Treffen von Absprachen mit der Ausbildungsleitung oder dem Arbeitgeber, wie der interviewte Absolvent D. J. berichtet: „Das war auch so ein Punkt damals, den ich richtig gut fand so, dass Sie immer gesagt haben, wer was hat mit Job oder so, oder wer irgendwo Probleme hat mit Wohnung oder so was, dass wir dann auch sagen können, ob Sie uns dabei helfen können. Da waren ja auch immer mal so Sachen, die nicht immer nur so kriminell gewesen sind – das war auf jeden Fall gut. Wenn man dann so eine Bescheinigung vorlegen konnte beim Chef oder so, dass man einmal in der Woche einen Termin hat, das war dann gut, damit die auch wissen, dass das wichtig ist für einen" (Int. 11).

Die im Vorgespräch verbal bekundete Bereitschaft zur Veränderung ist während der Integrationsphase durch Mitarbeit zu verifizieren. Von jedem Probanden wird eine Formulierung als Zitat visualisiert, mit der zum Ausdruck gebracht werden soll, welche Erwartung der Teilnehmer an das AAT hinsichtlich eines subjektiven Erfolgsmomentes bis zum Ende des Trainings hat. Diese Zitate werden bei jeder Sitzung im Raum aufgehängt, um zum einen die für das Erreichen des Vorhabens erforderliche Bereitschaft permanent hinterfragen zu können und zum anderen, um dem Zitierten vor Augen halten zu können, dass dieses Vorhaben eben mit seinem Namen in Verbindung steht; gleichsam soll eine Erwartung des Probanden dessen ständiger Aufmerksamkeit zugänglich sein, so dass die Aufmerksamkeitsausrichtung geschärft wird, um dadurch wiederum einen Zustand erhöhter Selbstaufmerksamkeit zu generieren, denn befinden sich in diesem Zustand „verbindliche Standards und Handlungsziele im Fokus der Aufmerksamkeit, führt das in der Regel zu Prozessen der Handlungsregulation, die das Handeln auf Zielkurs halten und damit eine wichtige Steuerungsfunktion für das Verhalten haben [...]. Unter der Bedingung hoher Selbstaufmerksamkeit kann man sich auch besser von unerreichbar gewordenen Zielen lösen und neue Handlungsziele bilden" [98].

Für die AAT-Praxis kann das bewirken, dass kleine, gleichwohl bedeutende Schritte gegangen werden, wenn das Handeln auf den fokussierten Zielkurs abgestimmt wird, wie der Absolvent M. H. in seinem Interview mitteilt: „Ja, zum Beispiel so mit der Arbeit oder 'ner Ausbildung. Nicht gleich immer so die ganz großen Ziele haben, sondern erst mal sehen, was wirklich geht, also realistisch bleiben (lacht), wie ihr das immer gesagt habt, wenn wir immer die Ziele für einen Monat aufgeschrieben haben [meint: Aktivitätsrating: am Anfang eines jeden Monats werden Vorhaben genannt, die die Probanden bis zum Ende des Monats erfüllt haben sollen; Anm. d. Verf.]. Da gab's dann ja immer so die grünen und roten Punkte dann, und da konnte man ja auch sehen, was man so auf die Reihe kriegt oder eben nicht. [...] Ja, einige doch: Wohnung klar gemacht, mit Freundin alles geklärt damals, mich um einen Job gekümmert. Ich hab eigentlich immer was geschafft in so einem Monat" (Int. 5).

Der Hinweis auf die Durchführung dieses sogenannten Aktivitätsratings erfolgt bereits beim Vorgespräch durch

---

[98] Schneider/Schmalt 2000, S. 90

das AAT-Team, um den prospektiven Charakter des Trainings zu verdeutlichen.

Wie das Fehlen jeglichen Veränderungsinteresses und somit auch jeglicher Veränderungsbereitschaft zum Ausdruck gebracht werden kann, dokumentiert die nachfolgende Interviewpassage mit dem Kursabbrecher C. H. (Int. 26), der trotz wiederholter Anmeldung das Training erneut vorzeitig beendet hat. Zur verdeutlichenden Darstellung sind die Fragen in Klammern mit aufgeführt:

[Was hat für Dich dagegen gesprochen, diesen AAT-Kurs durchzuführen?]

Keine Lust.

[,Keine Lust' war bei Dir doch schon mal der Grund, dass Du nicht teilgenommen hast.]

Stimmt.

[Nun hast Du noch einmal die Chance zur Teilnahme bekommen und trotzdem entscheidest Du Dich zum zweiten Mal dafür, den Kurs nicht durchzuführen. Reicht dafür die Begründung ,keine Lust' wirklich aus?]

Wie meinen Sie das?

[Du bist doch bereits zu einer Jugendstrafe verurteil worden, oder?]

Ja.

[In welcher Höhe?]

Zwei Jahre.

[Und die Bewährung?]

Na ja, zwei auf zwei ...

[Zwei Jahre Jugendstrafe auf zwei Jahre Bewährung; Anm. d. Verf.],

... deshalb kann mir da auch noch nicht viel passieren.

[Wie meinst Du das?]

Es gibt ja auch noch Vorbewährung. Da komm ich doch nicht gleich in den Knast, wenn ich jetzt wieder nicht das AAT hier mache.

[Du glaubst, wenn Du jetzt erneut nicht am AAT teilnimmst, bekommst Du erst einmal eine Vorbewährung?]

Weiß nicht, aber in den Knast komm ich jedenfalls nicht.

[Warum bist Du Dir da so sicher, dass Du nicht in den Knast kommst, wenn Du Deine Bewährungsauflagen nicht erfüllst?]

Weil ich eine günstige Prognose habe.

[Wie sieht diese ‚günstige Prognose‘ denn aus?]

Dass ich verlobt bin und ein Kind habe.

[Das war beim letzten Mal doch auch schon so, als Du am AAT teilnehmen solltest, oder?]

Ja, aber ich hab ja auch noch meine Ausbildung. Wenn die mich jetzt in den Knast schicken, verlier ich das ja alles.

[Du pokerst hoch.]

[Wann hast Du die Entscheidung getroffen, diesen AAT-Kurs nicht bis zum Ende durchzuführen?]

Eigentlich wollte ich das ja sowieso gar nicht machen. Ich muss das ja machen vom Gericht aus.

[Obwohl Du doch der Meinung bist, dass Dir nichts passieren kann, wenn Du nicht am AAT teilnimmst.]

Ja, aber die wollen ja trotzdem, dass ich das hier mache.

[Die sind aber hartnäckig, was?]

Ja, irgendwie schon.

[Und wann war Dir klar, dass Du das hier nicht mitmachen würdest?]

Das wusste ich gleich.

[Also von Anfang an?]

Ja.

[Warum bist Du dann überhaupt hier erschienen am Anfang des Kurses?]

Damit ich dann bei der Bewährungshilfe sagen kann, dass ich auf jeden Fall mal da gewesen bin.

[Also doch Taktiker.]

Ja.

[Obwohl Deine Taktik ja zumindest insofern nicht aufgeht, dass Du Dich vor dem AAT drücken kannst. Die sind ja hartnäckig beim Gericht.]

Ja, stimmt, die nerven total.

[Warum hast Du Dich entschieden, diesen AAT-Kurs nicht bis zum Ende durchzuführen?]

Weil ich keine Lust hatte, hier jedes Mal herzukommen. Ich wollte das ja auch nicht machen.

[Sondern die Hartnäckigkeit des Gerichts hat Dich sozusagen dazu veranlasst.]

Ich muss das machen, haben die gesagt.

[Was wäre denn die Konsequenz gewesen, wenn Du nicht teilnimmst?]

Knast haben die gesagt. Aber das machen die ja sowieso nicht, können die ja auch gar nicht. Sonst verlier ich ja meine Wohnung und meinen Ausbildungsplatz. Das können die ja gar nicht verantworten, nur weil die mich in den Knast schicken wollen.

[Kannst Du es denn verantworten, zu sagen, ich nehme nicht teil und riskiere dafür genau das, was Du gerade erwähnt hast: Ausbildung, Wohnung, außerdem Deine Bezie-

hung und Dein Kind müsste seinen Papa im Knast besuchen kommen?]

Deshalb sag ich ja, die können mich gar nicht in den Knast schicken.

[Und deshalb glaubst Du, dass Deine Entscheidung, am AAT nicht bis zum Ende teilzunehmen, sondern nur mal anstandshalber vorbeizukommen und dann sagen zu können, schaut mal ich war ja da und hab's versucht, immer noch richtig ist?]

Ja klar. Ich war ja auch am Anfang hier. Aber ich komm doch nicht ein halbes Jahr hierher, nur weil das Gericht das so will.

[Und nun musst Du doch noch einmal teilnehmen, weil das Gericht gesagt hat, die Auflage bleibt unverändert bestehen.]

Stimmt, aber was soll's.

[Was hat sich denn an Deiner Einstellung seit der letzten Anmeldung geändert?]

Eigentlich gar nichts.

[Und was bedeutet das dieses Mal für Deine Teilnahme?]

Weiß nicht, keine Ahnung.

[...]

[Warum sind die denn der Meinung, Du solltest ,das mal machen'?]

Die sagen ja, ich wäre aggressiv, aber das stimmt gar nicht. Das ist ja immer alles nur passiert, wenn ich betrunken war. Sonst mach ich ja nie was. Immer nur unter Alkohol.

[Also bist Du nur dann aggressiv, wenn Du zuviel getrunken hast?]

Ja.

[Und trotzdem sagt das Gericht, Du sollst diesen Trainingskurs machen.]

54

Ja, obwohl ich denen auch schon gesagt habe, dass das immer nur mit Alkohol zu tun hat und ich sonst gar nichts mache, aber die meinen ja ich muss das machen, weil ich mich nicht unter Kontrolle habe, sagen die.

[Das klingt so, als würdest Du eine ganz andere Meinung haben als Deine Richterin.]

Ja, ich muss das ja wohl auch besser beurteilen können als die. Die hat ja auch mehr den Zeugen beim Gericht geglaubt als mir, sonst müsste ich das hier ja auch gar nicht machen.

[Und was ist nun genau der Grund dafür gewesen, dass Du dazu motiviert worden bist, diesen Kurs nicht bis zum Ende durchzuführen?]

Weil ich das gar nicht einsehe. Da wird beim Gericht alles geglaubt, was andere erzählen und mir gar nichts. Sollen die doch hierher kommen, wenn die glauben, das bringt was.

[Du meinst, Deine Richterin sollte am AAT teilnehmen?]

Das wäre gar nicht mal so schlecht, dann würde die wenigstens mal sehen, dass ich hier total verkehrt bin, dann sieht die das mal.

[Wie sieht es denn in dieser Hinsicht heute mit Deiner Einsicht aus, dass das AAT Dir was bringen könnte?]

Gar nichts. Ich mach ja nur unter Alkohol was. Dann bin ich schon mal aggressiv, aber sonst nicht. Aber auch nicht mehr so wie früher, jetzt trink ich nur noch so am Wochenende.

[Heißt das jetzt, dass Du sagen würdest, an Deiner Einsicht hat sich in diesem Punkt gar nichts verändert?]

Ja, warum auch.

[...]

[Unter welcher/welchen Voraussetzung/en hättest Du diesen AAT-Kurs beendet?]

Gar nicht.

[So kurz und knapp fällt Deine Antwort aus?]

Ja, das ist so. Höchstens, wenn die gesagt hätten, jetzt muss ich in den Knast.

[Also doch nicht ‚gar nicht'?]

Dann nicht, aber nur dann.

[Willst Du es denn wirklich darauf anlegen, dass Dir Knast angedroht wird?]

Na ja, dann muss ich ja wohl mitmachen.

[Wer zwingt Dich dazu, dann ‚mitmachen zu müssen'?]

Ich geh doch nicht in den Knast. Dann doch lieber hierher, aber sonst nicht.

[Also: Knastandrohung und sonst gar nichts?]

Ja, dann ja.

Einer endlosen Ruminationsschleife [Rumination = „das Wiederkäuen"] gleich bekundet der Abbrecher seine mangelnde Bereitschaft – die mangelnde Motivationstendenz verunmöglicht eine Handlungstendenz. Da der Proband keine Intention bildet, ein Ziel erreichen zu wollen, das im Zusammenhang mit dem AAT besteht, entbindet er sich sozusagen von jeglicher Handlung, die ihn im Sinne einer persönlichen Verpflichtung an diese Intention binden würde. Der Akt der Intentionsbildung unterbleibt und somit entfällt der Übergang vom selektionsorientierten in den realisationsorientierten Motivationszustand[99]. Eine Teilnahme am Training ergibt daher keinerlei Sinnhaftigkeit und kommt demzufolge nicht zustande.

---

[99] vgl. Schneider/Schmalt 2000, S. 95

Kommunikation prägt und trägt die Beziehung

Die Tragfähigkeit der Beziehung, ihre Belastbarkeit, die wiederholt stattfindende Probe hinsichtlich dessen, was an Zumutbarkeiten angetragen werden kann, basiert auf einer permanent signalisierten Gesprächsbereitschaft, die ohne Hass und Vorurteil, sine ira et studio, angetragen wird. Die in der kommunikativen Auseinandersetzung praktizierte Leidenschaft mit der zuvor ausgeloteten Belastbarkeit erinnert der Absolvent M. H. so.: „Ihr ward in Ordnung, klar. Heftig manchmal aber auch irgendwie. Wenn ihr dann immer wusstet, was ihr wolltet und dann einer angefangen hat und dann kommt der andere gleich hinterher. Aber irgendwie gut, fand ich. Da habt ihr so euren Spaß gehabt und wir mussten sehen, dass wir da durchkommen, aber ihr habt das gut gemacht. [...], wenn man auf dem ‚heißen Stuhl' war, zum Beispiel. Das war schon ziemlich heftig, wie das abging. Manchmal ja schon beim Vorgespräch, das war ja auch schon ‚heißer Stuhl' fast manchmal. Auch mit dem Wochenrückblick das ist gut, wenn ihr das fragt, was los war und auch immer weiter fragt, wenn jemand nicht so richtig was erzählt; das ist für einen selbst dann auch besser, weil man dann auch immer mehr erzählt und irgendwann denkt, das ist ok., wenn ich hier weiter laber – da macht dich keiner fertig, sondern die wollen dir helfen. [...], weil ihr ja auch immer wieder gesagt habt, ich kann nicht immer nur so rumhängen, ohne was zu machen, so ohne Schule oder so. Sonst hätte ich mich erst mal gar nicht darum gekümmert, zum Beispiel" (Int. 5). Die subjektive Einschätzung eines Probanden *da macht dich keiner fertig, sondern die wollen dir helfen*, lässt vermuten, dass eine hinreichende Vertrauensbasis geschaffen werden konnte.

Um den Einzelnen während der Integrationsphase in die Gruppe einzubinden, muss jeder Proband sich individuell angesprochen fühlen. Das bedeutet für das AAT-Team gleichwohl nicht, den Jargon der Jugendlichen und jungen Heranwachsenden zu übernehmen, denn es geht nicht darum, sich mit der Klientel zu solidarisieren in der Annahme, so gelänge die Voraussetzung für eine tragfähige Beziehung. In Parenthese sei angemerkt, wie Schaller, Leiter einer Agentur für Kommunikation, den Begriff Jargonieren definiert, dessen Ausdrucksweise insbesondere in Gruppen zutage tritt, die ihren Status unter Beweis stellen wollen oder müssen, dient der Jargon doch „als Statussymbol, um die tatsächliche oder erstrebte Zugehörigkeit zu einer Gruppe zu dokumentieren"[100]. Da es den Trainerinnen und Trainern nicht um die Zugehörigkeit zur Gruppe der teilnehmenden AAT-Probanden gehen kann, ist die Übernahme des Jargons der Jugendlichen und der jungen Heranwachsenden geradezu unprofessionell und steht jeglicher Authentizität entgegen. Dabei bleibt ein „zentraler Grundwert der Trainer [...] immer sichtbar: gewaltfreie Kommunikation"[101], denn „Konfrontative Pädagogik hat vom Grundkonzept nichts mit einer bestimmten Lautstärke oder gar Körperlichkeit zu tun"[102].

Die durch Empathie vermittelte Wertschätzung soll die Probanden ermutigen, sich und ihre Biografie so in die Trainingssitzungen einzubringen, dass ihre Geschichte bearbeitbar wird – sie sollen, um es mit Siegfried Lenz zu sagen, von dem erzählen, was sie gesehen, erfahren und erlebt haben[103]. Die „erfahrene Wertschätzung vermindert Verteidigungs- und Oppositionshaltungen sowie

---

[100] Schaller 2005, S. 160
[101] Schaller 2005, S. 22
[102] Bock 2011, S. 399
[103] Schmid/Lenz 2011, S. 3

ihre Bemühungen um besondere Geltung und Zuwendung. Sie fördert in gewissem Ausmaß die Selbstachtung und das Selbstvertrauen einer Person. Wertschätzendes Verhalten von Erwachsenen stellt ein angemessenes Verhaltensmodell für das Beobachtungslernen von [...] Jugendlichen dar. [...]. Erfahren [...] Jugendliche Wertschätzung, so werden sie sich eher bemühen, sich so zu verhalten, wie es der vom Erwachsenen zum Ausdruck gebrachten Wertschätzung ihrer Person entspricht"[104]. Zu Recht wird darauf verwiesen, dass „das AAT in seiner Praxis eine höchst emotionale, äußerst sensible Form der Gesprächsführung ist"[105], deren Anwendung im Resultat zu den Einschätzungen führt wie:

„Wir hatten alle das Gefühl, [...] das hat einfach gestimmt, weil man hatte kein negatives Gefühl" (Int. 2);

„So wie Sie das gesagt haben, wurde das dann auch gemacht, faire Sache eben" (Int. 7);

„Ihr ward ja ok, krass irgendwie, aber schon korrekt" (Int. 17);

„Sie waren in Ordnung. [...] Das stimmte ja auch, was Sie gesagt haben" (Int. 20).

Das Interesse an der Person des anderen muss bei dieser anderen Person vor allem als ihr geltendes Interesse wahrgenommen werden; der AAT-Proband muss das Gefühl haben, dass es fernab jeglicher Beliebigkeit um seine im Fokus stehenden Belange geht. Der Absolvent T. F. urteilt am Ende des Kurses, „dass Sie irgendwie korrekt sind, obwohl Sie auch manchmal Schwein sein können, wenn Sie einen dann so fertig machen oder jedenfalls immer weitermachen und nicht locker lassen, wenn man

---

[104] Tausch/Tausch 1973, S. 339/340

[105] Bloeß/Baumann/Laube 2004, S. 99

nicht weiter weiß oder immer versucht, irgendwas zu erklären, was ja auch dann gar nicht so richtig stimmt. Mit Ihnen war das aber immer in Ordnung so [...]" (Int. 6), wird eine Akzeptanz zum Ausdruck gebracht, die gleichsam einer Anerkennung durch den Probanden dem Trainer gestattet, die den jungen Menschen betreffenden Themen mit wertschätzender Konfrontation zu bearbeiten – *‚obwohl Sie auch manchmal Schwein sein können, [...] war das aber immer in Ordnung so [...]'*. Knapp und eindeutig schätzt der Absolvent S. B. seine Bereitschaft zur Mitarbeit am angemessenen Verhalten des Trainers ein, „wenn er korrekt ist. Mach ich besser mit. Dass ich mit ihm reden kann, dann sag ich was und dann arbeite ich mit. Sie bringen Sprüche, ich denk darüber nach – korrekt" (Int. 8), und hinsichtlich der Wirksamkeit konkludiert der Absolvent B. S. in seinem Interview gegenüber dem Verfasser: „Sie haben das gut gemacht, auf jeden Fall [...]. Ja, Sie waren irgendwie geheimnisvoll. [...]. Sie haben immer noch ein Ass im Ärmel. Sie spielen uns mit Ihrem Gehirn aus" (Int. 1).

Dieses *Ass im Ärmel* und das *Ausspielen mit dem Gehirn* lassen sich fachlich so formulieren: „Neben allen methodisch-rationalen Vorgehensweisen bleibt die Intuition des [Trainers] ein mitentscheidender Faktor für den [Trainings]erfolg"[106].

Die Kommunikationspsychologie spricht von einer in jeder Kommunikation vorkommenden Art eines sur plus, womit besagt wird, es gibt eine Eigendynamik, „die nicht nur aus der Summe der Anteile der einzelnen Kommunikationspartner zu erklären ist"[107]; es wird angenommen, dass „einige individuelle Merkmale und Persönlichkeits-

---

[106] Ansen 2011, S. 19

[107] Brunner et al. 1978, S. 52, zit. n. : Schulz von Thun 1997, S. 87

ausrichtungen in nahezu jedem Interaktionsgefüge ‚durchschlagen'"[108]. Der Kursabbrecher M. A. beschreibt dieses Phänomen mit den Worten, er müsse sagen, „dass das schon manchmal genervt hat, wenn Sie immer wieder gefragt und gemacht haben. Ich hab gesagt, Sie haben gefragt, ich sage wieder was, Sie fragen wieder was. Also, nervig war das manchmal so, *was* Sie gefragt haben, aber irgendwie gut war, *wie* Sie das gemacht haben – so dass man trotzdem zugehört hat" (Int. 16).

Der interviewte Absolvent B. S. konstatiert, es hätte „ja dann auch irgendwie Spaß gebracht. [...] ...wenn das da so losging mit dem Reden und so – wir haben was gesagt und Sie haben dann was gesagt und immer wieder gefragt und gefragt und gefragt und so – immer hin und her – so battle-mäßig eben [...]. [Die Nachfrage, was er denn dabei gelernt hätte, bestätigt B. S. in seinem Verständnis des battle-mäßigen Gesprächsstils]. Sehen Sie, genau das meine ich: Sie fragen immer ganz genau und wissen dann auch immer, da geht noch irgendwas so. Genau, ja, also, was ich gelernt habe. Ja, eben dass man auch mal reden kann, wie wir jetzt oder eben dass man auch sehen muss, dass man nicht gleich immer mitmacht, wenn irgendwo was geht, also auch mal ‚Nein' sagen können" (Int. 1).

Dieses Setting will Veränderungsprozesse initiieren, will das Handlungsrepertoire erweitern, indem zukunftsorientiert argumentiert wird. Diese zukunftsorientierte Argumentationsstrategie erleichtert es dem Probanden, „sich kooperativ zu zeigen, auch wenn er das ursprünglich nicht wollte"[109], wie der AAT-Absolvent M. H., der das Training erst nach wiederholter Anmeldung absolviert hat: „Ich wusste ja auch, was da im Kurs gemacht

---

[108] Schulz von Thun 1997, S. 89

[109] Motamedi 1999, S. 85

wird und dass das in Ordnung ist, was da abgeht. Irgendwie hatte ich da auch Bock darauf, so zu reden und mich fertig machen zu lassen, na ja, auf dem ‚heißen Stuhl' meine ich, dass da alle einem sagen, was eigentlich abgeht und dann was sagen dazu. Und eben auch zeigen, dass ich nicht nur so ein Kiffer bin, der nichts gebacken kriegt, also auch mal was durchzieht, wenn er will" (Int. 5). Damit bringt der Proband implizit zum Ausdruck, dass ihm die AAT-Teilnahme eine selbstermöglichte Chance zur Bestätigung sowie zum Erhalt einer ihm geltenden Anerkennung gewesen ist. *Erwische ihn, wenn er es gut macht*[110], wird ein Gedanke aus dem Bereich der MitarbeiterInnenführung entlehnt.

Eine Erweiterung seiner Sichtweise bestätigt der Absolvent A. B., wenn er über die verschiedenen Seiten reflektiert, „die so eine Gewalt überhaupt hat – die mal zu sehen. [...]. Ganz viele Faktoren spielen da eine Rolle. Für mich war das ja sowieso immer Spaß früher. Spaß, wirklich Spaß und – fertig! Spaß! [...] ...und damit hatte sich das Thema erledigt gehabt für mich. ‚Opfer' oder so was, ‚Familie', ‚Charaktereigenschaften', dies und das – das wusste ich vorher alles gar nicht, dass das auch eine Rolle spielt, [...]. ...oder das ‚soziale Umfeld', daran kann ich mich noch erinnern, dass wir da vorne gestanden haben [während der Integrationsphase; Anm. d. Verf.]: ‚Familie', ‚Freunde', wo wir alle zusammen gearbeitet haben. Und das Gute ist ja, dann sehe ich das mal, weil ich denke, das ist ja normal, dass man das nicht aus jeden Sichten sieht, weil ich kenne ja nur eine Sicht. Und wo wir da jetzt zusammen saßen, hat jeder was gesagt und da hat man plötzlich mal gehört, das stimmt. [...]. Ja, eine andere Blickrichtung. Allgemein: die ganzen Faktoren sind auf-

---

[110] Motamedi 1999, S. 107

getaucht, von denen ich vorher gar nicht gewusst habe, dass sie existieren" (Int. 2).

Wenn in der Interview-Passage von M. H. die Formulierung auftaucht, „irgendwie hatte ich da auch Bock drauf, [...], dass da alle einem sagen, was abgeht und dann was sagen dazu" und bei A. B. das Statement „und wo wir da jetzt zusammen saßen, hat jeder was gesagt und da hat man plötzlich mal gehört, das stimmt", erinnern die beiden Absolventen einen Akt der Kommunikation, der persönlichen, ausschließlich ihnen geltenden Bestätigung und Zuwendung. Das letztgenannte Statement bezieht sich auf eine Sitzung während der Integrationsphase, in der A. B. ein sogenanntes ‚Referat' gehalten hat, in dem er die Aspekte Freude, Trauer, Angst, Wut und Gewalt jeweils einem der Bereiche Familie, Schule/Ausbildung sowie Freundeskreis/Bekanntenkreis zugeordnet hat. Das Halten der ‚Referate' ist für einige der Probanden die Manifestierung ihres Entschlusses, am AAT teilzunehmen, da sowohl die Fähigkeit des Redenkönnens an sich als auch die gezeigte Offenheit als auch das im Schonraum der Gruppe erlebte Anerkennungsmoment eventuelle Verunsicherungen beseitigen, weil „ich da gemerkt habe, dass ich nicht der einzige bin, der mal so Probleme zu Hause und dann in der Schule und so hatte. Ich hab erst gedacht, dass kann ich hier nicht erzählen, weil die mich dann auslachen, aber war nicht so – im Gegenteil: Die haben ja dann sogar noch Applaus gegeben dafür. Danach konnte ich ja gar nicht mehr raus aus der Gruppe, also abhauen ging dann ja gar nicht mehr irgendwie danach", beschreibt Nima (18 Jahre) bei seiner Kursrückschau die Bedeutung seines ‚Referates' und schildert eine Situation, die durch erfahrene Wertschätzung sowie gespürte Annahme eine Atmosphäre geschaffen hat, „in der Angst und Spannung und die daraus resultierenden [...]

Fluchtgedanken abgebaut werden. Angesichts der Bejahung [...] können sich Selbstverneinung und Selbstverachtung des Klienten auf Dauer nicht halten, ebenso wenig seine Angst"[111], so dass ein Gefühl der Zugehörigkeit und Sicherheit initiiert werden kann. Der gespendete Applaus ist die Respektbekundung der Gruppe sowie des AAT-Teams für den einzelnen Teilnehmer, gleichsam Anerkennung, Bekräftigung sowie Lob. Zuteil gewordenes Lob „ist ein empfindliches Moment der Kommunikation. [...]. Es gilt nur, wenn der Lobende dem Gelobten etwas gilt"[112], betont Flitner die Bedeutung dieses Instruments, um demgegenüber auf den Tadel zu verweisen, der ebenso „ein persönliches Verhältnis voraus [setzt], eine Anerkennung des Tadelnden, mindestens seiner Definitionsmacht, ohne die der Tadel zum einen Ohr herein- und zum anderen hinausfliegen würde. [...] Pädagogisch brauchbar ist er nur [...], insofern er die Aufforderung und Möglichkeit enthält, das Getadelte zu korrigieren; insofern er also nicht entmutigt, sondern den Weg zur Verbesserung weist"[113]. Deutlich wird: Ohne eine durch die AAT-Probanden zugeschriebene und durch diese legitimierte Definitionsmacht sowie einer durch die Klientel anerkannten Akzeptanzzuschreibung hätte das AAT-Team zum einen keinerlei Ansatzmöglichkeit für einen tragfähigen Beziehungsaufbau und zum anderen entsagten die Probanden dem Team die erforderliche Autorität – und „Autorität", so Bertolt Brecht, „die nicht durch meinen Respekt entsteht, verwerfe ich [...]"[114]. Wird die Autorität der Trainerinnen und der Trainer respektiert, legitimiert das die zeitlich begrenzte Mög-

---

[111] Weber 2005, S. 109/110

[112] Flitner 2004, S. 104

[113] Flitner 2004, S. 104

[114] Brecht 1998, S. 203

lichkeit der Generierung eines Erziehungsprozesses, der darauf beruht, „dass es ein Gegenüber gibt, das anerkennt und unterstützt, fördert und leitet, aber auch begrenzt und mitunter streng ist"[115] und zwar weil das TrainerIn-Gegenüber durch den AAT-Probanden anerkannt wird und somit Unterstützungsangebote offerieren kann und weil dem Gegenüber die Förderung zugetraut wird und ebenso die Leitungskompetenz – „Voraussetzung dafür ist allerdings, dass die Erwachsenengeneration über Leitbilder verfügt, über hinreichend gesicherte Werte, mit der sie sich den Heranwachsenden präsentiert"[116], wird eine klare Positionierung und gesicherte Haltung verlangt. In einem „Alphabet der Werte"[117] werden mehr als 120 allgemein gültige moralische, ethische, kulturelle, religiöse, politische, ästhetische und zwischenmenschliche Werte sowie Selbstwerte (z. B.: Ästhetik, Anteilnahme, Autorität, Beziehungsfähigkeit, Fairness, Gerechtigkeit, Konfliktfähigkeit, Mut) aufgeführt. Aus diesem alphabetischen Katalog speist sich das Leitbild und bildet sich das vorzulebende Wertemodell, welches ein Erwachsener dem Nachgeborenen sein soll.

Neben diesem Aspekt ist eine Erkenntnis aus dem Bereich des Sozialen Priming zu erwähnen, welches das Phänomen betrifft, dass jene Menschen als Primes wirken, mit denen bedeutsame Beziehungen bestehen. Es wird angenommen, „dass sich im Laufe der Zeit durch wiederholte Interaktionen mit einer Person mentale Repräsentationen bilden"[118], also Gedächtnisinhalte, die im Zusammenhang mit Personen, Situationen sowie Beziehungen ste-

---

[115] Ahrbeck 2004, S. 151
[116] Ahrbeck 2004, S. 151
[117] Petri 2002, S. 55 ff.
[118] Storch/Riedener 2005, S. 122

hen „und schon die psychologische Präsenz einer Person kann Ziele aktivieren und unbewusst Einfluss auf Wahrnehmung und Handlung ausüben"[119], was wiederum, je nach der Wirkung eines dafür vorhandenen Modells, zur Folge haben kann, dass ein prosoziales Verhalten übernommen worden ist, wie AAT-Absolvent M. E. lakonisch resümiert, hat er doch „in manchen Situationen, wo es vielleicht zu Gewalttaten gekommen wäre, [...] an das AAT gedacht. War wie ein Reflex" (Int. 12).

[119] Storch/Riedener 2005, S. 122

Fakten zu den Interviews

Für die Erhebung der Daten ist das sogenannte qualitative Verfahren gewählt worden.

Die „qualitative Forschung rekonstruiert *Sinn* oder subjektive Sichtweisen [...]. Ihr Forschungsauftrag ist *Verstehen* [...]"[120]; sie „widmet sich der Untersuchung der sinnhaften Strukturierung von Ausdrucksformen sozialer Prozesse"[121]. Der qualitativen Forschung liegt somit die Wissenschaftstheorie der Hermeneutik zugrunde.

Da auf der Grundlage von Erfahrungen, Vermutungen, Einschätzungen und eigenem Erleben Irrtümlichkeiten nicht ausgeschlossen sind oder die vorhandenen Kenntnisse für das Verstehen eines Geschehens unzureichend sein können, ist für ein besseres Verständnis eine methodische Absicherung erforderlich. „Als Weg der Absicherung wird in der Tradition der Hermeneutik der ‚hermeneutische Zirkel' verwendet"[122]. Dieser geht von einem bestimmten Vorverständnis für im Text verwendeter Begriffe aus, was zum besseren Verstehen einzelner Passagen führt, was wiederum das eingebrachte Vorverständnis korrigiert oder erweitert, so dass ein Verstehen des Gesamttextes gelingt.

Im Zentrum dieser Interviews „steht die Frage, was die befragten Personen für relevant erachten"[123]. Das jeweilige Verstehen und die jeweilige Sinngebung der interviewten Probanden erfolgt „im *Kontext ihrer Lebenswelt*. Forschende wollen dieses Verstehen verstehen"[124].

---

[120] Helfferich 2004, S. 19

[121] Froschauer/Lueger 2003, S. 17

[122] König/Zedler 2002, S. 89

[123] Froschauer/Lueger 2003, S. 16

[124] Helfferich 2004, S. 21

Alle Gespräche sind als „face-to-face"-Interviews[125] ge-
führt worden. Die Interviews sollten die motivationalen
Prozesse der AAT-Probanden deutlich werden lassen. Als
probate Gesprächsform ist dafür das sogenannte Leitfa-
deninterview gewählt worden, weil dieses dann als geeignet gilt, „wenn subjektive Theorien und Formen des
Alltagswissens zu rekonstruieren sind und wenn von den
Interviewenden Themen eingeführt werden sollen, weil
z.B. eine selbständige Generierung nicht erwartet werden
kann"[126]. Insgesamt soll der Leitfaden sicherstellen, „dass
in einer größeren Zahl von Interviews gleichartige Informationen erhoben werden, und das in jedem Interview
alle Informationen erhoben werden, von denen man sich
vorher überlegt hat, dass man sie braucht"[127].

Eine spezielle Anwendungsform des Leitfadeninterviews
ist das Experteninterview. In diesem Falle steht der AAT-
Teilnehmer „nicht als einzelnes Subjekt im Blickpunkt des
Interesses, sondern als Experte für einen spezifischen
Handlungsbereich. In die Untersuchung einbezogen wird
er nicht als individuelle Persönlichkeit, sondern als Re-
präsentant einer spezifischen Gruppe"[128] – hier also als
andauernder respektive vorzeitig beendender Teilnehmer
eines AAT-Kurses, der die seine Entscheidung motivie-
renden Aspekte erläutern soll. Der Status als Experte
„ergibt sich aus der Position [...], den die Experten inne
haben"[129]; dafür steht der Interviewte mit seinem Wissen
um seine Entscheidung als Experte zur Verfügung und

---

[125] vgl. Scholl 2003, S. 31
[126] Helfferich 2004, S. 159
[127] Gläser/Laudel 2004, S. 139
[128] Lamnek 2002, S. 176
[129] Scholl 2003, S. 67

hinsichtlich dieses Expertentums sind die von den AAT-Probanden genannten Antworten von Interesse.

Als Experten sind 15 AAT-Absolventen befragt worden, die einen Trainingskurs kontinuierlich absolviert und am Ende der Maßnahme ein entsprechendes Zertifikat erhalten haben; desgleichen wurden 15 Personen befragt, die den Kurs vorzeitig beendet haben.

An diese jeweils 15 Experten sind folgende Fragenkataloge gerichtet worden:

Gruppe der Absolventen

1. Was hat für Dich *dafür* gesprochen, diesen AAT-Kurs durchzuführen?

2. Wann hast Du die Entscheidung getroffen, diesen AAT-Kurs bis zum Ende durchzuführen?

3. Warum hast Du Dich entschieden, diesen AAT-Kurs bis zum Ende durchzuführen?

4. Wodurch bist Du angeregt (motiviert) worden, diesen AAT-Kurs bis zum Ende durchzuführen?

5. Welche Bedeutung hatte das TrainerInnen-Team für Deine Entscheidung/en?

6. Unter welcher/welchen Voraussetzung/Voraussetzungen hättest Du diesen AAT-Kurs *nicht* beendet?

Gruppe der Abbrecher

1. Was hat für Dich *dagegen* gesprochen, diesen AAT-Kurs durchzuführen?

2. Wann hast Du die Entscheidung getroffen, diesen AAT-Kurs *nicht* bis zum Ende durchzuführen?

3. Warum hast Du Dich entschieden, diesen AAT-Kurs *nicht* bis zum Ende durchzuführen?

4. Wodurch bist Du angeregt (motiviert) worden, diesen AAT-Kurs *nicht* bis zum Ende durchzuführen?

5. Welche Bedeutung hatte das TrainerInnen-Team für Deine Entscheidung/en?

6. Unter welcher/welchen Voraussetzung/Voraussetzungen *hättest* Du diesen AAT-Kurs beendet?

Die interviewte Klientel

Die hier fokussierten Klienten tauchen in der jährlich publizierten Polizeilichen-Kriminal-Statistik (PKS) lediglich als Fakten und Daten auf – beim Training werden sie als Menschen mit Namen, Gesichtern und Biografien erkennbar.

Verwiesen sei an die unter *Annäherndes* sowie unter *Qualitätsstandards und Evaluationen* aufgeführten spezifizierenden Anmerkungen.

Nachfolgend werden einige Daten – Alter, Nationalität, Delikte – detaillierter dargestellt.

Alter

Die Altersangaben der 15 Kursabsolventen mit den Initialen der Vor- und Zunamen sind in der **Tabelle 1** dargestellt.

Kürzel	BS	AB	DH	LP	MH	TF	KM	SB	BR	MN	DJ	ME	EN	HH	DS
Alter	19	17	18	21	20	22	23	17	17	19	17	16	19	17	18

Das Durchschnittsalter der 15 AAT-Absolventen lag zum Zeitpunkt der Beendigung des Kurses bei 18,7 Jahren.

Die Altersangaben der 15 Kursabbrecher mit den Initialen der Vor- und Zunamen sind in der **Tabelle 2** dargestellt.

Kürzel	MA	RN	PH	HM	RY	RB	SC	BM	MZ	MK	CH	SW	AG	ST	NM
Alter	21	19	17	18	18	17	16	20	18	18	19	19	19	19	18

Das Durchschnittsalter der 15 Probanden lag zum Zeitpunkt des Abbruchs bei 18,4 Jahren.

Nationalität

Nationalitäten der AAT-Absolventen (**Tabelle 3**):

Nationalität	deutsch	albanisch	kroatisch	libanesisch
Anzahl	11	2	1	1

Nationalitäten der AAT-Abbrecher (**Tabelle 4**):

Nationalität	deutsch	türkisch	albanisch	russisch
Anzahl	11	2	1	1

Delikte

In unterschiedlicher Häufigkeit wurden Straftaten begangen, die gem. §§ 223 (Körperverletzung), 224 (Gefährliche Körperverletzung), 226 (Schwere Körperverletzung), 249 (Raub), 250 (Schwerer Raub), 252 (Räuberischer Diebstahl), 253 (Erpressung) oder 255 (Räuberische Erpressung)[130] vom Gericht geahndet worden sind.

Nachfolgend sind jene Straftaten aufgeführt, die bei der Erteilung der gerichtlichen Weisung zur Teilnahme am AAT zugrunde lagen. Dabei können von einem Teilnehmer mehrere Straftaten begangen worden sein, beispielsweise weil Delikte in Tateinheit begangen worden sind oder ein Sammelverfahren wegen wiederholter Straffälligkeit anberaumt worden ist. So heißt es beispielsweise im Urteil des jungen Heranwachsenden M.K. (18 Jahre), der den AAT-Kurs abgebrochen hat: „Der Angeklagte M.K. ist des Raubes, der räuberischen Erpressung in Tateinheit mit gefährlicher Körperverletzung, der Körperverletzung in fünf Fällen, davon in zwei Fällen in Tateinheit mit Bedrohung, in zwei Fällen in Tateinheit mit Beleidigung und in drei Fällen in Tateinheit mit Widerstand ge-

[130] vgl. StGB 2004

72

gen Vollstreckungsbeamte, der gefährlichen Körperverletzung in Tateinheit mit Sachbeschädigung und Bedrohung, des Diebstahls, der Bedrohung und der Beleidigung in drei Fällen, davon in zwei Fällen in Tateinheit mit Widerstand gegen Vollstreckungsbeamte und in einem Fall mit Bedrohung schuldig"[131]. Somit liegen dieser Verurteilung insgesamt 26 Straftaten zugrunde.

Die nachfolgende **Tabelle 5** führt die abgeurteilten Delikte der Kurs-Abbrecher sowie die Anzahl der Delikte auf. Anschließend zeigt **Tabelle 6** die Delikte sowie deren Anzahl von den Kurs-Absolventen.

[131] Urteil des zuständigen Bezirksjugendgerichtes

Kürzel	Delikte	Anzahl
M.K.	5x Körperverletzung; 5x Bedrohung; 5x Beleidigung; 5x Widerstand gegen Vollstreckungsbeamte; 2x gef. Körperverletzung; Raub; räub. Erpressung; Sachbeschädigung; Diebstahl	26
M.Z.	3x schwere Körperverletzung; Diebstahl	4
C.H.	3x gefährliche Körperverletzung; versuchte Körperverletzung; Bedrohung; 2x Beleidigung	7
S.W.	Schwere räuberische Erpressung in Tateinheit m. schwerem Eingriff in den Straßenverkehr	2
A.G.	Gefährliche Körperverletzung; Körperverletzung; Bedrohung; Fahren ohne Fahrerlaubnis in Tateinheit m. vorsätzlicher Trunkenheit im Verkehr; Sachbeschädigung	6
S.T.	Versuchte gemeinschaftliche räuberische Erpressung in Tateinheit m. gemeinschaftlicher Körperverletzung; versuchter gemeinschaftlicher Raub; Körperverletzung	4
N.M.	Fahren ohne Fahrerlaubnis; Körperverletzung; Nötigung; gefährl. Körperverletzung	4
M.A.	4x Körperverletzung; 2x gefährliche Körperverletzung; 2x Sachbeschädigung	8
R.N.	Räuberische Erpressung; versuchte räuberische Erpressung in Tateinheit m. Körperverletzung; gefährl. Körperverletzung; 2x Körperverletzung	6
P.H.	3x gefährl. Körperverletzung; 3x Beleidigung	6
H.M.	Versuchte räuberische Erpressung; 2x gemeinschaftl. Raub; 3x Körperverletzung; Nötigung	7
R.Y.	2x Raub; räuberische Erpressung; 2x Körperverletzung; gefährl. Körperverletzung; 4x Verstoß gegen das BtmG	10
R.B.	Raub; 3x Körperverletzung	4
S.C.	3x Raub; 3x räuberische Erpressung; 3x gefährl. Körperverletzung; 4x Körperverletzung; Diebstahl;	14
B.M.	4x Körperverletzung; 6x Diebstahl; Verstoß gegen das BtmG	11

Kürzel	Delikte	Anzahl
A.B.	2x schwere Körperverletzung; 2x gefährliche Körperverletzung; Bedrohung; Körperverletzung; Beleidigung	7
D.H.	Schwere Körperverletzung; schwerer Diebstahl; Diebstahl	3
H.H.	Schwere Körperverletzung; 3x Körperverletzung; 2x Diebstahl	6
L.P.	2x gefährliche Körperverletzung; schwere Körperverletzung; Körperverletzung	4
M.H.	Gemeinschaftlicher schwerer Raub in Tateinheit m. gefährlicher Körperverletzung; gemeinschaftl. schwere räuberische Erpressung in Tateinheit m. gefährlicher Körperverletzung; gemeinschaftl. schwerer Raub in Tateinheit m. versuchter Nötigung; gemeinschaftl. schwerer Raub; gemeinschaftl. schwere räuberische Erpressung in 4 Fällen; gemeinschaftliche räuberische Erpressung	12
T.F.	Schwere räuberische Erpressung in 4 Fällen; 2x räuberische Erpressung; Nötigung; Widerstand gegen Vollstreckungsbeamte	8
K.M.	Schwere Körperverletzung; bewaffneter Raubüberfall; Körperverletzung	3
B.S.	Raub; räuberische Erpressung; gefährliche Körperverletzung in 2 Fällen; Diebstahl	5
B.R.	Gefährliche Körperverletzung in 3 Fällen; räuberische Erpressung in 2 Fällen; Körperverletzung	6
M.E.	Räuberische Erpressung; gefährliche Körperverletzung in 2 Fällen; versuchte Nötigung; Diebstahl	5
E.N.	Gefährliche Körperverletzung in 3 Fällen; Raub in 2 Fällen; versuchte räuberische Erpressung; Körperverletzung; Diebstahl in 2 Fällen	9
M.N.	Schwere räuberische Erpressung in 2 Fällen; gefährliche Körperverletzung in 3 Fällen; Körperverletzung	6
S.B.	Schwere Körperverletzung; gefährliche Körperverletzung; Erschleichen von Leistungen in 4 Fällen; Körperverletzung	7
D.J.	Räuberische Erpressung in 3 Fällen; schwere räuberische Erpressung; gefährliche Körperverletzung in 2 Fällen; versuchte Nötigung; Bedrohung in 2 Fällen	9
D.S.	Versuchte räuberische Erpressung in 2 Fällen; räuberische Erpressung; schwere Körperverletzung; gefährl. Körperverletzung in 2 Fällen	6

Die Interviews

Die individuellen Bewertungsdispositionen der Absolventen beziehungsweise Abbrecher sind in den nachfolgenden Interviews dokumentiert.

Gruppe der Absolventen

Interview: 1/Namenskürzel: B.S./Alter: 19

1. Was hat für Dich dafür gesprochen, diesen AAT-Kurs durchzuführen?

Also, erst mal wollte ich gucken, ob mir das wirklich was bringt. Und dann auch, da bin ich ganz ehrlich – ich wollte, dass die Bewährung endlich durch ist. Also dass die Auflage damit durch ist, ganz ehrlich.

[Wenn Du sagst, Du wolltest gucken, ‚ob Dir das was bringt' – was meint das genau?]

Ja, also gucken, ob das was bringt – also, ja, ganz platt gesagt: Ich wollte sehen, ob mir das was bringt, wenn ich wieder irgendwo Stress habe, also, ob ich dann wirklich sagen kann: So, jetzt erst mal ruhig bleiben und nicht gleich loslegen, weil es eigentlich gar nichts bringt – ja, genau.

[Was genau hast Du dafür durch das Training gelernt?]

Ja, also, ich sag mal so, meine persönliche Meinung ist: Es kommt darauf an, das, was man mitnimmt, auch umzusetzen – darauf kommt es an.

[Was meinst Du mit ‚umsetzen'?]

Ja, so in Stresssituationen zum Beispiel, dass man dann wirklich mal Sachen nicht gleich so sieht, dass es dafür lohnt, was zu machen. Also die Einschätzung von so einer Situation, sich eben nicht provozieren lassen eben (lacht) – haben Sie ja auch gesagt, also, dass lieber andere rumhampeln sollen oder so, also, dass man sich da nicht zum Kasper machen soll und so – sehen Sie: Ich hab was gelernt beim AAT (lacht).

[Ist Dir das denn bisher gelungen, wenn es solche Situationen gab?]

Ja, bis jetzt bin ich ganz gut damit zurecht gekommen.

[Was ist denn jetzt anders als früher in solchen Situationen, in denen es sonst bei Dir öfter Stress gegeben hat?]

Ja, was ist anders? Also, ich weiß doch jetzt, was ich aufs Spiel setze: meine Freiheit.

An so was hab ich früher gar nicht gedacht.

[Ok.]

2. Wann hast Du die Entscheidung getroffen, diesen AAT-Kurs bis zum Ende durchzuführen?

Von Anfang an (lächelt). Ja, das ist mir eigentlich schon klar, weil ich das auch will.

[Was meinst Du mit ‚weil ich das auch will'?]

Ja, also auf jeden Fall die Bewährung endlich weghaben und endlich nicht mehr diesen ganzen Stress mit Polizei und Gericht und Anwalt und dies das. Und dann war ich auch einfach neugierig und hatte irgendwie Bock, das Training zu machen, so gut ich kann.

[Klingt ja irgendwie nach Ehrgeiz.]

Ja, klar (lacht). Hat ja dann auch irgendwie Spaß gebracht. [Was denn zum Beispiel?]

Ja, also, das wissen Sie doch – wenn das da so losging mit dem Reden und so – wir haben was gesagt und Sie haben dann was gesagt und immer wieder gefragt und gefragt und gefragt und so – immer hin und her – so battle-mäßig eben – ja, das ging richtig gut so.

[Und gelernt hast Du auch noch was dabei.]

Kann man wohl sagen.

[Was denn zum Beispiel?]

(lacht) Sehen Sie, genau das meine ich: Sie fragen immer ganz genau und wissen dann auch immer, da geht noch irgendwas so (lacht). Genau, ja, also, was ich gelernt habe. Ja, eben dass man auch mal so reden kann, wie wir jetzt oder eben das man auch mal sehen muss, dass man nicht gleich immer mitmacht, wenn irgendwo was geht, also auch mal ‚Nein' sagen können.

[Gut so. Ok.]

3. **Warum hast Du Dich entschieden, diesen AAT-Kurs bis zum Ende durchzuführen?**

Ja, ganz klar: als erstes den Gerichtskram weg. Und so bei der Kursmitte etwa, da hab ich auch gemerkt, so die Themen, was man da so durchnimmt und so das Denken über diese Themen – das bringt doch was.

[Wie meinst Du das mit ‚das bringt doch was'?]

Ja, also, das ist so wie beim Karate: Man will immer bis zum Schluss dabei bleiben und muss immer gut aufmerksam sein so, und das war eigentlich so mein Interesse; und auch Ihr professionelles Arbeiten.

[Oh, fishing for compliments. Ok, was war denn Deiner Meinung nach ‚professionell' an der Arbeit?]

Ja, also, man hat doch schon gemerkt, dass Sie das schon länger machen, also, dass Sie eben kein Anfänger sind, dem man irgendwas erzählen konnte und dann ist gut – hab ich ja schon gesagt: Sie haben nicht locker gelassen, wenn Sie gemeint haben, da fehlt noch was so. Ja, war professionell eben.

[Du warst zufrieden damit, ja?]

Kann man so sagen, ja (lächelt).

[Ok.]

4. *Wodurch bist Du angeregt (motiviert) worden, diesen AAT-Kurs bis zum Ende durchzuführen?*

Also, allergrößte Motivation war: Ich wollte nicht in den Knast, ganz klar, also draußen bleiben auf jeden Fall. Und dann eben auch der Versuch, was zu ändern.

[Was genau wolltest Du ,ändern'?]

Ja, also, auch mal nachgeben können; und länger nachdenken, bevor ich was mache; und bei mir ist das jetzt auch so, dass ich mir sage, ich geh' jede Woche zum Boxtraining, und wenn ich mal irgendwie Ärger hab oder so, dann sag ich mir: Ich kann da in den Ring steigen und da kann ich dann für mich vieles klären und das passt dann ganz gut.

[,Vieles klären' – ok, allerdings nicht alles.]

Ne, stimmt, aber mir reicht das schon, wenn ich das weiß, dass ich da hingehen kann.

[Ok. Dann die nächste Frage.]

5. *Welche Bedeutung hatte das TrainerInnenteam für Deine Entscheidung?*

Oh, schwierig, ja, also, Sie haben das gut gemacht auf jeden Fall (lächelt), ja, ich weiß, hab ich schon gesagt, aber soll jetzt auch kein Geschleime sein oder so. Ja, Sie waren irgendwie geheimnisvoll.

[,Geheimnisvoll' – wie meinst Du das?]

Ja, Sie haben immer noch ein Ass im Ärmel. Sie spielen uns mit Ihrem Gehirn aus (lächelt).

[Was Dir doch aber Spaß gebracht hat, oder?]

Klar doch (lächelt), hat ja auch Spaß gebracht.

[Ok, dann die letzte Frage.]

6. *Unter welcher/welchen Voraussetzung/en hättest Du diesen AAT-Kurs nicht beendet?*

Oh, weiß nicht. Fällt mir ehrlich gesagt gar nichts ein, keine Ahnung, weiß nicht, echt nicht.

[Ok, dann war's das. Vielen Dank, B.]

Dafür nicht. Wenn es Ihnen was gebracht hat, ist doch gut.

Interview: 2/Namenskürzel: A.B./Alter: 17

1. Was hat für Dich dafür gesprochen, diesen AAT-Kurs durchzuführen?

Ja, dafür hat eigentlich nur gesprochen, dass ich das machen musste, also dass ich damit halt meine Auflagen erfülle und neue Leute kennen zu lernen und ein bisschen was Neues zu sehen.

[Das sind drei Gründe: Erfüllen der Auflage, neue Leute kennen lernen, etwas Neues sehen – was war davon der wichtigste Grund?]

Auflage erfüllen.

[Das hast Du ja geschafft. Was ist mit den anderen beiden Punkten: Sind die erfüllt worden? Hast Du neue Leute kennen gelernt und Neues gesehen?]

Ja.

[Was hast Du denn gelernt?]

Ich hab überhaupt das gelernt, ähm, was das Gericht beziehungsweise das Land, auch Deutschland, an sich tut – das hab ich schon damals gelernt – , um Verbrechern beziehungsweise Gewalttätern zu helfen. Ich wusste ehrlich gesagt gar nicht, dass es so was gibt überhaupt. Und ich hab ja da auch die Videos gesehen [Während der Integrationsphase: „Abschied vom Faustrecht"; „Gewalt im Griff"; Anm. d. Verf.], und da hab ich gesehen, dass das ein bundesweites Projekt ist, und das war ja auch gerade so am Anfang und das hat mich sehr beeindruckt.

[Was hat Dich daran ,beeindruckt'?]

Dass man, ja, ich hab nicht gewusst, dass es so was gibt, ehrlich gesagt. Und die Art und Weise, wie die das machen, diese ganze Geschichte, dass man das in Gruppen macht; auch in Gefängnissen, oder dass man auch diese Situation mit dem allseits bekannten ‚heißen Stuhl' und so, nä; dass man alles versucht, auch die Gewalttäter so in Opfersituationen reinzubringen.

[Du hast ja jetzt schon einige Punkte aufgezählt, die Dir in Erinnerung geblieben sind.]

Ja.

[Nenn doch bitte mal ein oder zwei Punkte, die Dich wirklich beeindruckt haben, die Dir von dem gesamten Kurs am nachhaltigsten in Erinnerung geblieben sind!]

Überhaupt, während des gesamten Kurses, was ich gut fand, was mir sehr noch in Erinnerung geblieben ist – und leider sehe ich diese Menschen nicht mehr –, nur einmal beim Vorbeifahren habe ich ihn noch gesehen, dieser eine, der war ein ganz Netter, dass die, die zum Schluss das auch wirklich durchziehen wollten, auch so eine richtig gute Gemeinschaft waren, das war schon so eine Art Familie – nicht richtig Familie, aber Sie wissen, was ich meine. Man hat sich jetzt gegenseitig auch angerufen: ‚Jetzt komm, verplan das nicht heute' und dies und das. Man hat danach auch was unternommen und man hat auch Nummern ausgetauscht, aber leider ist das verloren gegangen und so.

[Ja.]

Das hab ich auf jeden Fall in Erinnerung behalten.

[Das heißt, Du hattest von dieser Gruppe den Eindruck, die gehört zusammen und die hält zusammen?]

Ja, die auf jeden Fall. Doch. Man hat auch ganz schnell gemerkt, die, die das machen wollten, die haben zusammengehalten, und die, die das nicht wollten, sind ganz schnell raus-

geflogen oder wie auch immer. Und die, die das machen wollten, haben dann auch zusammengehalten. Und das war auch
immer eine schöne Atmosphäre muss ich sagen. Also, wenn –
nur der Weg dahin war scheiße (lacht). Wenn man da war,
hat man sich gut gefühlt – auch so in den Pausen und so,
wenn man dann gequatscht hat, auch mit den Trainern und
so.

[Ja. Und was hat für Dich die ‚schöne Atmosphäre‘ ausgemacht? Wodurch ist die entstanden?]

Ich weiß nicht, vielleicht ist das auch so, weil da, wo wir waren, da ist das auch sehr gemütlich da. Der ganze Holzboden
da und so, und ganz normal Pause so in der Küche – in einer
normalen Küche, wo wir dann waren, das hat das dann auch
ausgemacht. Und die Trainer waren ja auch nett, verstehen
Sie, die waren auch auf unserer Ebene: Die wissen ja, wie wir
auch sind, sag ich mal, und die haben sich auch anders mit
uns unterhalten. Nicht so ‚Abgrenzung‘ sag ich jetzt mal, so
zwischen Erwachsener und du bist Jugendlicher so, das
hab ich so empfunden, und nicht so: ‚Du bist jetzt was
Schlechteres, weil Du so und so gemacht hast, deswegen‘.
Und wir waren ja auch sonst so in einem Boot.

2. Wann hast Du die Entscheidung getroffen, diesen AAT-
Kurs bis zum Ende durchzuführen?

Die hab ich eigentlich sofort getroffen. Also, da gab es für
mich nie eine Frage, ob ich den durchführe oder nicht. Das
war für mich Pflicht. Also, für mich selber auch, dass ich das
durchziehe, nä, ganz normal.

[War Dir das eigentlich schon klar im Moment der richterlichen Weisung? Wir hatten Euch ja den Kursablauf erklärt,
also: Kennlernphase, Konfrontation und Coolnessphase –
war für Dich bereits vor Kursbeginn klar, dass Du das bis
zum Ende durchziehst?]

Also, ja, wo Sie das gerade sagen, also, wo ich das bekommen hab, hab ich gesagt: ‚Ich mach das auf jeden Fall.' Und als ich dann hergekommen bin, dann weiß man ja nicht, was auf einen zukommt.

[Genau.]

Und in der ersten Stunde hatte ich ja gleich erst mal zwei Sachen gehört. Das erste war zum Beispiel, dass da jemand nicht kommt wegen mir. Und da war da noch einer, der angeblich später dann nicht gekommen ist wegen mir. Aber wie auch immer, da wusste ich nicht so genau, aber richtig so klar wurde mir das beim zweiten Mal sofort. Beim ersten Mal war das noch ganz durcheinander. Und beim zweiten Mal war auch noch ein bisschen durcheinander, und beim dritten Mal war ich mir wirklich sicher: ‚Alter, das ziehen wir hier durch!' Und beim ersten Mal waren wir noch voll viele da. Und beim zweiten, dritten Mal, wo wir uns langsam eingegliedert haben, da war mir das richtig klar geworden.

[Was ist Dir da ‚klar geworden', dass Du sagen konntest: ‚Das ist es'?]

Ja, ich saß da in der Runde, das weiß ich noch, und ich weiß noch genau, auf einmal hat mir das was gesagt, irgendwas bringt das hier. ‚Was' weiß ich nicht, ehrlich gesagt, aber ich hatte das Gefühl, irgendwas (lacht), ‚will I take'.

[Ok. Das ist eine gute Überleitung zur Frage drei.]

3. Warum hast Du Dich entschieden, diesen AAT-Kurs bis zum Ende durchzuführen?

Weil ich immer das Gefühl hatte, dass mir das irgendwas bringt. Ich konnte mich da zwar nicht gleich reinversetzen, aber ich wusste, das bringt was. Ich sag Ihnen ganz ehrlich, wenn ich gedacht hätte, der ganze Scheiß hier bringt's nicht, dann wäre ich zu Frau M. [Mitarbeiterin der fallzuständigen Jugendgerichtshilfe; Anm. d. Verf.] gegangen und hätte ge-

sagt: ‚Wohin schicken Sie mich bei diesem Scheiß? Was ist das?'

[Kannst Du diese Erwartung, die Du hattest, dieses ‚Irgendwas', im Nachhinein so formulieren, dass deutlich wird, was es Dir gebracht hat?]

Schwierig zu formulieren.

[Ja, das ist schwierig zu formulieren, aber versuche es!]

Na ja , das hat mir in dem Sinne was gebracht, dass ich überhaupt mal die Seiten gesehen habe, wenn ich jetzt so überlege. Die Seiten, die so eine Gewalt überhaupt hat – die mal zu sehen. Also die Seiten, die es da gibt. Ganz viele Faktoren spielen da eine Rolle. Für mich war das ja sowieso immer Spaß früher. Spaß, wirklich Spaß und – fertig! Spaß! Gewalt gleich Spaß, beziehungsweise Action oder wie auch immer und damit hatte sich das Thema erledigt gehabt für mich. ‚Opfer' oder so was, ‚Familie', ‚Charaktereigenschaften', dies und das – das wusste ich vorher alles gar nicht, dass das auch eine Rolle spielt, das habe ich vorher gar nicht gedacht. Oder dass das auch eine Rolle spielt, das ‚soziale Umfeld', daran kann ich mich noch erinnern, dass wir da vorne gestanden haben [Während der Integrationsphase; Anm. d. Verf.]: Familie, Freunde, wo wir alle zusammen gearbeitet haben. Und das Gute ist ja, dann sehe ich das mal, weil ich denke, das ist ja normal, dass man das nicht aus jeden Sichten sieht, weil ich kenne ja nur eine Sicht. Und wo wir da jetzt zusammen saßen, hat jeder was gesagt und da hat man plötzlich mal gehört, das stimmt.

[Eine andere Blickrichtung.]

Ja, eine andere Blickrichtung. Allgemein: die ganzen Faktoren sind aufgetaucht, von denen ich vorher gar nicht gewusst habe, dass sie existieren.

[Dann kommen wir zur nächsten Frage.]

4. *Wodurch bist Du angeregt (motiviert) worden, diesen AAT-Kurs bis zum Ende durchzuführen?*

Also, einmal auf jeden Fall durch meinen Vater, der mich immer unterstützt hat, der mich immer erinnert hat.

[Worin bestand da genau die Motivation?]

Die Motivation bestand eigentlich darin, dass er gesagt hat: ‚Du brauchst das.' Das brauchte er mir aber nicht zu sagen, weil ich wusste schon, wofür das war, aber die Wirkung der Motivation, na ja, dass er mich daran erinnert, weil damals hab ich noch viel gekifft und darum bin ich doch froh, dass mein Vater das gemacht hat.

[War das für Dich Kontrolle? War das Unterstützung, dass Dein Vater darauf geachtet hat? Denn ich erinnere mich daran, dass Dein Vater Dich ja auch einmal wirklich bis zu uns begleitet hat und danach noch mit uns gesprochen hat, um zu erfahren, wie Du mitarbeitest.]

Ja, ja, immer als Unterstützung.

[Gut: ein Punkt ist der Vater. Wodurch bist Du noch motiviert worden?]

Auf jeden Fall durch die, ... gerade am Ende, dann wurde dann ja auch schönes Wetter und so. Wir haben ja so, glaube ich, gegen Winter angefangen und dann wurde ja immer so schöneres Wetter und so, und obwohl schöneres Wetter wurde, waren die da, also auf jeden Fall diese Gruppe, die hat einen auch mitgezogen. Mein Vater, die Gruppe, und ansonsten, ehrlich gesagt, einfach so das Gerede, was wir auch so geredet haben. Man hat sich einfach gedacht, das war schon Motivation genug, wo die Trainer auch so geredet haben, was die überhaupt geredet haben.

[Was war denn an dem ‚Gerede' motivierend für Dich?]

Ja, man hat irgendwie gesehen, jetzt kommen wir wieder zum Punkt: ‚Was bringt's?' Das Gerede der Trainer – das hat schon was in sich. Ich hatte auch das Gefühl – und das war wirklich das erste Mal so – ich war ja noch Jugendlicher, dass ich das Gefühl hatte, das bringt mir was, aber ich weiß nicht was – das war ja das Schwierige: Ich weiß das, aber ich weiß nicht was, verstehen Sie, was ich meine?

[Das heißt, Du hattest das Gefühl, dass das, was die Trainer-Innen Dir da vermitteln wollen, das lohnt sich, das hat einen Wert?]

Ja.

[Ok. Das bietet einen Übergang zur nächsten Frage.]

5. Welche Bedeutung hatte das TrainerInnenteam für Deine Entscheidung?

Für die Entscheidung, das durchzuziehen?

[Ja.]

Eine sehr große. Weil ich muss sagen, wir haben ja, mit Ihnen haben wir ja nicht so direkt gesprochen. Wir haben schon mit Ihnen gesprochen, aber wir hatten ja noch so unsere ‚heimlichen Dinger‘, sag ich mal, und wir haben uns natürlich auch über die Trainer unterhalten.

[Ja.]

Und wir sind alle der Meinung gewesen, und das muss ich wirklich sagen, dass das geile Trainer waren, wirklich geil. Ob das der kleine U. war, ob das F. war, ob das Herr Dings-dabummsda... [S.] S. war, der nicht so oft irgendwie zum Schluss da war, glaube ich, aber, ob das Sie jetzt waren, das war auf jeden Fall – das hat einfach gestimmt, weil man hatte gar kein negatives Gefühl, ehrlich gesagt, wirklich. Das wird mir jetzt auch noch mal irgendwie klar, wenn ich darüber spreche, und das hat mich eigentlich gewundert, weil es gibt immer einen Trainer, wo man sagen kann, das ist das ‚schwarze Schaf‘ – das gab es gar nicht da, wo man sagt: ‚Ne, auf den hab ich keinen Bock, oder so‘, das war einfach alles

gut so. Und ich glaub auch, jeder Trainer hat seine Eigen-
schaften. Mir kam das immer so vor, wie, mir kam das immer
so vor , wie – ihr ward ein zusammengespieltes Team.

[Ein Team.]

Ja, wirklich ein Team. Und wir hatten gegen keinen von die-
sem Team was, weil das hat man auch gemerkt, weil keiner
hat gegen irgendeinen was gesagt jetzt, wirklich so jetzt, wo
man sagt: ‚Äh, den mag ich nicht', das gab es gar nicht. Das
gibt es ja auch bei Lehrern, zum Beispiel, wo man sagt, den
mag ich nicht, aber ich muss mit denen ja irgendwie zurecht
kommen – da war das nicht so. Oder vielleicht haben wir das
auch nur so empfunden, dass das nicht so war, dass das voll
korrekt ist so – auch wie die sind. Das ist, glaube ich,
einer der wichtigsten Punkte. Weil, wenn man zum Beispiel
auf einen Lehrer keinen Bock hat, geht man auch nicht gerne
in seinen Unterricht, nä.

[Du hast ja nun bereits erwähnt, dass diejenigen, die den
Kurs beendet haben, mit diesem Kurs auch etwas anfangen
konnten.]

Ja.

[Warum, glaubst Du, konnten die dann auch etwas damit
anfangen, was die TrainerInnen da vermittelt haben? Woran
konntest Du denn für Dich festmachen – ich spreche jetzt
nur von Dir –, dass Du mit dem, was die TrainerInnen sa-
gen, etwas anfangen kannst? Woran ist Dir das klar gewor-
den?]

Vielleicht daran, wie Sie das Ganze aufgebaut haben, wie Sie
das gemacht haben. Sie haben ja irgendwie so gesagt, mir ist
das scheißegal, das ist für Euch, Du brauchst mir ja gar nicht
zuhören, vom Ding her. Aber Sie haben immer das Gefühl
vermittelt, das ist für uns. Das ist nicht so wie in der Schule:
Du sitzt da und dann läuft das so dahin, sondern das ist so,
dass Du denkst, das ist für mich, das bringt mir was. Und

auch so mit diesem ‚Plus' und ‚Minus' [meint: Rating für jede Sitzung; Anm. d. Verf.], das war auch so, dass wir dann immer noch darüber geredet haben, ob das nicht doch ein ‚Plus' war oder doch noch ein ‚Neutral' so. Sie haben dann, wenn einer gestört hat, ein ‚Minus' gegeben, normal, wurde ja auch vorher erklärt, darüber haben wir dann auch noch immer diskutiert.

[Hast Du Dich während des Kurses respektiert gefühlt?]

Doch, auf jeden Fall. Auch so untereinander. Ich war ja auch einer der Jüngsten dort, aber ich wurde auch respektiert von allen, darauf wurde ja auch von Ihnen geachtet. Respekt vor den Trainern sowieso, aber wir hatten auch gegenseitig Respekt. Das war nur am Anfang irgendwie, aber als die dann auch raus waren, zum Schluss eben: perfekt! Da war am Anfang einer, der kam da bekifft hin, das war respektlos und dann musste die ganze Gruppe... – das war auch so eine Sache: Da musste dann ja die ganze Gruppe gehen. Sie haben ja auch vorher gesagt, wenn das vorkommt, dann betrifft das die ganze Gruppe. Und wir wussten, wenn einer kifft, wer hat Schuld? Kein Trainer. Zum Beispiel in der Schule, da hätte ich jetzt dem Lehrer die Schuld gegeben, aber so mussten wir ihm die Schuld geben, wissen Sie, das war auch so aufgebaut, dass man das Ganze respektvoll handhabt.

[Ernstgenommen.]

Ja.

[Ok.]

6. Unter welcher/welchen Voraussetzung/en hättest Du diesen AAT-Kurs nicht beendet?

Zum einen, wenn ich da mit irgendeinem was gemacht hätte, aber das war ja klar, dass das nicht passiert (lacht). Ja, wenn ich irgendwie einen ‚Abturner' bekommen hätte, aber was hätte das sein können?

[Das ist die Frage: Was für ein ‚Abturner' hätte das sein können?]

Ja, vielleicht beispielsweise, ich wäre mit einer ärztlichen Entschuldigung gekommen und Sie hätten zu mir gesagt: ‚Ne, die nehme ich nicht an!' So ein kleiner Grund wäre für mich schon, da nicht mehr hinzugehen. Dann hätte ich mich nicht ernstgenommen gefühlt. ‚Vorverurteilt' vielleicht auch, dass ich das Ding gefälscht habe oder wie auch immer. Dann, bei solchen Sachen, aber sonst fällt mir echt nichts ein.

[Ok, danke.]

Bitte schön. Ich hoffe, Sie haben viel Glück.

Interview: 3/Namenskürzel: D.H./Alter: 18

1. Was hat für Dich dafür gesprochen, diesen AAT-Kurs durchzuführen?

Was mich motiviert hat?

[Ja.]

Ja, meine Motivation war eigentlich zuallererst mal, dass ich meine Bewährung endlich rumkriege dadurch, und das zweite, meine Einstellung zur Gewalt einfach zu ändern so.

[Was heißt ‚Einstellung zur Gewalt ändern'?]

Ja, dass man ein bisschen reifer wird und einfach mehr nachdenkt, bevor man Leute schlägt oder so.

[Das klingt jetzt so: Leute ruhig weiterhin schlagen, aber mit mehr Überlegung.]

Nein, nein, nicht so, also dass man sich schon überlegt, bevor man jemanden schlägt oder so, nä, so was, dass man schon überlegt, ob sich das jetzt lohnt halt jetzt, dafür in den Knast zu gehen.

[Und nachdem Du diesen Kurs beendet hast, hast Du das Gefühl, Du bist in dieser Hinsicht ‚reifer' geworden?]

90

Ja, doch schon. Ich bin ruhiger geworden.

[Woran machst Du das fest, dass Du sagst, Du bist ‚ruhiger geworden'?]

Ja, zum Beispiel, wenn irgendwelche hier, die Leute in meinem Ghetto zum Beispiel, weiß nicht, abspacken oder so, dass ich mich dann da raushalte, also einfach mich dafür so mäßig gar nicht interessiere so. Sonst normalerweise hätte ich da wahrscheinlich mitgemacht, so Spaßboxen oder so, keine Ahnung.

[Und wenn Du jetzt selbst sagst, Du bist ‚ruhiger geworden', dann ist das ja zunächst einmal eine Einschätzung von Dir. Hat Dir denn auch schon einmal jemand anderes gesagt, Du bist jetzt anders drauf als früher, als vor einem Jahr oder vor einem halben Jahr?]

Also, der Letzte, der mir das jetzt gesagt hat, das war Herr B. [Nachbar des Interviewten; Anm. d. Verf.], und der meinte selber, ich bin jetzt ruhiger geworden, ja, und ich selber merk' das natürlich auch.

2. *Wann hast Du die Entscheidung getroffen, diesen AAT-Kurs bis zum Ende durchzuführen?*

Ah, schon am Anfang, nä, also, als ich mich vorgestellt habe, da war das für mich eigentlich schon klar, weil für mich war noch soviel Bewährung offen, ja und deswegen. Ich hab eigentlich gedacht, egal, was kommt.

[Das heißt, für Dich war das von Beginn an klar?]

Ja, seit ich wusste, dass es das überhaupt gibt.

3. *Warum hast Du Dich entschieden, diesen AAT-Kurs bis zum Ende durchzuführen?*

Ja, das war der erste Grund war halt Bewährungszeit nicht vermasseln. Und der zweite einfach die Einstellung gegenüber Gewalt zu ändern, also aggressives Handeln sag ich mal.

[Du hast als erstes Ziel genannt die ‚Bewährungszeit nicht vermasseln' und als zweites ‚die Einstellung gegenüber Gewalt zu ändern'. Ist das für Dich auch eine Reihenfolge der Wichtigkeit, also an eins die ‚Bewährungszeit nicht vermasseln' und an zwei die ‚Einstellungsänderung'?]

Ja, doch, weil der Wunsch nach dem Durchhalten der Bewährung, also auch nicht in den Knast zu müssen, so der Freiheitsdrang, der ist schon größer als die, sag ich mal jetzt, wie soll ich das sagen, so jetzt die Motivation, seine Probleme in den Griff zu kriegen. Da ist also insgesamt der Freiheitsdrang schon größer.

[Was verbindest Du mit dem Begriff ‚Freiheitsdrang'?]

Ja, also alles, was draußen eben geht und im Knast eben nicht.

[Was ‚geht draußen' für Dich im Moment denn in dieser Hinsicht?]

Ja, ich hab meine Schule und einen Job schon mal, so mit Freundin ist ja wohl auch einfacher, und so überhaupt so mit Freunden treffen und so. Schwimmen, Kino auch mal oder überhaupt einfach sich frei bewegen können. Ich hab meine Schule bald fertig und dann mal sehen mit Ausbildung so danach. Das will ich mir nicht mehr kaputt machen jetzt.

[Ok.]

4. Wodurch bist Du angeregt (motiviert) worden, diesen AAT-Kurs bis zum Ende durchzuführen?

Ja, ich selber erst mal und auch der Bewährungshelfer. Der und mein Verteidiger, ja, die haben, wie soll ich sagen, ja, die haben mir das so vorgeschlagen, kann man sagen, ja.

[Ist das für die schwierig gewesen, Dich davon überzeugen zu müssen?]

Hmm, ne, eigentlich nicht.

[Hast Du durch die davon erfahren oder hast Du die darauf angesprochen, dass es diesen Trainingskurs gibt?]

Ja, ich glaub, der Bewährungshelfer hat mich angesprochen.

[Was hat Dir der Bewährungshelfer darüber erzählt, dass Du gesagt hast, das könnte etwas für mich sein?]

Ähm, ja, halt dass es einen ‚heißen Stuhl' gibt so, und halt dass man auch gute Vorteile hat dadurch. Ja, und dadurch hat er mir das dann ein bisschen schmackhaft gemacht so.

[Auch den ‚heißen Stuhl'?]

Ja, das eher weniger, aber das nimmt man dann doch in Kauf.

[Was war denn da zum Beispiel die Motivation zu sagen: Trotz des ‚heißen Stuhls' nehme ich das in Kauf? Warum warst Du bereit zu sagen: Auch diesen ‚heißen Stuhl' mach ich mit?]

Ja, weil's mir einfach wichtig war, so meine Ruhe zu haben, und das geht auf Dauer irgendwie nicht, wenn man Bewährung hat und meint, das wird schon irgendwie gut gehen. Also, ich bin lieber ein halbes Jahr hier zum AAT gegangen, als einfach nur die Jahre zu warten, dass die Bewährung weg ist, nä.

[Ja. Verstehe ich das richtig, dass Du Dir gesagt hast, die Vorteile überwiegen auf jeden Fall die Nachteile?]

Ja, ja, das ist es, genau.

5. Welche Bedeutung hatte das TrainerInnenteam für Deine Entscheidung?

Das heißt, Sie meinen jetzt, ob ich mich darauf einlassen würde, mit denen zusammenzuarbeiten, so?

[Was Du ja gemacht hast. Und die Frage ist jetzt darauf bezogen, ob das TrainerInnenteam für Deine Entscheidung, diesen Kurs durchzuführen, von Bedeutung gewesen ist oder

ob Du sagst: Das ist völlig gleichgültig, wer das Training durchführt und wie das durchgeführt wird?]

Egal ist das wohl nicht. Ich hatte so von anderen gehört, dass das hier korrekt abläuft. Und ich wollte für mich gucken, was man da lernen kann, ob man sagen kann vielleicht: Die haben doch Recht, was die da sagen und dass man vielleicht auch was ändert.

[Du hattest ja vorab schon einiges über das Training gehört. Würdest Du im Nachhinein sagen, Deine Erwartungen sind erfüllt oder enttäuscht worden? Hast Du Dir das so vorgestellt?]

Nein, eigentlich hab ich mir das doch so vorgestellt wie das hier war. Also, am Anfang hab ich mir das schwerer vorgestellt, ja, das war dann doch nicht so schwer.

[Im Nachhinein.]

Ja, im Nachhinein. Ja, so kann man das sagen. Also, enttäuscht jedenfalls war ich gar nicht. Also, es war dann ja auch korrekt, wie das gesagt wurde vorher – korrekt und war auch gut. So der Ablauf hat schon gepasst so.

[Wann war für Dich der Punkt, an dem Du gemerkt hast, dass Du mit dem Ablauf dieses Trainings klarkommst, wie lange hat das gedauert?]

Ziemlich früh eigentlich, nach zwei Monaten schon.

[,Nach zwei Monaten' bedeutet allerdings ein Drittel des Kurses.]

Ja, aber wenn man überlegt, die Kennlernphase, die geht ja ein bis zwei Monate, die ist ja doch wichtig so, da war das für mich eigentlich schon in Ordnung so.

6. Unter welcher/welchen Voraussetzung/en hättest Du diesen AAT-Kurs nicht beendet?

Hm [13 Sekunden Schweigen und Überlegen; Anm. d. Verf.], ich weiß gar nicht. Vielleicht, dass einfach der Ablauf beim Training nicht in Ordnung gewesen wäre und die Leute und so. Also so, dass man eigentlich gar keinen Vorteil daraus sehen kann. Aber sonst eigentlich weiß ich nichts, fällt mir nichts ein.

[Dann sage ich vielen Dank dafür, D.]

Ja, klar, war doch in Ordnung so. Und viel Erfolg dann auch für Sie.

Interview: 4/Namenskürzel: L.P. /Alter: 21

1. Was hat für Dich dafür gesprochen, diesen AAT-Kurs durchzuführen?

Ja, für mich war das eigentlich die Chance, so was mal durchzuziehen, ja so was mal mitzumachen, so was hätte ich ja sonst nie mitgemacht. Das interessiert mich auch, mich selber mal an meine Grenzen zu führen. Das war eben der Grund, so ein AAT durchzuführen.

[Was verstehst Du unter ‚Chance'?]

Dass mich jemand zur Weißglut bringt, wo ich nichts machen kann. Eine Chance, wo ich sonst vielleicht zugeschlagen hätte; und ich will dadurch, ja, dadurch einfach lernen von dem AAT.

[Würdest Du, nachdem Du diesen Kurs durchgezogen hast, sagen, Du hast dabei auch etwas gelernt?]

Auf jeden Fall. Es ist zwar nicht alles hängen geblieben, aber schon so ein bisschen.

[Zum Beispiel was?]

Zum Beispiel, wenn ich jetzt mich mal schlagen sollte, dass ich das nicht mit Fäusten klären kann, sondern mit dem Mund, mit Worten – das hab ich nicht vergessen.

[Gab es für Dich Situationen, in denen Du anders reagierst hast, weil Du Dir sagst: ‚Ich hab das AAT absolviert'? Also eine Situation, in der Du konkret etwas von dem, was Du gelernt hast, auch angewendet hast?]

Ja, ja. Ja, ich hab mal wieder ein bisschen Stress gehabt und ich hab dann vielleicht schon überlegt, vielleicht jetzt wieder zuzuschlagen oder so, aber im Endeffekt hätte mir das gar nichts gebracht. Und wenn ich jetzt daran denke, an das AAT zum Beispiel, ich hatte mit meinem Nachbarn Stress gehabt, und er wollte sich mit mir schlagen, ich sollte mit ihm in die Wohnung kommen. Da hab ich gedacht, bin ich denn so blöd? Muss das sein? Muss nicht sein.

[Früher warst Du so blöd?]

Früher war ich so blöd. Da bin ich hingegangen, da war's egal und ich hab mich mit ihm geschlagen. Und jetzt hab ich mir gedacht: Ne, brauchst Du gar nicht. Lachst Du darüber und das war's.

2. Wann hast Du die Entscheidung getroffen, diesen AAT-Kurs bis zum Ende durchzuführen?

Äh, das war von Anfang an eigentlich, äh, ja, das war von Anfang an eigentlich. Ich wollte das auf jeden Fall durchziehen.

[Warum gab es da für Dich keine Zweifel?]

Hmm, äh ja, ich hab darüber eigentlich gar nicht so nachgedacht. Ich wollte das eben durchziehen. Das war mir eigentlich egal, ob ich das jetzt geschafft hätte oder nicht geschafft hätte.

[Das heißt für Dich stand das von vornherein fest. Man musste Dich gar nicht lange davon überzeugen, sondern Du wolltest das auch?]

Ja, auf jeden Fall.

3. *Warum hast Dich entschieden, diesen AAT-Kurs bis zum Ende durchzuführen?*

Als erstes, da bin ich offen und ehrlich, hab ich das getan, um meine Scheißvorbewährung wegzukriegen.

[Das ist ok.]

Und als zweites wollte ich für mich probieren, das mal mitzumachen. Also einmal wegen der Vorbewährung und eben auch für mich, um mal reinzuschnuppern in so eine AAT-Gruppe. Ich hatte diese Chance und ich hab die angenommen.

[Wodurch ist Dir diese Chance eröffnet worden? Wie hast Du von diesem Kurs erfahren?]

Ich hab mit meinem Bewährungshelfer gesprochen und der hat mir das empfohlen, und ich hab mir das durch den Kopf gehen lassen, und dann hab ich ihm gesagt, dass ich das gerne mitmachen möchte. Und dann wurde das ja vom Gericht auch so entschieden, dass ich so einen Kurs machen muss, und dann bin ich zu einem Vorgespräch eingeladen worden und Sie haben mich angehört und dann wurde gesagt, dass ich für so einen AAT-Kurs auch geeignet bin.

4. *Wodurch bist Du angeregt (motiviert) worden, diesen AAT-Kurs bis zum Ende durchzuführen?*

Ja, also, ich finde dafür gar keine Worte im Moment. Können Sie die Frage noch einmal stellen?

[Ja. Wodurch bist Du angeregt worden, also was war für Dich der Anreiz zu sagen, ich führe diesen AAT-Kurs bis zum Ende durch?]

Ah ja. Nicht in den Knast gehen zu müssen. Ich hab nicht gerade wenig [Strafmaß; Anm. d. Verf.]. Und das war für mich eine Chance, und ich hab eigentlich gar nicht damit gerechnet, dass ich diese Chance bekomme, weil ich so eine hef-

tige Straftat hab; und als ich die Chance dann hatte, da hab ich gedacht: Ok, entweder alles oder gar nichts.

[Klingt ja fast ein bisschen so, als seiest Du für diese Chance dankbar gewesen.]

Auf jeden Fall.

5. Welche Bedeutung hatte das TrainerInnenteam für Deine Entscheidung?

Das Interessante war, dass solche Fragen, die ich von den AAT-Betreuern sag ich mal, gehört habe, sonst noch nie gehört habe. Und das hat mich auch einfach selber interessiert mit mehreren Leuten, die so was sonst gar nicht machen würden; so die lachen da vorher drüber, und dann sitzt man so mit mehreren Leuten in einem Raum, in einem Boot, das hat mich einfach interessiert, die Fragen an mich selber überhaupt, an die anderen Leute, an die anderen Personen. Das war eine gute Zusammenarbeit, sag ich mal so.

[Was verstehst Du unter ‚guter Zusammenarbeit'?]

Gute Zusammenarbeit, also: Mich schon hochzubringen, aber nicht zu hoch, wo Sie wissen, wo eine Grenze ist. Sie haben das nicht übertrieben. Wo Sie schon wissen, ok, da ist ein bisschen da, und die anderen haben das auch so gemacht; also die anderen, die da saßen, die haben nicht so übertrieben, also einfach wissen, wo eine Grenze ist. Und wenn jemand keine Ahnung hat, der macht so was nicht, so, dass die Leute durchdrehen und sagt ich breche das hier ab und will das nicht mehr.

[Kannst Du Dich noch daran erinnern, als wir uns das erste Mal begegnet sind bei dem Vorgespräch und anschließend an das erste Treffen mit der ganzen Gruppe – welchen Eindruck hattest Du da?]

Ich hatte gedacht, mal auf mich zukommen lassen, was für eine Person Sie sind.

[Und welchen Eindruck hattest Du da?]

Ja, ok. Sie nehmen kein Blatt vor den Mund. Ja, und wenn, Sie haben am Anfang erzählt, was los ist, und wenn es irgendwo Probleme gab, dann haben Sie gesagt, was wir sollen und was Sie wollen und wir haben das alle verstanden. Sie haben die Karten auf den Tisch gelegt.

[Offenheit.]

Offenheit.

[Fair?]

Nicht immer, nicht immer.

[Zum Beispiel?]

Zum Beispiel mit unserer Tat. Wenn Sie uns mit unserer Tat, wenn Sie auf uns zukamen mit dieser Frage, dann haben Sie immer ein bisschen weiter gestichelt, und Sie wussten ja eigentlich, was die Antwort schon war, und wir wollten das ja eigentlich nicht sagen, aber trotzdem wollten Sie mit uns immer weiter, immer weiter, bis wir das sagen mussten so, und Sie haben nicht gesagt, dass wir das jetzt sagen sollten, sondern immer Stück für Stück haben Sie das so angedeutet, dass das jetzt raus muss, dass wir in einer Ecke sind, wo wir gar nicht mehr rauskommen.

[Was ist daran unfair?]

Was unfair ist daran, dass Sie gesehen haben, dass es uns nicht gut ging in der Situation auf einmal, dass wir eigentlich am liebsten alle abgebrochen hätten oder ich zumindest – ich sag nicht alle, ich spreche ja von mir, und ich hab ja nicht abgebrochen, ich hab das durchgezogen.

[Warum?]

Weil ich, weil ich mir selber zeigen, ich wollte Biss zeigen für mich selber, dass ich das durchziehe. Darum hab ich das einfach mitgemacht und, ja, ich war auch ganz schön nass (lacht).

[Du weißt, Du hättest ,Stopp' sagen können.]

Natürlich.

[Hast Du allerdings nicht.]

Ne.

[Du hast die Chance gehabt, für Dich zu gucken, wo Deine Grenzen sind. Das ist ja auch fast schon wieder fair, oder?]

Äh, jein (lacht). Aber Sie haben Recht, eigentlich ist das fair, weil ich ja auch wusste, dass Sie uns, ja, wie soll ich sagen, dass Sie uns, ja, weiß nicht, also nicht jetzt, dass Sie uns nun mögen für das, was wir alles gemacht haben so, aber auf jeden Fall wussten wir ja, dass Sie uns doch irgendwie ok finden und auch respektieren – genau, und deshalb war das fair: Sie haben uns Respekt gezeigt und Sie haben auch so konfrontiert mit den Straftaten, das war ok, wenn Sie wissen, was ich meine.

[Ich habe Dich verstanden, ja.]

Gut so (lacht).

6. Unter welcher/welchen Voraussetzung/en hättest Du diesen AAT-Kurs nicht beendet?

Fällt mir gar nichts zu ein. Ne, gar nichts.

[Dann sage ich vielen Dank für das Interview.]

Bitte, gerne.

Interview: 5/Namenskürzel: M.H./Alter: 20

1. Was hat für Dich dafür gesprochen, diesen AAT-Kurs durchzuführen?

Na ja, irgendwann muss ich ja mal sehen, dass ich mein Leben auf die Reihe kriege. Und ich musste den Kurs ja auch machen vom Gericht aus, aber dieses Mal wollte ich das auch. Ich kann ja nicht ewig so abhängen, dass ich auch irgendwann wie so'n Penner am Bahnhof oder so rumhänge. Das peilt nicht. Ich hab einen Sohn und der soll nicht mit so einem Vater aufwachsen, der auch nur rumhängt.

[Wieso ‚auch'?]

So wie mein Vater eben. Das muss ich mir nicht geben. Wenn ich das jetzt nicht pack, dann geht irgendwann gar nichts mehr. Also fang ich jetzt mal an damit, und den Kurs hab ich ja auch schon mal gemacht jetzt (lacht).

[Ein Anfang ist geschafft.]

Genau.

2. Wann hast Du die Entscheidung getroffen, diesen AAT-Kurs bis zum Ende durchzuführen?

Gleich als ich Euch hier gesehen habe. Ich kannte Euch ja schon vom ersten Mal, weil ich ja schon mal die Auflage für so einen Kurs hatte. Das wäre ja auch irgendwie peinlich gewesen, wenn ich wieder abgesprungen wäre. Außerdem hatte ich meiner Freundin gesagt, dass sie sehen wird, dass ich das schaffe dieses Mal. Hab ich ja auch geschafft.

[Stimmt. Deshalb kann ich Dich ja jetzt auch als Absolvent interviewen.]

Hab ich doch gut gemacht (lacht).

[Hast Du. Wenn Du sagst, Du hast Deiner Freundin gesagt, ‚dass sie sehen wird, dass du das schaffst' – welche Bedeutung hatte diese Zusage an sie?]

Ja, die sollte wissen, dass ich so was eben auch durchziehen kann, also so gesagt, dass ich ihr zeigen wollte, dass sie sich einmal auf mich verlassen kann und dann so, dass ich da auch was lerne in der Gruppe und das dann ihr zeigen kann.

[Was ist Dir denn noch in Erinnerung, was Du ihr dann ‚zeigen' konntest, was Du in der Gruppe gelernt hast?]

101

Ja, so beim ‚heißen Stuhl' so, also, was dann so gesagt wurde, als das vorbei war.

[Du meinst beim Feedback nach dem ‚heißen Stuhl'.]

Genau, bei diesem ‚Feedback', ja. Das war schon heftig, aber in Ordnung. Weil die ja eigentlich nur das so kommentiert haben, was ich vorher auf dem ‚heißen Stuhl' an Müll abgesondert habe. Na ja, aber die haben ja auch gesagt, dass war gut mit meiner Ehrlichkeit. Aber da hab ich auch gar nicht immer alles so geplant manchmal. Hier ne Frage, da ne Frage, hin und her. Egal. Und richtig gut waren dann die Tipps, dass ich vielleicht mal Sachen nicht immer nur so auf aggro, so immer nur negativ sehen soll. Sonst haben andere ja echt keine Chance, dass sie mich auch so mal nett finden können – so einfach netter Junge eben.

[Wer erlebt Dich denn jetzt so als ‚netten Jungen'?]

Alle, weil ich ja jetzt einer bin (lacht).

[Dann die nächste Frage an den netten Jungen.]

3. Warum hast Du Dich entschieden, diesen AAT-Kurs bis zum Ende durchzuführen?

Damit ich mal ruhiger werde. Und weil ich keinen Bock habe, noch mal in den Knast zu gehen. Das hat mir gereicht, das eine Mal. Mann, du sitzt da drinnen und draußen sind alle anderen: Freundin mit Kind, Kumpel und so. Das muss ich nicht noch einmal haben. Dann lieber einmal die Woche hier zum Kurs und fertig. Lieber hier draußen als im Knast sitzen. Da verpasst du zuviel.

[Was würdest Du denn vermutlich verpassen?]

Ja, alles: mein Sohn wird größer, meine Freundin ist dann alleine mit ihm, ich bin alleine im Knast, kein richtiges Geld verdienen, Freunde sind nicht da – würde doch alles fehlen dann.

[*Was hat es denn noch für Dich gebracht, dass Du das AAT jetzt beendet hast?*]

Ja, was noch, wie soll ich sagen? Ja, so auf jeden Fall noch, dass ich mal ein bisschen mehr blicke, was so abgeht bei mir, also, was geht und was nicht so.

[*Worauf beziehst Du das?*]

Ja, zum Beispiel so mit der Arbeit oder 'ner Ausbildung. Nicht gleich immer so die ganz großen Ziele haben, sondern erst mal sehen, was wirklich geht, also realistisch bleiben (lacht), wie ihr das immer gesagt habt, wenn wir immer die Ziele für einen Monat aufgeschrieben haben [meint: Aktivitätsrating: am Anfang eines jeden Monats werden Vorhaben genannt, die die Probanden bis zum Ende des Monats erfüllt haben sollen; Anm. d. Verf.]. Da gab's dann ja immer so die grünen und roten Punkte dann, und da konnte man ja auch sehen, was man so auf die Reihe kriegt oder eben nicht.

[*Welches Deiner Vorhaben hast Du erreicht?*]

Ja, einige doch: Wohnung klar gemacht, mit Freundin alles geklärt damals, mich um einen Job gekümmert. Ich hab eigentlich immer was geschafft in so einem Monat.

[*Da kann man sagen: Weiter so!*]

Auf jeden Fall.

[*Jetzt erst einmal hier mit dem Interview weiter.*]

Ok.

4. Wodurch bist Du angeregt (motiviert) worden, diesen AAT-Kurs bis zum Ende durchzuführen?

Weil ich draußen bleiben wollte, hab ich ja schon gesagt. Wie ist denn das, wenn meine Frau meinen Sohn in den Knast schleppen muss, damit er seinen Papa sehen kann – das ist doch asig [meint: asozial; Anm. d. Verf.]. Ich wusste ja auch, was da im Kurs gemacht wird und dass das in Ordnung ist, *was da abgeht. Irgendwie hatte ich auch Bock darauf, so zu reden und mich fertig machen zu lassen, na ja, auf dem ,heißen Stuhl' meine ich, dass da alle einem sagen, was eigentlich abgeht und dann was sagen dazu. Und eben auch zeigen, dass ich nicht nur so ein Kiffer bin, der nichts gebacken kriegt, also auch mal was durchzieht, wenn er will.*

[Warum wolltest Du das AAT denn jetzt ,durchziehen'?] Ja, wie gesagt, weil ich draußen bleiben wollte, klar, und weil das auch gut gepasst hat eben: die Trainer waren gut, die Gruppe auch, die Stimmung, dass man was geschafft hat, die Stimmung war eben gut – sagte ich ja schon, also auch die Räume so – das war schon 'ne runde Sache so.

[Wie ist das zu verstehen, wenn Du sagst, ,dass man was geschafft hat'?]

Ja, so den Kurs durchzuziehen einmal, und auch noch sonst so eben, die Sachen, die man sich jeden Monat dann so vorgenommen hat und dann geguckt hat, ob man das auch gebacken bekommen hatte bis zum Ende dann.

[Inwieweit war das eine Unterstützung, dass so etwas einmal im Monat von Euch als Vorhaben angekündigt wurde und am Ende des Monats dann von uns überprüft worden ist?]

Ich fand das schon gut, weil man dann auch wusste, das wird noch mal abgefragt, ob ich das dann auch gemacht hab oder nicht geschafft hab eben. Also wussten wir ja immer, dass ihr da noch mal fragt, und dann will man ja auch sagen: ,Ich hab's geschafft!' (lacht).

[War das für Dich ein Grund, das so zu sehen?]

Auf jeden Fall. Ich fand das immer gut, wenn ich mir was vorgenommen hab und dann nachher konnte ich sagen: ,Power! Das ist erledigt!'

[Ok.]

5. Welche Bedeutung hatte das TrainerInnenteam für Deine Entscheidung?

Ihr ward in Ordnung. Heftig manchmal aber auch irgendwie. Wenn ihr dann immer wusstet, was ihr wolltet und dann einer angefangen hat und dann kommt der andere gleich hinterher (lacht). Aber irgendwie gut, fand ich. Da habt ihr so euren Spaß gehabt und wir mussten sehen, dass wir da durchkommen, aber ihr habt das gut gemacht.

[Was genau meinst Du mit ‚ihr habt das gut gemacht'?]

Na ja, wenn man auf dem ‚heißen Stuhl' war zum Beispiel. Das war schon ziemlich heftig wie das abging. Manchmal ja schon beim Vorgespräch, das war ja auch schon ‚heißer Stuhl' fast manchmal. Auch mit dem Wochenrückblick – das ist gut, wenn ihr da fragt, was los war und auch immer weiter fragt, wenn jemand nicht so richtig was erzählt und irgendwann denkt, das ist ok, wenn ich hier weiter laber, da macht dich keiner fertig, sondern die wollen dir helfen.

[Wie ist Dir zum Beispiel geholfen worden?]

Na ja, weil ihr ja auch immer wieder gesagt habt, ich kann nicht immer nur so rumhängen, ohne was zu machen, so ohne Schule oder so. Sonst hätte ich mich erst mal gar nicht darum gekümmert zum Beispiel. Und so habt ihr dann ja so lange genervt, bis ich mich wirklich mal umgehört und was geplant habe.

[Und immerhin hast Du dann ja auch einen Platz bekommen.]

Stimmt, und den habe ich auch immer noch (lacht).

6. Unter welcher/welchen Voraussetzung/en hättest Du diesen AAT-Kurs nicht beendet?

Dieses Mal gar nicht. Ich wollte das durchziehen und nicht noch Mal wieder beim Richter stehen und sagen, warum das diesmal wieder nichts geworden ist und dann sagen, beim *nächsten Mal mach ich das aber ganz bestimmt. Irgendwann denkt der doch auch, der labert sowieso nur Müll und glaubt mir dann gar nichts mehr.*

[Vielen Dank für das Interview. Das war's dann.]

Hat also noch einen Vorteil gehabt, dass ich durchgezogen habe – so konnten Sie mich interviewen (lacht).

Interview: 6/Namenskürzel: T.F./Alter: 22

1. Was hat für Dich dafür gesprochen, diesen AAT-Kurs durchzuführen?

Dass ich den Leuten zeigen kann, dass ich nicht so bin, wie viele immer von mir denken. Eben zeigen, dass ich auch ohne Menschenverletzungen leben kann, also nicht erst immer andere Menschen schädigen, damit ich Vorteile hab. Das muss auch anders gehen können.

[Wie ist denn Deine Vorstellung davon, wie es ,auch anders gehen kann'?]

Ohne dass ich andere bedrohe oder sonst irgendwie schädige, also niemanden verletzen.

[Wie hat das AAT dazu beigetragen, dass Dir das jetzt gelingen könnte?]

Weil ich gezeigt habe, dass ich nicht nur schlecht bin, und weil ich gesehen habe, dass ich nicht immer andere erst verletzen oder eben den anderen Menschen Schaden zufügen muss, damit ich etwas erreiche.

[Wie hast Du das ,gezeigt'?]

Dadurch, dass ich in bestimmten Situationen so beim ,heißen Stuhl' auch zum Beispiel, dass ich da eben ruhig geblieben bin und niemanden beleidigt habe.

[Du hast gesagt, Du hast gesehen, ,dass Du andere nicht verletzen musst' – was meinst Du genau damit?]

*Ich weiß jetzt, dass ich das eben nicht muss, also andere ver-
letzen. Ich kann auch klarkommen, ohne jemanden irgendwie
zu schädigen. Ich muss keine Verletzungen bei anderen an-
richten, nur weil ich etwas möchte. Das wollte ich ja auch
lernen: klarkommen, ohne andere Menschen zu verletzen.*

[Ein lohnenswertes Ziel.]

Genau.

*2. Wann hast Du die Entscheidung getroffen, diesen AAT-
Kurs bis zum Ende durchzuführen?*

*Nach den ersten Sitzungen, als ich mir erst mal angeguckt
hab, was da so läuft. Da hab ich dann gesehen, dass ich das
kann und dass das ok ist. Und dann war ich auch neugierig,
ob ich das auf dem ,heißen Stuhl' packe; das war schon 'ne
Herausforderung für mich.*

[Inwiefern?]

*Weil ich sehen wollte, ob ich das durchhalte und auch um
mir zu beweisen, dass ich ruhig bleiben kann. Ich muss das ja
mal lernen, wenn ich nicht immer wieder Ärger haben will.*

[Hast Du jetzt weniger Ärger?]

*Ja, auf jeden Fall. Ich achte ja auch jetzt mehr darauf, dass
ich mal ruhiger bin und andere nicht mehr so komisch anma-
che.*

[Inwiefern achtest Du ,jetzt mehr darauf'?]

*Ja, weil ich jetzt auch mal vorher überlege und einfach mal
sage, mit Freundlichkeit geht es vielleicht auch mal.*

[Und vielleicht sogar viel besser.]

Auf jeden Fall geht das besser (lacht).

*3. Warum hast Du Dich entschieden, diesen AAT-Kurs bis
zum Ende durchzuführen?*

*Weil ich auf jeden Fall erfahren wollte, wie andere Menschen
mich sehen. Und weil ich lernen wollte, mit meiner Impulsi-*

vität so umzugehen, dass es mir nichts schadet. Das wollte ich von Anfang an wissen, ob ich das auch anders kann, als immer gleich mit Drohungen oder Anmachen und so. Jetzt weiß ich ja, dass das auch funktioniert bei mir.

[Wie funktioniert das denn jetzt bei Dir?]

Weil ich gesehen habe, als wir das mit den Karten gemacht haben [meint: Einheit ‚Soziales Training' mit Aussagekarten; Anm. d. Verf.], da haben wir ja auch so darüber gesprochen, wann jemand so zum Außenseiter werden kann und warum; und da hab ich dann auch gesehen, dass ich ja auch ein Außenseiter bin manchmal und dass ich aber eben auch gut genug bin, um in der Gesellschaft zu leben. Dafür kann ich mich aber eben nicht immer so asozial verhalten, wie ich das sonst früher immer gemacht habe.

[Was verstehst Du unter ‚asozialem Verhalten'?]

Wenn ich andere fertig mache und verletze, obwohl die mir gar nichts getan haben, eben mich so verhalte, wie es nicht geht, wenn man mit anderen zusammen leben will.

[Und das willst Du jetzt?]

Natürlich, sonst wäre ich doch gar nicht zum AAT gegangen (lacht).

[Kommen wir zur nächsten Frage.]

4. Wodurch bist Du angeregt (motiviert) worden, diesen AAT-Kurs bis zum Ende durchzuführen?

Weil ich gehört habe, was da so gemacht wird. Und ein Freund von mir hat das auch mal bei Ihnen gemacht und gesagt, das ist korrekt, wie das da abläuft und dass mir das auch was bringen würde. Hat er ja auch Recht gehabt damit, stimmt ja auch. Und weil Sie gesagt haben, dass das auch Spaß bringen kann, wenn man da mitmacht, und Spaß ist ja nicht verkehrt, oder? (lacht)

[Gar nicht. Und hatte Dein Freund Recht – hat es Dir was gebracht?]

Ja, natürlich, hab ich ja auch schon gesagt, dass ich jetzt eben auch mehr darauf achte, dass ich andere nicht verletze und mich an die Gesellschaft anpasse, mich eben sozial verhalte.

[Kannst Du ein Beispiel für Dein soziales Verhalten geben?]

Ich hab keine Körperverletzungen mehr begangen und niemanden mehr abgezogen – das auf jeden Fall schon mal. Und ich bin auch freundlicher geworden, finde ich.

[Finden andere das auch?]

Weiß nicht, aber ich hoffe, die merken das wenigstens, wenn ich denen freundlich rüberkomme.

[Was bringt es Dir, wenn Du ‚denen freundlich rüberkommst'?]

Meistens sind die dann auch freundlich zu mir, das ist schon mal gut so.

[Ok.]

5. Welche Bedeutung hatte das TrainerInnenteam für Deine Entscheidung?

Eine große. Ich hab Ihnen ja schon mal gesagt, dass Sie irgendwie korrekt sind, obwohl Sie auch manchmal Schwein sein können (lacht), wenn Sie einen dann so fertig machen oder jedenfalls immer weitermachen und nicht locker lassen, wenn man nicht weiter weiß oder immer versucht, irgendwas zu erklären, was ja dann gar nicht so richtig stimmt. Mit Ihnen war das aber immer in Ordnung so, Herr Schawohl.

[Danke für das Kompliment.]

War ehrlich so gemeint, sollte kein Geschleime sein. Sie waren echt in Ordnung und haben so mit Ihrer Art den Jungs immer noch zu verstehen gegeben, man kann über alles reden, aber es ist nicht alles in Ordnung und das sagen Sie dann auch ganz klar, wenn irgendwas nicht in Ordnung ist und dabei bleiben Sie dann trotzdem noch korrekt – das meinte ich damit.

[Ok.]

6. Unter welcher/welchen Voraussetzung/en hättest Du diesen AAT-Kurs nicht beendet?

Ich hätte das auf jeden Fall nicht gemacht, wenn irgendwas unfair gewesen wäre, also dann hätte ich gesagt, das läuft nicht – das meinte ich damit. Aber das war alles ok bis zum Schluss. Das war ok.

[Dann sind wir jetzt auch am Schluss angelangt, und ich sage vielen Dank für das Interview.]

Kein Problem, gern geschehen.

Interview: 7/Namenskürzel: K.M./Alter: 23

1. Was hat für Dich dafür gesprochen, diesen AAT-Kurs durchzuführen?

Ich wollte selbst endlich mal was durchziehen, was auch mit mir zu tun hat. Immer nur dicht machen geht ja auch nicht auf Dauer. Mir beweisen, dass ich mir auch selbst in den Arsch treten kann, so was durchzuziehen. Und klar, auch, um zu gucken, ob ich wirklich immer so abgehen muss.

[Was meinst Du mit: ‚Ob ich wirklich immer so abgehen muss‘?]

Na, dass ich immer Leute zusammenschlage, ohne dass die überhaupt wissen, was da gerade läuft. Ich habe so viele Körperverletzungen begangen, dass ich die schon gar nicht mehr zählen kann. Irgendwann wander ich richtig ab dafür, dann gibt es keine Bewährung mehr.

[Du hast zur Zeit Bewährung?]

Ja, noch zwei Jahre. Und deshalb muss ich das auch vom Gericht aus durchziehen, sonst wird die Bewährung ganz schnell widerrufen.

[Also ist das AAT ein Teil Deiner Auflagen?]

Genau, ja.

2. Wann hast Du die Entscheidung getroffen, diesen AAT-Kurs bis zum Ende durchzuführen?

Gleich bei dem ersten Treffen, als Sie T. [AAT-Proband; Anm. d. Verf.] auf seine Frage geantwortet haben, als er wissen wollte, was Sie so draufhaben, da wusste ich, dass Sie in Ordnung sind und dass Sie fit sind. Von da an war das klar für mich.

[Schnelle Entscheidungsfindung.]

Ja. Da war das für mich sofort klar und dann bleibe ich auch dabei.

[Gut.]

3. Warum hast Du Dich entschieden, diesen AAT-Kurs bis zum Ende durchzuführen?

Weil ich das Zertifikat haben wollte (lacht). Ne, ernsthaft: Weil ich wissen wollte, ob ich so was packen kann, so mit dem ‚heißen Stuhl' und mit der Gruppe und auch mit Ihnen. Ehrgeiz wollte ich zeigen, auch für mich. Dafür hab ich schon genug Scheiße gebaut bisher. Und jetzt hab ich ja das Zertifikat (lacht).

4. Wodurch bist Du angeregt (motiviert) worden, diesen AAT-Kurs bis zum Ende durchzuführen?

Weil ich gemerkt hab, dass das korrekt abläuft. Mit den Leuten, mit dem, was gemacht worden ist. Das war 'ne ehrliche Sache. So wie Sie das gesagt haben, wurde das dann auch gemacht, faire Sache eben.

[Das war für Dich ausschlaggebend?]

Absolut. Sonst hätte ich zurückgezogen.

[Gab es zwischendurch Bedenken deswegen?]

Ob ich zurückziehe?

[Ja, weil Du eben an der Fairness Deine Zweifel hättest haben können?]

Nein, war nicht der Fall.

[Ok.]

5. Welche Bedeutung hatte das TrainerInnenteam für Deine Entscheidung?

Sie waren gut, das auf jeden Fall. Das war 'ne korrekte Sache, wie Sie das gemacht haben. Auf jeden Fall war das dann auch schon einfacher für mich, das durchzuziehen, obwohl ich das ja sowieso wollte. Also deshalb war das schon wichtig, dass da nicht irgendwelche Kasperköpfe loslabern (lacht). Sie sind aber kein Kasperkopf – Sie können so weitermachen (lacht).

6. Unter welcher/welchen Voraussetzung/en hättest Du diesen AAT-Kurs nicht beendet?

Wenn irgendwas total schräg gekommen wäre. Das da jetzt zum Beispiel irgendwas gegen die Absprachen läuft oder so oder 'ne Verarsche gelaufen wäre, also über Sachen gesprochen wird, die da nicht hingehören oder so. Sonst war das ok. Also, da gab es nichts.

[Dann danke ich Dir für dieses Interview, K.]

Bitte schön.

1. *Was hat für Dich dafür gesprochen, diesen AAT-Kurs durchzuführen?*

Meine Mutter wollte das. Sie meinte, ich mach das für mich, aber sie würde das dann auch gut finden, wenn nicht mehr die Polizei immer vor der Tür steht.

[*Was bedeutet, 'Du machst das für Dich'?*]

Ich kann dann vielleicht besser reden und in Stresssituationen ausweichen.

[*Hätten dann beide was davon, wenn Du in Stresssituationen ausweichen würdest?*]

Ja, klar, ist doch auch besser, wenn nicht mehr immer die Polizei vor der Tür steht.

[*Da hast Du wohl Recht, wenn Du das sagst.*]

2. *Wann hast Du die Entscheidung getroffen, diesen AAT-Kurs bis zum Ende durchzuführen?*

Von Anfang an. Ich hab mir gesagt: 'Ich geh dahin und zieh das durch'.

[*Das war Dir von Anfang an klar?*]

Ja, von Anfang an.

[*Ok. Wodurch bist Du Dir von Anfang an so sicher gewesen?*]

Ich hab mir gedacht, dass machst Du auf jeden Fall.
[*Mit welcher Erwartung?*]

Ich hab mir gedacht, da lernst Du noch was für Dich.

[*Ok.*]

3. *Warum hast Du Dich entschieden, diesen AAT-Kurs bis zum Ende durchzuführen?*

Weil ich etwas lernen wollte.

[*Was genau wolltest Du 'lernen'?*]

Ich wollte einfach besser klarkommen mit den Leuten ohne Stress.

[Was verstehst Du unter ‚besser klarkommen mit den Leuten ohne Stress'?]

So mit den Leuten reden können, vernünftig eben.

[Vernünftig reden.]

Ja, also ohne Wutausbruch eben.

[Vernünftig reden ohne Wutausbruch.]

Ja.

[Was meinst Du mit ‚ohne Wutausbruch'?]

Nicht gleich so ‚Wichser', ‚Arschloch' oder so.

[Ok.]

4. Wodurch bist Du angeregt (motiviert) worden, diesen AAT-Kurs bis zum Ende durchzuführen?

Das hat gepasst so, sag ich mal.

[Was hat es denn für Dich passend gemacht?]

Die Trainer waren korrekt – das war eine Sache schon mal.

[Gab es denn noch eine andere Sache?]

Hm, das kam so von mir – ich wollte das.

[Korrekte Trainer und Du wolltest das auch.]

Ja, sonst hätte ich das auch nicht gemacht – wollte ich aber, deshalb.

[Hast Du dann ja auch gemacht.]

Ja.

5. Welche Bedeutung hatte das TrainerInnenteam für Deine Entscheidung?

Wie meinen Sie das?

[Ob die Trainerinnen und Trainer dafür eine Bedeutung hatten, welche Entscheidung Du getroffen hast.]

Ah, kommt so drauf an. Wenn er korrekt ist, mach ich besser mit auf jeden Fall.

[Was bedeutet das für Dich?]

Das ich mit ihm reden kann, dann sag ich was und dann arbeite ich mit.

[Was macht es denn für Dich aus, dass Du ‚mit ihm reden kannst'?]

So, Sie bringen Sprüche – das ist korrekt.

[Was ist daran ‚korrekt'?]

Ja, ich denk darüber nach – das ist korrekt.

[Nachdenken ist schon mal gut.] (lächelt).

6. Unter welcher/welchen Voraussetzung/en hättest Du diesen AAT-Kurs nicht beendet?

Dass ich nicht bis zum Schluss bleibe?

[Genau.]

Hmm, ja, eigentlich weiß ich das gar nicht so.

[Hätte es gar keine Gründe gegeben, dass Du sagst, das ist nicht in Ordnung, was hier stattfindet?]

Eigentlich nicht, weil ich das ja wollte.

[Genau, das hattest Du ja auch schon erwähnt.]

Ja.

[Gar nichts?]

Außer dass ich rausfliege gar nicht.

[Bist Du ja nicht. Dann sage ich danke für das Interview.]

Ja, bitte.

1. Was hat für Dich dafür gesprochen, diesen AAT-Kurs durchzuführen?

Ich hab das von anderen vorgeschlagen bekommen. Mein Cousin hat diesen Kurs auch gemacht. Von dem kam der Vorschlag. Da lernst Du, dass Du nicht durchdrehst, hat er gesagt. Das war dann wie eine Herausforderung für mich. Das wollte ich dann auch. Nicht durchdrehen ist gut und auch die Herausforderung – das bringt dann schon was.

[Was ,bringt' es denn?]

Du hast weniger Stress, Du hast Deine Auflagen erfüllt, Du musst nicht immer zur Polizei oder zum Gericht, Du musst kein Schmerzensgeld bezahlen, Du lernst 'n paar neue Leute kennen – so gesehen eigentlich nur Vorteile.

[Zumindest hast Du nur Vorteile genannt bisher.]

Geht wohl nicht anders (lacht).

[Das sind dann ja einige Gründe, die für Dich dafür gesprochen haben. Welcher dieser Gründe war für Dich der wichtigste?]

Hm, würde ich sagen weniger Stress und die Auflage weg, ja, die beiden sind wichtig. Also, die anderen sind auch nicht unwichtig jetzt, aber die beiden sind dann an eins und zwei bei mir.

[Ok.]

2. Wann hast Du die Entscheidung getroffen, diesen AAT-Kurs bis zum Ende durchzuführen?

Gleich bei der ersten Sitzung, als ihr vom ,heißen Stuhl' gesprochen habt. Ab der dritten, vierten Sitzung hat das richtig Spaß gebracht, so da sitzen, reden, in der Gruppe – das war richtig gut.

[Was war es genau, was ‚ab der dritten, vierten Sitzung richtig Spaß gebracht' hat?]

Die Leute waren gut muss ich sagen, also ihr Trainer so. Ihr ward jetzt nicht so locker, so lass mal irgendwas machen hier so, sondern ihr habt klar gesagt, was abgeht und ihr habt den Leuten irgendwie den Eindruck gegeben, das kann was bringen, wenn die auch mitmachen dabei.

[Wodurch ist dieser Eindruck ‚das kann was bringen' denn entstanden?]

Gute Frage. Wodurch ist der entstanden? Auf jeden Fall, weil ihr gut ward, also, man hatte den Eindruck, ihr habt Ahnung, genau: Ihr wisst, wovon ihr redet und man kann euch nichts vormachen, weil ihr einen Blick dafür hattet, was da abgeht, sozusagen Profis, die das machen.

[Welch ein Kompliment.]

(lacht) Ist so. Können Sie ruhig glauben, ich hab ja mein Zertifikat schon bekommen, also muss ich doch nicht schleimen (lacht).

[Ok. Was hat denn für Dich die ‚Profis' ausgemacht?]

Ja, wie gesagt: ihr wusstet, was ihr da macht. Da hat man gemerkt, ihr hattet einen Plan und man konnte euch nicht so austricksen. Schon gar nicht, wenn es um das Reden geht, da seid ihr abgewichst eben. Abgewichst und fair dabei – das macht euch zu Profis. Und da waren wir gut aufgehoben, genau.

3. Warum hast Du Dich entschieden, diesen AAT-Kurs bis zum Ende durchzuführen?

Weil ich weniger Stress haben will. Man wird älter und ich hab keinen Bock mehr auf Knast. Das ist richtig scheiße. Und jetzt hab ich wieder ein Verfahren und dann kann ich denen zeigen, dass ich keinen Scheiß mehr machen will. Weniger

Stress und keinen Knast mehr. Das ist ja auch irgendwann genug. Und ihr habt mir ja gezeigt, wie das geht.

4. Wodurch bist Du angeregt (motiviert) worden, diesen AAT-Kurs bis zum Ende durchzuführen?

Na ja, einmal eben durch meinen Cousin, das hab ich ja schon gesagt. Und dann auch, weil die Gruppe ok war. Und weil ich jetzt sehen will, dass das alles besser wird mit Schule, Job und Ausbildung und so, also, dass irgendwie alles mal ohne diesen illegalen Scheiß läuft. Resozialisiert eben (lacht).

[Würdest Du Dich jetzt so einstufen?]

Klar, ich hab doch das Zertifikat mit Ihrer Unterschrift (lacht).

[Das stimmt.]

Sehen Sie.

5. Welche Bedeutung hatte das TrainerInnenteam für Deine Entscheidung?

Euer Verhalten, euer Reden – ihr seid eine abgewichste Truppe. Am ersten Tag wusste ich schon, die sind abgewichst. Ihr redet gut und seid korrekt. Das war verlockend, so sich mit euch zu fetzen und zu reden.

[Das war Dir gleich am ersten Tag klar?]

Total. Wir hatten doch am ersten Tag voll viele Leute, die da waren, und da haben Sie doch gleich gesagt, was abgeht. Und auch so mit Fehlzeiten und Regeln haben Sie das gleich klargemacht, was das alles zu bedeuten hat und so.

[Du scheinst es verstanden zu haben.]

Ich bin ein schlauer Junge – wissen Sie doch (lacht).

[Jedenfalls so schlau, dass Du den Kurs durchgezogen hast.]

Genau.

6. *Unter welcher/welchen Voraussetzung/en hättest Du die-*
sen AAT-Kurs nicht beendet?

Das wäre gar nicht gegangen. Als ich wusste, wie ihr drauf
seid, gab es da nichts mehr, gar nichts. Das war schon ok so.

Interview: 10/Namenskürzel: M.N./Alter: 19

1. *Was hat für Dich dafür gesprochen, diesen AAT-Kurs*
durchzuführen?

Es war ja eine Bewährungsauflage. Das ist ja so nicht meine
Idee gewesen, das ist beim Gericht gesagt worden, also mein
Anwalt hat das so vorgeschlagen und ich fand das dann auch
gut.

[Was meinst Du damit, wenn Du sagst: ‚Ich fand das dann
auch gut'?]

Na ja, eben dass das dann ja besser für mich ist, wenn ich
Bewährung habe und so das AAT mache und eben nicht in
den Knast muss eben.

[Wäre das dann die andere Alternative gewesen, dass Du in
den Knast gehst?]

Der Richter meinte, er gibt mir jetzt Bewährung und dann
das AAT, aber beim nächsten Mal geht das nicht mehr, hat er
gesagt. Jetzt muss ich das also durchziehen, wenn ich nicht
rein will.

[Und das wolltest Du ja nicht.]

Ne, logo nicht.

[Ohne die Androhung einer Gefängnisstrafe wärst Du nicht
so überzeugt gewesen von der Teilnahme?]

Weiß nicht, wohl noch nicht gleich so.

[Und dann wäre es vielleicht zu spät gewesen für Dich.]

Ja, hatte der Richter ja auch gesagt: Noch eine Chance gibt es
nicht.

[Ok.]

2. *Wann hast Du die Entscheidung getroffen, diesen AAT-Kurs bis zum Ende durchzuführen?*

Weil ich dann merkte, dass ich voll daneben war. Ich hab gehofft, ihr schafft es, mir zu helfen.

[Wie sollten wir es denn schaffen, Dir zu helfen?]

Na ja, hm, ich wusste ja von einem Kumpel, dass bei euch ja viel geredet wird – das ist ja eigentlich gar nicht so meine Sache sonst, aber alleine geht das eben auch nicht, auch wenn ich das immer gedacht habe; da musste ich mich eben so zu meinem Glück zwingen lassen (lacht). Jedenfalls so mit Hilfe von Leuten, die wissen wie man mit uns reden muss und auch wie man mit uns reden kann, ohne dass wir gleich so austicken dann.

[Was meinst Du damit genau, wenn Du von Leuten sprichst, ‚die wissen wie man mit uns reden muss und auch wie man mit uns reden kann'?]

Na ja, so dass Sie und die anderen [TrainerInnen; Anm. d. Verf.] eben wissen, wie man mit uns so reden und umgehen kann, dass wir was lernen können und auch nicht mehr soviel Scheiß machen dann irgendwann.

[Dazu zwei Fragen – erstens: Was hast Du hier gelernt?]
Ja, also, dass man, na ja, so dass man eben auch nicht überall gleich die Welle machen muss, um klarzukommen, also dass ich nicht überall gleich Stress anfangen muss, damit die anderen denken, dass die mich in Ruhe lassen so. Ich muss denen ja nichts mehr beweisen so. Also, wenn ich keinen Stress veranstalte, dann ist es auch eher so ruhig und die anderen machen auch keinen Stress. Da hab ich meine Ruhe mit meinen Leuten und woanders ist auch – ja: entspannter haben Sie mal gesagt – entspannter eben, wenn man nicht überall nur gucken muss, ob gleich wieder Zoff angesagt ist oder so.

120

Das ist auch beim Job so dann, da hab ich ja jetzt auch weniger Stress.

[Ok. Zweite Frage: Wie hast Du das hier gelernt?]

Wie ich das gelernt habe?

[Ja.]

Ja, also, ihr habt ja immer wieder auf den selben Sachen rumgehämmert, also immer wieder gefragt, gefragt, gefragt, und immer, wenn ihr mit einer Antwort nicht einverstanden ward so, dann habt ihr weiter gefragt und gefragt. Und irgendwann ist man dann an dem Punkt, dass man sagt, ich probier das jetzt mal aus, was die da sagen, und dann denkt man mal nach, bevor irgendwo ne Schlägerei geht oder so, also: erst denken und dann schlagen, also 'ne (lacht), erst denken und dann handeln, so meinte ich – genau. Wir haben das ja auch so in dem einen Film mal gesehen, wo so verschiedene Situationen gezeigt wurden und wir dann darüber gesprochen haben, warum die das so und so gemacht haben, und wie man da auch ohne Stress vielleicht rauskommen kann [bezieht sich auf den Film ‚Respekt‘; Anm. d. Verf.]

[Das heißt, Du hast dann in bestimmten Situationen auch mal ausprobiert, ob Du da ohne Stress klarkommen kannst?]

Ja, genau.

[Nun noch einmal die Eingangsfrage: Wann hast Du die Entscheidung getroffen, den Kurs bis zum Ende durchzuführen?]

Eigentlich gleich am Anfang, als wir uns das erste Mal alle getroffen haben.

[Ok.]

3. Warum hast Du Dich entschieden, diesen AAT-Kurs bis zum Ende durchzuführen?

Wegen der Bewährung und weil ich mich bessern wollte.

[Was meinst Du mit ‚mich bessern wollte'?]

Na ja, eben so weniger Ärger haben. Nicht immer gleich wieder Polizei zu Hause und Gerichtsverhandlungen und so. Und immer dann erklären müssen, warum man wieder mal einen Tag frei haben will, weil beim Gericht was ist. Und außerdem hatte ich keine Lust wieder abzuwandern – einmal Knast hat mir gereicht.

[Wie lange warst Du im Gefängnis?]

Vier Monate – und die haben mir gereicht.

[Ok. Also waren Deine Gründe: Bewährung, weniger Stress haben wollen und Knast vermeiden.]

Genau, ja.

[Welches ist der wichtigste Grund?]

Dass ich draußen bin.

[Also: ‚Knast vermeiden'?]

Genau, da war ich einmal, das hat gelangt.

4. Wodurch bist Du angeregt (motiviert) worden, diesen AAT-Kurs bis zum Ende durchzuführen?

Ja, so, sagte ich ja schon: Ich wollte einfach keinen Stress mehr mit der Polizei und dem Gesetz und Ruhe. Wann hätte ich denn sonst damit aufhören sollen? Ich kann ja auch nicht immer wieder beim Richter sagen: Also, diesmal war es wirklich das letzte Mal jetzt. Und dann bin ich wieder da und muss erklären, was denn jetzt schon wieder war und so.

[Und wie hast Du das dann erklärt, wenn Du wieder da warst beim Richter?]

Ja, gar nicht so eigentlich, ging ja auch dann nicht mehr, wenn ich immer wieder sage: Jetzt ist aber wirklich Schluss damit – ja.

[Und jetzt ist aber ‚wirklich Schluss damit'?]

Jetzt ist wirklich Schluss damit, ja, jetzt ja.

[Wie begründest Du Dein eindeutiges ‚ja', dass jetzt ‚wirklich Schluss damit' ist?]

Irgendwann muss ich ja mal aufhören, sonst häng ich ja irgendwann nur noch durch – ist ja auch peinlich irgendwann. Und noch steh ich ja einigermaßen gut da, so mit Familie und Freundin und mit Job und so.

[Das willst Du nicht aufs Spiel setzen, meinst Du?]

Ne, da wäre ich ja schön blöd sonst.

[Hat von denen jemand schon mal gedroht, dass die Beziehung zu Ende gehen könnte, wenn Du noch mal eine Gerichtsverhandlung oder eine Anzeige hast?]

Na ja, so genau auch nicht, aber meine Freundin hat schon mal gesagt, dass ihr das nicht passen würde, wenn ich noch mal abwander, und meine Eltern wären auch bestimmt nicht begeistert, wenn der ganze Müll noch mal losgehen würde.

[Welcher ‚Müll' wäre das?]

Na, so die Knastbesuche dann. Ist doch bitter, wenn die mich am Wochenende da besuchen müssen, wenn die auch lieber was anderes machen würden am Wochenende. Muss nicht noch mal sein das Ganze.

[Genau: muss ja auch nicht.]

Ne.

5. Welche Bedeutung hatte das TrainerInnenteam für Deine Entscheidung?

Weiß nicht. Wie meinen Sie das jetzt?

[Hatten die Trainerin und die Trainer bei diesem AAT irgendeine Bedeutung für Dich, dass Du am Ende sagst, das hatte schon was mit denen zu tun, dass ich zum Beispiel am Anfang gesagt habe, mit diesen Leute kann ich was anfangen?]

Ach so, ja klar, auf jeden Fall.

[Inwiefern?]

Na ja, also Sie haben ja gleich so am Anfang gesagt, so dass Sie nicht nur gucken, was wir so an Straftaten gemacht haben, also, dass Sie auch gucken, was wir noch so können, außer eben diesen Sachen. Obwohl das manchmal auch schon irgendwie nervig war mit diesem ewigen Reden.

[Was war nervig daran?]

Na ja, so immer wieder überlegen, was sag ich jetzt, was sag ich jetzt – und wenn man dann was gesagt hatte, wird trotzdem dann wieder weiter gefragt.

[Also das, was Du vorhin schon meintest, als Du gesagt hast, es wurde ,immer wieder gefragt, gefragt, gefragt'?]

Ja, genau (lacht). Aber hatte auch was irgendwie.

[Was denn?]

Na ja, so dass es eben auch was gebracht so, und man dann wusste, man muss sich jetzt wirklich einen Kopf machen so, weil man sonst eben wieder gefragt wurde, wenn die Antwort nicht passt so.

[Nachdenken für eine gute Sache, oder?]

Auf jeden Fall (lacht).

[Für welche ,gute Sache' denn?]

(lacht) Das geht ja schon wieder los jetzt.

[Und?]

Ja, also so für mich und für meine Zukunft eben. Weniger Stress für mich und andere, kein Knast mehr, lieber draußen und Freiheit, keine Gerichtsverhandlungen mehr und es gibt keine Opfer mehr.

[Ok, Du hast etwas gelernt.]

Sag ich ja.

6. *Unter welcher/welchen Voraussetzung/en hättest Du diesen AAT-Kurs nicht beendet?*

Weiß nicht, keine Ahnung. Also nur, wenn ich gemerkt hätte, dass ihr nicht macht, was ihr vorher gesagt habt. Also wenn ich gedacht hätte, die haben was ganz anderes erzählt hier und jetzt geht das hier ganz anders. Aber sonst gar nichts.

[Also wenn Zusagen nicht eingehalten worden wären?]

Ja, genau, dann eben nicht. Aber war ja alles ok so.

[Gut, M., dann sage ich vielen Dank für das Interview.]

Ja.

Interview: **11**/Namenskürzel: D.J./Alter: **17**

1. *Was hat für Dich dafür gesprochen, diesen AAT-Kurs durchzuführen?*

Hm, also auf jeden Fall wollte ich nicht in den Knast und ich wollte mich auch bessern.

[Was verstehst Du unter ‚mich bessern'?]

Ja, also, so dass ich nicht immer jeden Tag oder so wieder irgendwo reingerate und dann wieder überall nur Ärger auf mich wartet so.

[Wo hat denn der Ärger nach dem Stress überall gewartet?]

Na ja, zu Hause, so beim Gericht, mit der Polizei, keine Ahnung.

[Und wo bist Du ‚immer jeden Tag so reingeraten'?]

Kein Plan, irgendwo war immer was. Wenn wir los waren, hat es fast immer irgendwo dann Ärger für einen gegeben – und dann waren eben alle mit dabei danach.

[Hört sich an wie Einer für alle, alle für Einen.]

Ja, klar, war ja auch so. Man lässt die eigenen Leute doch nicht hängen. Wie ist das denn?

[Hat es da für Dich Grenzen gegeben?]

Wie meinen Sie das?

[Dass Du gesagt hast, in bestimmten Momenten bin ich nicht mehr dabei, obwohl es jemand von Deinen Leuten ist, der Ärger hat?]

Ne, da gab es keine Grenzen dann. Wenn es gescheppert hat, dann hat es gescheppert, bis nichts mehr ging oder bis die anderen dann weg waren – Grenzen gab's da keine.

[Würdest Du im Nachhinein sagen, dass Du in manchen Situationen zu weit gegangen bist?]

Oh, weiß nicht. So im Moment denk ich mal nicht. Es hat ja keine Toten gegeben (lacht).

[Wäre erst der Todesfall für Dich die Grenzüberschreitung gewesen?]

Ne, so auch nicht, aber das wäre dann ja schon übertrieben gewesen.

[In der Tat. Wobei Du doch wohl bei einer Schlägerei gar nicht immer die Kontrolle haben konntest, ob Du nicht jemanden wirklich knapp am Tod hattest, vermute ich mal.]

Hm, stimmt – Glück gehabt, kann man sagen.

[Kann man wohl.]

2. Wann hast Du die Entscheidung getroffen, diesen AAT-Kurs bis zum Ende durchzuführen?

Von Anfang an und schon vorher. Also, eigentlich sofort, als ich wusste, dass das wieder 'ne Gerichtsverhandlung gibt. Da hab ich das schon vorher mit meinem Verteidiger so geklärt, dass ich das machen will.

[Waren das nur taktische Gründe oder war das da schon ein ernsthaftes Vorhaben von Dir?]

Hm, na ja, am Anfang wollte ich nur, dass ich nicht in den Bau muss, also alles dafür tun, um nicht abzuwandern. Aber

126

dann hab ich auch gemerkt, dass mir das was bringen kann vielleicht.

[*Was hat es Dir denn gebracht?*]

Ja, so dass ich auf jeden Fall gemerkt habe, dass ich nicht immer gleich loslegen muss, wenn irgendwo einer Streit will – soll er sich eben einen anderen suchen zum Beispiel. Oder eben nicht immer zuschlagen müssen. Reden ist zwar auch nicht so mein Ding, aber ich kann eben jetzt auch schon mal einfach weggehen, ohne dass ich da sozusagen meine Visitenkarte hinterlassen muss so [*meint: ohne vorher zuschlagen zu müssen, um die physische Kraft unter Beweis zu stellen; Anm. d. Verf.*], so eben.

[*Das ist ja schon mal einiges. Gibt es noch mehr?*]

So jetzt wohl nicht, aber ich hab ja auch noch andere Auflagen gehabt, die ich dann erledigt habe.

[*Welche ,anderen Auflagen' waren das?*]

Dass ich zum Beispiel zur Drogenberatung sollte.

[*Und da auch hingegangen bist?*]

Und da auch hingegangen bin, ja. Und auch noch ein paar Arbeitsstunden, die ich noch offen hatte und dann auch erledigt habe.

[*Da hast Du ja in der Tat einiges geschafft, was Dir vorher nicht gelungen ist.*]

Ja.

[*Dann gehen wir gleich zur nächsten Frage.*]

3. Warum hast Du Dich entschieden, diesen AAT-Kurs bis zum Ende durchzuführen?

Ja, also, wie gesagt: Nicht in den Bau, meine Bewährung durchziehen und dann wollte ich wieder mit mir klarkommen und meine Gewaltbereitschaft in den Griff kriegen.

*[Das sind ja einige gute Gründe, um das AAT durchzuzie-
hen.]*

Ja, da ist was zusammengekommen (lacht).

*[Was meinst Du denn mit: ,Ich wollte wieder mit mir klar-
kommen'?]*

*Ja, so nicht mehr jeden Tag eben immer nur auf Agro unter-
wegs sein.*

[Wie war das denn, wenn Du ,auf Agro unterwegs' warst?]

*Heftig, ehrlich gesagt. Also, da hat es schon ziemlich gebal-
lert, muss ich sagen. Also, nicht so mit Waffen geballert, aber
ziemlich gefetzt auf jeden Fall.*

[Hattest Du denn andere Waffen dabei?]

Totschläger schon mal.

[Also doch mit Waffen.]

Ja, so gesehen schon.

[So und anders gesehen ist ein Totschläger eine Waffe, D.]

Stimmt, da haben Sie Recht.

*[Ja. Kann man ja noch mal feststellen, dass es Glück gewesen
ist, dass Deine Opfer alle überlebt haben – das ist aber nicht
das Thema jetzt, sondern es geht darum, wenn Du auf Agro
unterwegs gewesen bist und dann mit einem Totschläger
bewaffnet warst – und dann hast Du Dir irgendwann gesagt,
dass Du mit Dir klarkommen willst und Deine Gewaltbereitschaft in den Griff kriegen willst.]*

Ja, genau. Ewig kann so was ja nicht gut gehen.

*[Ist es ja auch nicht, wenn man mal an Deine Opfer denkt.
Noch einmal: Du willst mit Dir klarkommen, also nicht mehr
so auf Agro unterwegs sein – was genau meinst Du damit?]*

*Ja, also, nicht mehr bei jeder kleinsten Kleinigkeit austicken
eben. Ich kann doch nicht immer meinen Eltern Stress ma-*

chen, wenn die sagen, was soll das alles, was Du hier machst.
Meine Mutter heult sich die Augen aus und war immer für
mich da, und dann ist wieder die Polizei da und sagt: ‚Kön-
nen wir mal Ihren Sohn sprechen, Frau J.?', da war sie dann
wieder fertig.

[Mit anderen Worten: Das hatte sie nicht verdient.]

Ne, gar nicht. Da muss ich jetzt auch mal was wiedergutma-
chen. Die hat genug gelitten so.

[Und Dein Vater?]

Klar, der auch, aber der hat irgendwann auch gesagt: ‚Wenn
Du unbedingt in den Knast willst, dann mach so weiter.
Aber ich besuch Dich da nicht jeden Tag!' Ja, der konnte das
auch nicht mehr verstehen so. Und die haben dann auch ge-
sagt, ich soll so ein AAT machen.

[Dann haben ja andere Menschen auch etwas davon, wenn
Du Dich an das hälst, was Du beim AAT gelernt hast.]

Auf jeden Fall.

4. Wodurch bist Du angeregt (motiviert) worden, diesen
AAT-Kurs bis zum Ende durchzuführen?

Ja, also durch die Auflage vom Gericht und durch meine El-
tern und ich wollte es für mich.

[Welcher dieser Gründe war für Dich am wichtigsten?]

Oh, kann ich jetzt gar nicht so sagen. Na ja, alles irgendwie
dann ja auch. Und ohne diesen Kurs wäre das ja für mich
auch gar nicht gegangen, weil ich dann ja gar keine Bewäh-
rung bekommen hätte. Und für meine Eltern war das ja auch
ein Grund, weil die gesagt haben, wenn das so weitergeht,
dann flieg ich zu Hause raus. Und ich wollte ja auch weg
von diesem Dauerstress so – immer Adrenalin pur geht ja
auch irgendwann nicht mehr.

[Also wären das drei gute Gründe, die Dich motiviert haben?]

Ja, kann man so sagen – alle guten Dinge sind ja auch drei (lacht).

5. Welche Bedeutung hatte das TrainerInnenteam für Deine Entscheidung?

Ab und zu erinnere ich mich an das AAT und die Texte. Am meisten, wenn ich in Stress komme.

[Kannst Du dafür ein konkretes Beispiel nennen?]

Wo ich Stress hatte und dann nichts gemacht habe?

[Ja, genau.]

Ja, wo wir unterwegs waren mit einigen Leuten nach dem Fußball. Wir wollten noch was trinken gehen und dann waren da einige Hohlköpfe von der anderen Mannschaft, die auf Welle gemacht haben.

[Mit diesen ‚Hohlköpfen‘ meinst Du Fans der gegnerischen Mannschaft?]

Genau, aber das waren trotzdem Hohlköpfe.

[Ich weiß ja, wen Du meinst.]

Genau, also jedenfalls wollen die auf Welle machen und gucken schon so zu uns rüber, und da hab ich zu meinen Leuten gesagt: ‚Gar nichts machen wir. Wir wollen einen trinken gehen und das machen wir auch, ohne uns hier mit denen zu fetzen‘ – das war's dann.

[Da hattet ihr ja einen guten Grund zum Feiern: eine nicht erfolgte Schlägerei.]

Ist so.

[Das kannst Du gerne so beibehalten für die Zukunft.]

Mach ich auch. Ich hab ja jetzt auch die Chance auf ne Lehrstelle, wenn ich mein Praktikum gut hinlege. Da will ich mir nichts mehr erlauben jetzt. Das war auch so ein Punkt damals, den ich richtig gut fand so, dass Sie immer gesagt haben, wer was hat mit Job oder so, oder wer irgendwo Probleme hat mit Wohnung oder so was, dass wir dann auch sagen können, ob Sie uns dabei helfen können. Da waren ja auch immer mal so Sachen, die nicht immer nur so kriminell gewesen sind – das war auf jeden Fall gut. Wenn man dann so eine Bescheinigung vorlegen konnte beim Chef oder so, dass man einmal in der Woche einen Termin hat, das war dann gut, damit die auch wissen, dass das wichtig ist für einen.

[Hast Du das eigentlich damals genutzt für Dich?]

Hab ich. Einmal wegen einer Anzeige damals, wo ich aber nichts gemacht hatte und einmal für ein Vorstellungsgespräch im Baumarkt.

[Ok.]

6. Unter welcher/welchen Voraussetzung/en hättest Du diesen AAT-Kurs nicht beendet?

Wenn man mich geschlagen hätte.

[Wer hätte Dich schlagen sollen?]

Weiß nicht, aber ich hab gehört, es gibt auch Trainer, die schlagen die Leute so beim ,heißen Stuhl'.

[Von wem hast Du das gehört, das beim ,heißen Stuhl' geschlagen wird?]

Von einem Kumpel, der das mal so im Fernsehen gesehen hat. Da waren auch so Leute, die so ein AAT gemacht haben, und die sind mit der ganzen Gruppe irgendwo hingegangen, so als Ausflug am Wochenende oder so [meint: Trainingseinheit auf einer Almhütte; Anm. d. Verf.]; und da haben die dann auch so ,heiße Stühle' gemacht und da wurden die dann richtig fertig gemacht eben.

[Was meinst Du mit ,richtig fertig gemacht'?]

Ja, eben geschlagen, so mit Ohrfeigen und angeschrieen und so was – das meinte ich.

[Ja, weiß ich, was Du meinst. Das war auch soweit daneben, wie es weiter nicht geht. Wobei wir euch ja zugesichert hatten, dass ihr nicht angefasst werdet.]

Ja, war ja auch ok, wie das bei uns gelaufen ist – war ja auch ohne schlagen top. Geht ja wohl auch nicht, dass Sie uns sagen, wir sollen uns nicht schlagen und dann teilen Sie dafür was aus (lacht).

[Du sagst es. Und ich sage Dir vielen Dank für das Interview.]

Ja, ok. Und viel Erfolg auch damit.

Interview: 12 /Namenskürzel: M.E. /Alter: 16

1. Was hat für Dich dafür gesprochen, diesen AAT-Kurs durchzuführen?

Ich hatte die Auflage vom Gericht – also musste ich das ja machen.

[Was wäre die Alternative gewesen?]

Knast haben die gesagt.

[Also war die Teilnahme am AAT für Dich die Chance, in Freiheit zu bleiben?]

Ja.

[Gab es sonst noch Gründe, die für Dich dafür gesprochen haben, diesen AAT-Kurs durchzuführen?]

Was sonst noch? Na ja, eben nicht rein zu müssen, und eben vielleicht auch, mal sehen, dass ich einfach mal ruhiger bin, wenn irgendwo Rambazamba ist.

[Was verstehst Du unter ,Rambazamba'?]

Beulerei oder so, wenn irgendwo was läuft, dass ich dann eben auch mal sagen kann: Lass mal schön stecken das Ganze.

[Kannst Du das denn jetzt ab und zu mal sagen?]

Jedenfalls mehr als früher.

[Aber noch nicht zu einhundert Prozent?]

Noch nicht so, aber ich würde schon mal sagen so siebzig, achtzig, neunzig Prozent schon.

[Ok.]

2. Wann hast Du die Entscheidung getroffen, diesen AAT-Kurs bis zum Ende durchzuführen?

Ungefähr nach den ersten beiden Treffen.

[Was war Dir nach den ,ersten beiden Treffen' klar geworden?]
Ja, so die Möglichkeiten hier, die es gibt.

[Welche ,Möglichkeiten gibt es hier'?]

So lernen, dass ich nicht immer gleich austicke, dass ich nicht immer alles so auf die persönliche Art nehme, dass ich eben auch mal texten kann zum Beispiel.

[Gibt es noch etwas?]

Dass andere den Stress machen sollen, wenn sie wollen, aber ich damit nichts zu tun haben muss so.

[Das sind ja einige Vorteile, die Du da benennst. Ist Dir das alles nach ,den ersten beiden Treffen' klar gewesen?]

Hm, so vielleicht nicht, aber ich wusste dann schon, dass mir das was bringen kann; und jetzt kann ich ja auch sagen, dass ich Recht hatte damit.

[Wurden Deine Erwartungen sozusagen erfüllt?]

Total, ja.

[Ok.]

3. *Warum hast Du Dich entschieden, diesen AAT-Kurs bis zum Ende durchzuführen?*

Ich hatte keinen Bock auf noch eine Gerichtsauflage. War auch ok der Kurs; und ich hab ja was mitgenommen wie gesagt.

[Was meinst Du damit, wenn Du sagst, Du hattest ‚keinen Bock auf noch eine Gerichtsauflage'?]

Dass ich eben nicht noch mal Bewährung oder so kriegen wollte oder Verlängerung oder so. Überhaupt so weniger Ärger mit Gericht und Polizei.

[Ist das öfter vorgekommen?]

Kann man so sagen. Die waren fast Dauergast bei uns (lacht).

[Du meinst die Polizei?]

Ja, meine Mutter meinte mal, die sind fast mehr zu Hause bei uns wie ich – war jedenfalls schon übertrieben.

[Und das ist jetzt nicht mehr so ‚übertrieben'?]

Jetzt ist das alles ganz ruhig. Neulich hab ich einen von den Bullen bei uns gesehen und hab dem gesagt, dass er wegen mir nicht mehr kommen muss – hat er gelacht und gesagt:

‚Bleib sauber, Junge!'

[Klingt entspannter.]

Ist es auch.

[Und wohl auch für Deine Mutter vermute ich mal.]

Auf jeden Fall. Hat sie auch schon mal gesagt, dass sie das besser findet, wenn sie weiß, ich mach jetzt nichts mehr. Dann ist das auch für sie besser.

[Was glaubst Du, ist dann ‚für sie besser'?]

Ja, so sie hat weniger Stress dann, sie kann besser schlafen, weiß nicht – sie fühlt sich einfach besser dann.

[Vorteile für alle.]

Genau, ja.

4. Wodurch bist Du angeregt (motiviert) worden, diesen AAT-Kurs bis zum Ende durchzuführen?

Weil es zum größten Teil Spaß gemacht hat, muss ich ehrlich sagen. Ihr habt schon echt einen Draht gehabt, wenn ihr mit uns geredet habt. Korrekt eben.

[Woran kannst Du das festmachen mit dem ‚Draht haben'?]

Ja, wenn wir da alle gesessen haben und unsere Stories erzählt haben und ihr dann immer klar gemacht habt, dass das alles auch immer noch weiter geht und nicht immer so komisch ist, wenn andere fertig gemacht werden, nur weil man selber da so Bock drauf hat. Ihr ward hart, aber fair, kann man sagen.

[Was war ‚hart', was war ‚fair'?]

Hart, wenn ihr mit uns geredet habt – so die K o n-f r o n t a t i o n [gedehnt gesprochen; Anm. d. Verf.] oder wie das heißt, und fair, dass ihr eben doch nie, ja nie unfair ward eben, also ihr habt nie jemanden beleidigt oder nur fertig gemacht, das war fair. War hart, aber fair.

[Respektvoll.]

Respekt – das ist es, genau. Und was haben Sie noch immer gesagt: ‚Respekt ist keine Einbahnstraße' (lacht).

[Du hast gut zugehört, und wenn Du Dich daran hälst – um so besser.]

Klar doch.

5. Welche Bedeutung hatte das TrainerInnenteam für Deine Entscheidung?

In manchen Situationen, wo es vielleicht zu Gewalttaten gekommen wäre, hab ich manchmal an das AAT gedacht – das war wie ein Reflex. Wenn jetzt irgendwo wieder was laufen

sollte und ich stand dabei, dann hab ich so reflexmäßig gedacht: nicht schon wieder, nicht schon wieder. Jetzt lass ich
das mal.

[Solche Situationen hat es schon konkret gegeben seitdem der
Kurs vorbei ist?]

Schon öfters. Aber ich hab immer gesagt, dass ich nicht wieder beim Richter sein will, und dann geht das wieder alles
von vorne los so.

[Dann denkst Du an die Trainer?]

Also nicht so jetzt, dass ich immer denke, was würden die
jetzt sagen, aber schon so, dass ich weiß, dass das nicht in
Ordnung wäre, wenn ich da jetzt mitmachen würde – ihr
seid so mein gutes Gewissen jetzt (lacht).

[Das dürfte zumindest keine Nachteile für Dich haben.]

(lacht)

6. Unter welcher/welchen Voraussetzung/en hättest Du diesen AAT-Kurs nicht beendet?

Wenn das alles zu sehr an meine Grenzen gegangen wäre, also wenn ich gar nicht damit klar gekommen wäre so.

[Was bedeutet das genau?]

Wenn ich gemerkt hätte, ich kann das nicht, was ihr da von
mir wollt, oder wenn ich gesehen hätte, das bringt ja alles gar
nichts, wenn ich da jede Woche hingehe.

[Gab es denn Situationen, die ‚sehr an Deiner Grenze‘ waren?]

Also nicht so, dass ich jetzt gesagt habe, das geht gar nicht
mehr. Aber so der ‚heiße Stuhl‘ war schon an der Grenze ein
bisschen, aber war ok.

[Gab es Situationen, in denen Du gedacht hast, ‚das bringt ja
alles gar nichts‘?]

Gar nicht so. Hab ich ja schon gesagt, dass das gut war so.

[Dann sag ich danke, dass Du die Fragen beantwortet hast.]
Ok dann.

Interview: 13/Namenskürzel: E.N./Alter: 19

1. Was hat für Dich dafür gesprochen, diesen AAT-Kurs durchzuführen?

Ich hatte die Auflage vom Gericht. Die haben gesagt, ich muss dahin oder sonst geht's in den Knast.

[Warst Du schon einmal inhaftiert?]

Ja, aber nur kurz in U-Haft.

[Wie kurz war die U-Haft?]

Zwei Wochen.

[Was wäre denn ohne diese Androhung ,sonst geht's in den Knast' gewesen – hättest Du trotzdem teilgenommen?]

Weiß nicht. Auf jeden Fall hätte ich es dann wohl nicht so ernstgenommen.

[Was glaubst Du, was wäre für Dich anders gewesen, wenn es diese Androhung nicht gegeben hätte?]

Ja, weiß nicht, ich hätte vielleicht gesagt, ich nehm das hier gar nicht richtig ernst. Ich geh da ein-, zweimal hin, und dann sag ich, das passt mir nicht und fertig.

[Du hast es ja ernstgenommen.]

Ja.

2. Wann hast Du die Entscheidung getroffen, diesen AAT-Kurs bis zum Ende durchzuführen?

Ich hab von Anfang an gedacht, dass ich das durchziehe.

[Obwohl Du ja gesagt hast, ohne den Druck mit der Androhung einer Haftstrafe hättest Du das nicht so ernstgenommen.]

Ja, aber als der Richter gesagt hat, ohne AAT gibt es keine Bewährung hab ich das ernstgenommen. Sonst wäre ich reingegangen und dann irgendwann wieder raus und den Kurs hätte ich dann trotzdem machen müssen.

[Dann wärst Du vermutlich erst einmal in den Arrest gekommen und hättest dann noch einmal teilnehmen müssen.]

Ja, genau: Arrest.

[Und nach dem Arrest wärst Du dann erneut für ein AAT angemeldet worden.]

Genau.

[Was wäre denn genau Deine Befürchtung gewesen, wenn Du sagst, Du hast das ernstgenommen, weil der Richter gesagt hat, ‚ohne AAT gibt es keine Bewährung'?]

Na ja, Sie müssen das so sehen: Wenn ich das jetzt nicht gemacht hätte, hätte ich doch sonst alles verkackt, kann man so sagen. Ich wäre wieder in den Knast gegangen, meine Eltern wären gar nicht mehr damit klargekommen, meine Ausbildung hätte ich abschreiben können, meine Freundin wäre weg gewesen, und überhaupt alles wäre weg gewesen: Freiheit, Familie, Freundin, Freunde, wieder in der Zelle hocken – das muss ich mir nicht noch mal geben, ehrlich nicht, muss nicht sein. Und dann musste ich eben sehen, dass mir da mal Leute wie Sie Feuer unterm Arsch machen – oder unterm Hintern eben (lacht).

[Klingt nachvollziehbar.]

Ja. Und dann sag ich mir doch, ich geh lieber hier einmal die Woche hin, als wenn ich da im Knast sitze und dann auch nichts besser wird für mich in Zukunft.

[Ok.]

3. Warum hast Du Dich entschieden, diesen AAT-Kurs bis zum Ende durchzuführen?

Ja, eben: Ich stand ja kurz vor dem Knast. U-Haft kannte ich ja schon. Ich wollte nicht noch mal einziehen.

[Also ganz klar das Interesse daran, in Freiheit zu bleiben.] *Auf jeden Fall. Ich war zwar nur die zwei Wochen drin, aber das hat mir echt gelangt.*

[Was ist denn im Nachhinein für Dich der wichtigste Grund, dass Du sagst, Du willst nicht wieder in den Knast?]

Da drinnen ist alles anders: keine Freundin, keine Familie, keine Freunde, die da sind, alles fehlt da. Man muss warten, bis einer aufschließt, du musst warten, bis du zum Essen kannst – das muss ich nicht noch mal haben.

[War Dir das vorher alles nicht klar, wie viel Dir das bedeutet und wie wichtig das für Dich ist?]

Doch schon, aber eben nicht so klar. Das hab ich dann erst gemerkt, als ich wirklich im Knast war. Eingeschlossen und Tür zu – nie wieder.

4. Wodurch bist Du angeregt (motiviert) worden, diesen AAT-Kurs bis zum Ende durchzuführen?

Wie jetzt? Also, warum ich das gemacht habe?

[Ja. Was genau war für Dich der Grund oder was waren die Gründe, dass Du gesagt hast, ich bleibe bis zum Ende dabei?]

Hm, ja, also, auf jeden Fall, weil ich nicht rein wollte – sagte ich ja schon. Und so die anderen Sachen hab ich ja auch schon gesagt. Und dann war es auch so, dass die Gruppe gepasst hat, finde ich.

[Was meinst Du damit, ,dass die Gruppe gepasst hat'?]

Die Leute waren ok. Haben zwar auch alle Mist gebaut, aber waren trotzdem in Ordnung. Also, da war dann am Ende keiner mehr, bei dem man sagen konnte, der gehört hier nicht hin.

[Die Zusammensetzung hat also gestimmt?]

Ja. Man wusste, die wollten alle was erreichen hier. Wir ge-
hörten zusammen kann man sagen.

[Wie hat sich dieses Zusammengehörigkeitsgefühl für Dich
am ehesten bemerkbar gemacht?]

Ja, wir waren nicht so unterschiedlich. Wir haben zwar jeder
so unsere Sachen gemacht, aber wir wollten doch zusammen
am Ende irgendwie dasselbe erreichen. Jeder hatte seine Sa-
chen am Laufen, aber jeder war auch für sich, also, ich meine,
Sie sind dann auch mit jedem Einzelnen sozusagen zusam-
mengekommen, dass das dann auch gepasst hat. Also beim
‚heißen Stuhl' waren die Fragen ja auch bei jedem anders.

[Verstehe ich das richtig, dass Du meinst, es wurde auf jeden
individuell eingegangen?]

Ja, genau: individuell – auf jeden wurde individuell einge-
gangen, genau. Das war gut und die Gruppe war gut und
das hat gepasst.

[Ok.]

Und auch die Räume waren gut muss ich sagen. Dass wir im
Sommer oder wenn's warm war rausgehen konnten in den
Garten oder auf die Terrasse.

[Würdest Du sagen, die Atmosphäre war angenehm?]

Angenehm, ja, es war, ja, es war schön da, obwohl wir ja
nicht unbedingt dahin wollten, sind wir dann doch gekom-
men, und dann war man in einer schönen Umgebung im-
merhin – obwohl es dann ja auch zur Sache ging.

[Damit meinst Du den ‚heißen Stuhl'?]

Ja, auch, aber auch wenn es manchmal so dann etwas mehr
zur Sache ging ohne den ‚heißen Stuhl'. Hat gepasst.

[Wodurch ist es denn aus deiner Sicht ‚passend' gemacht
worden?]

Ja, so der Ablauf denk ich mal, so wie das eben aufgebaut war eben.

[Wie meinst Du das: ‚Wie das eben aufgebaut war'?]

Na ja, so am Anfang erst mal so, nicht gleich so losgelegt sag ich mal, also nicht gleich ‚heißer Stuhl', so erst mal mit Hobbies und Stärken und Freundschaft und so [meint: Erstellen einer Wandzeitung; Anm. d. Verf.]. Und jeder konnte erst mal so gucken, was da so läuft in der Gruppe und wie die anderen so drauf sind, ja. Und dann war ja immer schon mal so 'n bisschen auf Steigerung das Ganze, also, schon mal so 'n bisschen mehr nachfragen und mal so dagegenhalten – so Konfrontation eben (lacht); also erst mal habt ihr uns so kommen lassen und dann habt ihr uns hübsch in die Falle laufen lassen, wenn ihr uns dann gesagt habt, was wir irgendwann mal so gemacht haben, was so in den Urteilen steht und so, ja.

[Was ja nach Deiner Einschätzung allerdings ‚gepasst' hat.]

Hat gepasst, ja.

[Ok.]

5. Welche Bedeutung hatte das TrainerInnenteam für Deine Entscheidung?

Man konnte euch alles anvertrauen. Das war schon irgendwie neu für mich.

[Inwiefern war das ‚neu' für Dich?]

Weil ich ja nicht wusste, ob ihr euch daran haltet, wenn diese Regel gilt Verschwiegenheit. Es wurde ja gesagt, alles was in der Gruppe besprochen wird, wird nicht weitererzählt, also ans Gericht oder so. Und das war dann ja auch so, dass nichts gesagt wurde, wenn wir was erzählt haben.

[Verstehe ich das richtig, wenn Du damit meinst, dass es neu für Dich war, für Dich zu überprüfen, ob Du das überhaupt

schaffst, jemandem zu glauben, wenn gesagt wird, diese Regel Verschwiegenheit gilt hier?]

Ja, auch, ja.

[Wann ist Dir das denn klar geworden, dass diese Regel auch tatsächlich eingehalten wird?]

Als ich gemerkt habe, da ist nichts weitererzählt worden bisher, also einfach, weil ich den Eindruck hatte, ihr haltet euch an die Regel.

[Und was meintest Du, wenn Du sagst: ‚Man konnte euch alles anvertrauen'?]

Ja, ihr ward korrekt. Ihr habt gesagt, wir können auch mal kommen, wenn es woanders Probleme gibt – so mit Schule oder so oder mit Behörden oder Wohnung oder so. Und dann habt ihr auch nicht gleich gesagt: ‚Ne, darum kümmern wir uns nicht', sondern ihr habt uns dann auch dabei geholfen – das war gut.

[Wobei hat Dir das zum Beispiel geholfen?]

Als ich Stress mit meiner Wohnung hatte, ganz klar. Da habt ihr mir mit dem Brief geholfen und dann hat sich das geklärt. Oder nach dem Anruf bei dem Vermieter und nach dem Brief war das dann wieder im Lot, genau.

6. Unter welcher/welchen Voraussetzung/en hättest Du diesen AAT-Kurs nicht beendet?

Ich hab durchgehalten. Da hätte schon echt was Krasses passieren müssen. Was, weiß nicht. Schlagen vielleicht. Oder eben dass doch eine Regel nicht eingehalten wird. Aber sonst gar nicht.

[E. – vielen Dank, das war's dann.]

Ok, dann machen Sie was draus.

1. Was hat für Dich dafür gesprochen, diesen AAT-Kurs durchzuführen?

Also, erst mal, um soziales Verhalten zu bekommen; gegen andere Leute Respekt zu haben und eben halt auch nicht ins Gefängnis zu gehen.

[Welcher Grund war davon der wichtigste oder der entscheidende Grund?]

Ja, der entscheidende Grund war eigentlich Gefängnis.

[Hast Du Knasterfahrung?]

Nein. Will ich auch nicht.

[Gut.]

2. Wann hast Du die Entscheidung getroffen, diesen AAT-Kurs bis zum Ende durchzuführen?

Bis ich die Anhörung vom Richter bekommen hab, und der mir dann eben auch gesagt hat, dass ich nun zwei Wochen Zeit hab, mich hier anzumelden – ansonsten steht die Polizei vor meiner Tür und hat einen Haftbefehl.

[Hast Du das ernstgenommen?]

Ja, da hab ich das ernstgenommen.

[Warum betonst Du das: „Da' hab ich das ernstgenommen'?]

Ja, weil ich mich schon im Gefängnis gesehen hab, und ich will da nicht rein.

[Was ist da Deine Phantasie gewesen: H. im Gefängnis?]

Ja, ich kenn das, mein Stiefvater war im Gefängnis und ich weiß, wie das da abgeht, und da hab ich keine Lust drauf.

[Wie ernst hast Du denn diesen Zeitraum von zwei Wochen genommen? Hast Du die Bedenkzeit verstreichen lassen und

gesagt: ‚Am letzten Tag der zwei Wochen kümmere ich mich darum?']

Ne, sofort, sofort gemacht. Also erst mal zu Frau S. [...] von der Jugendgerichtshilfe, und dann hat sie hier angerufen.

[Du warst vor diesem Kurs ja bereits dreimal angemeldet gewesen. Was war diese Mal denn anders?]

Was anders war? Ja, eben halt das vom Richter, die Anhörung, nä.

[Das hat es vorher nicht gegeben?]

Doch, schon, aber ich hab das nicht so wahrgenommen. Ich hab gedacht, ich brauch das nicht, ich kann mir selber helfen und hab ich nicht für sinnvoll gehalten.

[Wie hast Du denn gemerkt, dass Du das selber nicht schaffst?]

Ja, wenn mich einer, sagen wir mal, irgendeiner einen Fehler macht zum Beispiel bei mir oder so und mir passt das nicht, dann dreh ich sofort durch.

[Welche Art ‚Fehler' wäre das zum Beispiel?]

Zum Beispiel, wenn ich Recht hab und einer hat Unrecht und er meint er hat Recht, das regt mich schon auf – ist nur ein Beispiel jetzt, es gibt noch andere Sachen.

[Reicht es denn schon, wenn Du glaubst Du hast Recht? Es könnte ja auch sein, dass Du Dich irrst?]

Ja, wenn der mich provoziert und mich dann beschimpft – ich hab das auch mal unter Kollegen gehabt, da hat der dann so gesagt: ‚Ach, halt die Schnauze!', und dann bin ich sauer.

[Ist das denn schon anders, also besser geworden mit Deiner Reaktion?]

Ja.

3. Warum hast Du Dich entschieden, diesen AAT-Kurs bis zum Ende durchzuführen?

Ja, eben halt meine letzte Chance eben, das auch zu machen, und damit ich meine Ruhe hab vorm Anwalt (lacht).

[,Letzte Chance' in welcher Hinsicht?]

Ja, wenn ich das jetzt abbreche, dann geh ich hundertprozentig rein.

[Das wurde Dir vom Richter auch so mehr oder weniger wortwörtlich gesagt?]

Hat er gesagt, weil ich hab ihn ja gefragt. Ich hab ihn gefragt, was würde passieren, wenn ich da nun nicht hingehen würde? Ja, dann hat er gesagt, dann kommst Du mit, dann steht die Polizei mit einem Haftbefehl vor Deiner Tür, gehst für zwei Wochen rein, und dann wirst Du Dich wieder anmelden.

[Und musst den Kurs dann trotzdem absolvieren.]

Genau, ja. Und deswegen bringt das ja auch nichts, wenn ich das immer abbreche und dann immer hier bin, so in fünf Jahren (lacht), also hab ich mir gesagt: Diesmal ziehst Du das durch.

[Hast Du diese Entscheidung irgendwann mal bereut?]

Hierher zu kommen?

[Ja.]

Nein, eigentlich nicht, nein.

[Hattest Du denn das Gefühl, eigentlich mache ich das ja nur für den Richter oder hast Du das auch für Dich gemacht?]

Ne, ich hab das auch für mich gemacht, ich merk das. Wenn wir da so gesprochen haben bei den Sitzungen.

[Kannst du dafür ein Beispiel nennen?]

Ja, wenn ich dann auch so die anderen gehört habe, und so halt das Benehmen und Zuhören, nä.

[Das bringt auch was?]

Ja.

4. *Wodurch bist Du angeregt (motiviert) worden, diesen AAT-Kurs bis zum Ende durchzuführen?*

Ja, das Zertifikat.

[Tatsächlich?]

Ja.

[Was hast Du Dir davon erwartet, wenn Du das in den Händen hälst?]

Ja, weil, ich sag mal, weil von meiner Familie her, die haben auch immer gesagt, dass ich aggressiv bin und so.

[Ja.]

Und das Zertifikat werd ich denen jetzt mal zeigen.

[Wie stellst Du Dir das denn jetzt vor, wenn Du mit Deinem Zertifikat vor Deiner Familie stehst? Was glaubst Du, wie werden die reagieren?]

Die werden stolz auf mich sein, denk ich.

[Und Du selbst?]

Ja, klar, bin ich auch.

[Auch darauf, dass Du das ein halbes Jahr durchgezogen hast?]

Ja.

[Ok.]

5. *Welche Bedeutung hatte das TrainerInnenteam für Deine Entscheidung?*

Ich versteh die Frage nicht ganz.

[Ok, anders ausgedrückt: Hättest Du den Kurs auch durchgezogen unabhängig vom TrainerInnenteam?]

Weiß ich nicht. Wenn mir die Leute nicht gepasst hätten, dann wär das nichts für mich gewesen. Also, wenn mir hier ein Trainer jetzt nicht gefallen würde, dann weiß ich nicht, ob ich hierher gekommen wäre.

[Positiv formuliert würde das ja bedeuten, dass Du das TrainerInnenteam aus dem Kurs...]

...akzeptiert hab, ja.

[Ok. Ist das wichtig für Dich?]

Ja, ich muss ja auch mit den Leuten klarkommen. Und wenn ich das nicht kann, dann geht das leider nicht.

[Weshalb konntest Du denn die Leute akzeptieren?]

Weiß nicht, die Umgangssprache und das Verhalten.

[Kannst Du das genauer sagen, was ,das Verhalten' angeht?]

Ja, so kein Stress und geht schon ganz ruhig hier.

[Was verstehst Du unter ,Umgangssprache'?]

Ja, nicht so das Gepöbel hier, ja, wie soll ich sagen?

[Respektvoll.]

Genau, sagen wir das so

6. Unter welcher/welchen Voraussetzung/en hättest Du diesen AAT-Kurs nicht beendet?

Kann ich mir nicht vorstellen. Also in dieser Situation nicht mehr, weiß nicht.

[Toll, vielen Dank, H., das war's.]

Ok.

Interview: 15/Namenskürzel: **D.S.**/Alter: **18**

1. Was hat für Dich dafür gesprochen, diesen AAT-Kurs durchzuführen?

Ja, dass ich nicht so gewalttätig mehr bin, dass ich ruhiger geworden bin; und äh, dass ich, wenn ich jetzt meine Bewäh-

rung rum habe, nicht mehr so aggressiv auf Leute zugehe oder mich mit irgendwelchen Leuten schlage tue.

[Was heißt für Dich ‚nicht mehr so aggressiv'?]

Ja, wo ich noch keine Bewährung hatte, war ich ziemlich aggressiv. Wenn mich jetzt so Leute angerempelt haben oder wenn ich jetzt feiern war oder so was, so bei Meinungsverschiedenheiten bin ich sehr schnell aufbrausend geworden, und seitdem ich hier beim AAT gewesen bin, ähm, hab ich begriffen, dass es mir sowieso nichts bringt, wenn ich da – oder dass ich viel zu schnell hochkomme und wenn ich eben eine Nummer ruhiger fahr, dass ich dann ohne Probleme und ohne Schwierigkeiten da rauskomme.

[Dazu zwei Nachfragen. Erstens: ‚Aufbrausend' – wie hat sich das bemerkbar gemacht, und zweitens: Wie hast Du konkret gemerkt, dass Dir das für Dich ‚nichts bringt'?]

Also, aufbrausend: Viele Freunde oder auch mein Bruder, wenn wir jetzt weg waren und ich hab irgendwie mich geschlagen oder da ist was passiert, dann haben die gesagt: ‚Ja, wieso hast du denn so reagiert, da war doch gar nichts', nä – und deswegen das Wort ‚aufbrausend', nä.

[Genau meine Frage: Wieso hast Du denn ‚so reagiert'? Erst mit Worten oder gleich zugeschlagen?]

Ja, das war unterschiedlich, manchmal hab ich mit Worten und dann, wenn's anders nicht ging, hab ich auch Schläge, aber das ist, kommt auf die Sit... [Abbruch an dieser Stelle mitten im Wort und Fortsetzung mit anderer Formulierung; Anm. d. Verf.]. Wenn ich viel getrunken hab, dann bin ich ganz schnell oben.

[Also, wenn Alkohol im Spiel war.]

Ja.

[So, und das Zweite: Du hattest gesagt, dass Dir das ‚nichts bringt' – wie hast Du das festgestellt?]

Ja, also ich mein, ich bin ja jetzt hier zum AAT gekommen, und, ähm, ich hab ja auch Körperverletzung und auch vorher hatte ich schon Körperverletzung und es hat mir ja auch nichts gebracht. Ich mein, die Sachen hätte ich eben bestimmt auch ausdiskutieren können oder aus dem Weg gehen können, und das hab ich nicht gemacht und jetzt bin ich hier, nä.

[Hättest Du das denn machen können?]

Ja, doch, da geh ich von aus.

[Bleibt die Frage: Warum hast Du es nicht gemacht?]

Weil ich zu dumm war würde ich sagen, ja.

[Und daraus hast Du gelernt?]

Ja.

[Was?]

Ja, dass ich jetzt nicht mehr, wenn ich mit der Bewährung durch bin, irgendwie auf Leute, wenn ich jetzt was getrunken hab, oder auch, wenn ich jetzt so gehe und mich da welche dumm anquatschen, dass ich dann nicht gleich aufbrausend werde oder so, dass ich dem dann einfach aus dem Weg gehe und mir dann sage: ‚Gut, ich hab's gelernt, ich kann auch den Rücken umdrehen, ich kann auch ein Feigling sein oder der Schwächere sein' – das ist egal.

[Wie ist Dir das klar geworden, dass Du Dir erlauben kannst zu sagen: ‚Ich kann auch ein Feigling sein, ich kann auch der Schwächere sein'?]

Ich mein, was die anderen denken, dass ist mir jetzt egal geworden so, ich muss an mich denken und, ähm, wenn ich weiter so machen würde, wie ich bisher gemacht habe, dann würde ich keine Bewährung mehr haben und ganz schnell wieder drinne sitzen und das will ich auf jeden Fall nicht riskieren.

[Wie viele Gerichtsverhandlungen hattest Du bisher?]

Bisher acht.

[Acht – das reicht ja auch, oder?]

(lacht) Auf jeden Fall, ja.

2. Wann hast Du die Entscheidung getroffen, diesen AAT-Kurs bis zum Ende durchzuführen?

Das war mir eigentlich schon klar, wo ich mich hier vorgestellt hab, dass ich das durchziehen möchte.

[Das ist das eine: Du ,möchtest' das durchziehen – und wann war Dir klar, Du ,möchtest' das nicht nur, sondern Du ziehst das auch tatsächlich durch?]

Ja, wo ich da eben auch in der Runde saß mit den anderen

[Teilnehmern; Anm. d. Verf.], ähm, ich hab erstens gehört, was die anderen so alles gemacht haben, aber auch, was ich denn so gemacht hab, hab ich denn auch noch mal so vorgehalten bekommen und, ähm, da ist mir auch klar geworden, so geht das nicht weiter, und ich muss mein Leben ändern, und also, auch, wie soll ich sagen, wenn ich das so alleine machen will, da hab ich nicht so die Möglichkeit mich zu ändern, dann bin ich wieder so mit anderen Leuten, und hier hab ich eben meine Möglichkeiten mich zu ändern, und das wollte ich auch unbedingt machen.

[Was heißt denn, dass ist Dir ,vorgehalten' worden und das ist Dir dann ,auch klar geworden', dass das ,so' nicht weitergehen kann?]

Ja, mir ist das schon klar geworden, dass das so nicht weitergehen kann, nä, also...

[Und wie ist das zu verstehen, wenn Du sagst Dir ist das ,vorgehalten' worden, was Du gemacht hast?]

Ja, also, was heißt ,vorgehalten'? Mir hat man gesagt, die Fehler, die ich gemacht habe, dann hab ich noch mal richtig darüber nachgedacht und was ich überhaupt für Scheiße ge-

macht hab, und das war alles nur Müll so, das hat überhaupt nichts gebracht so, und so will ich das nicht weitermachen.

[Ok, dritte Frage.]

3. Warum hast Du Dich entschieden, diesen AAT-Kurs bis zum Ende durchzuführen?

Warum? Ja, damit ich mich, ja, damit ich, wie soll ich sagen, damit ich eben nicht mehr so rückfällig werde mäßig; dass ich eben nicht so aggressiv bin, dass ich auch ruhiger leben kann. Hier beim AAT hat man ja gezeigt, dass es eben auch anders geht und – ja, darum.

[Was ist Dir denn am klarsten in Erinnerung geblieben, was Du persönlich auch ‚anders' machen kannst?]

Da, wo mir das am klarsten wurde?

[Ja, wodurch?]

Ja, wir haben viele Sachen gemacht, aber durch den ;heißen Stuhl', ja, also beim ‚heißen Stuhl' wurde mir richtig klar, was für Scheiße ich gebaut hab, aber warum, ja da waren viele Sitzungen, die mir viel gebracht haben, sag ich jetzt mal.

[Das würde bedeuten, ‚viele Sitzungen', also auch Sitzungen, bei denen Du logischerweise nicht auf dem ‚heißen Stuhl' warst?]

Ja, das ist ja klar.

[Nenn doch mal ein Beispiel, was Du aus einer anderen Sitzung für Dich mit rausgenommen hast.]

Ja, wie es danach weitergeht, wenn auch meine Bewährung ist, wie ich mir mein Leben dann vorstelle, und wo ich denn noch mal darüber nachgedacht hab, ob das denn auch alles, wie soll ich sagen, ob man das denn alles so umsetzen kann, wie ich das denke, nä. Manchmal übertreibt man oder viele übertreiben und das geht alles gar nicht, so wie die das sagen,...

[Ja.]

...aber man muss ein bisschen realistisch bleiben, und da kann man gut nachdenken, und da kommen dann auch die richtigen Fragen, und dann kommen Fragen und dann kann man die beantworten und dann weiß man schon selber, ob das unlogisch oder ob das logisch ist.

[Das klingt so, als hätte das für Dich mit den Themen, die da Sache gewesen sind, ganz gut gepasst.]

Ja.

[Toll, ok.]

4. Wodurch bist Du angeregt (motiviert) worden, diesen AAT-Kurs bis zum Ende durchzuführen?

Ja, meine Familie hat mich richtig motiviert.

[Ok.]

Und die haben dann auch immer gesagt, ja, das schaffst du schon; auch wenn das manchmal schwer ist und so, aber das Leben ist nun mal nicht immer einfach. Und für die Scheiße, die ich gebaut hab, muss ich auch gerade stehen, und wenn ich weiterhin normal leben will und ein ruhiges Leben haben will, dann muss ich das eben durchziehen, nä. Und meine Familie stand immer hinter mir, und dafür hab ich mich dann eben auch richtig eingesetzt, nä.

[Ist das denn auch so zu verstehen, dass Du einmal durch Deine Familie angeregt worden bist, also motiviert worden bist, aber auch gesehen hast, das Training lohnt nicht nur für mich, sondern auch für meine Familie?]

Ja, und vor allem auch für das Umfeld noch. Also, ich mein, mein Chef hat ja auch immer gesagt, zieh das durch, das schaffst Du und er hat auch gesagt: ‚Zieh das Training durch, und Du kannst auf jeden Fall weiter bei mir arbeiten, trotz Bewährung', ich mein, das hat mir auch immer so'n Reiz gegeben.

[Das heißt, dass Dir auch von anderen Leuten immer eine Perspektive eröffnet worden ist, dass Dir das auch weitaus mehr bringen kann, als nur so ganz formal Deine Bewährungsauflage zu erfüllen?]

Ja, auch, und er hat ja auch gesagt, ich mein, er hat gesagt, dass ist nicht schlecht, das ist ja nicht umsonst, dass wir das hier machen, das wird schon was bewirken, und das kannst Du alles mitnehmen, was Du da lernst, das kann nicht schaden, nä.

[Hast Du Deinem Chef denn überhaupt erzählt, was hier so stattgefunden hat beim AAT?]

Ja, ich hab ihm auch gesagt, dass er im Internet mal reingehen soll und über den ‚heißen Stuhl' mal gucken soll und über AAT.

[Und hat er geguckt?]

Ja.

[Und?]

Er hat sich das so durchgelesen und meinte, ja, das ist aufregend, und er meinte, er stellt sich das auch nicht so einfach vor.

[Gut. War das wichtig für Dich, dass es Leute gibt, die an Dich glauben, die Dir gut zureden und die Dich motivieren?]

Ja, ‚andere Leute', also, meine Familie, nä...

[Ja, genau die meinte ich: Deine Familie, Deinen Chef eventuell, weiß ich nicht.]

Ja, das ist mir schon wichtig, dass die zu mir halten, nä.

[Ok.]

5. Welche Bedeutung hatte das TrainerInnenteam für Deine Entscheidung?

Wie soll ich das jetzt verstehen?

[So zu verstehen: Inwiefern spielt die Person der Trainer eine Rolle oder war das für Dich total egal?]

Ja, das hat schon ne Rolle gespielt irgendwo, weil er, also Sie, ja auch viel Erfahrung haben mit Jugendlichen oder mit Straftätern oder so was, und das war schon wichtig, wie Sie darüber denken, weil Sie haben doch ein bisschen mehr Ahnung wie ich.

[Wofür oder warum war das wichtig für Dich?]

Ja, dafür, dass ich weiß, Sie haben mir viel gesagt, wie das richtig gemacht wird, oder was heißt richtig gemacht – wie man einen Weg gehen kann und jetzt weiß ich genau, was ich für eine Scheiße gebaut hab und wie ich jetzt gehen muss.

[Hast Du Dich eigentlich über die Sitzungen hinaus noch mit den Themen, die da Sache waren, beschäftigt?]

Also, nach den Sitzungen abends, wenn ich zu Hause gewesen bin, dann hab ich schon noch oft darüber nachgedacht, was wir da gemacht haben, oder auch wenn andere jetzt was gesagt haben, was sie sich vorgenommen haben, hab ich auch darüber nachgedacht, ob das überhaupt realistisch wäre für die. Oder auch bei mir hab ich darüber nachgedacht, was kannst Du denn noch ändern bei Dir?

[Ich möchte noch einmal auf die von Dir erwähnte ‚Erfahrung' mit Jugendlichen, in diesem Falle mit straffälligen Jugendlichen, zurückkommen. Ist das so zu verstehen, dass das für Dich wichtig ist, dass da eine Glaubwürdigkeit rüberkommt, also dass das, was gesagt wird, auch nachvollziehbar ist, dass das auch einen Sinn macht?]

Ja, auf jeden Fall.

6. Unter welcher/welchen Voraussetzung/en hättest Du diesen AAT-Kurs nicht beendet?

Oh, kann ich gar nicht sagen. Eigentlich, was alles so vorgekommen ist, hat mir schon gefallen, und das hat mir doch schon was gebracht so. Ich könnte jetzt nicht sagen, wann ich ausgestiegen wäre, wann mir das zuviel geworden wäre.

[Gab es denn für Dich vor Beginn des Kurses eine deadline, dass Du sagst: ‚Wenn ich an diesem Punkt bin, wenn jetzt das oder das passiert, dann sag ich ‚Nein – ich mach nicht mehr mit'?]

Nein, das kam nicht vor.

[Es war auch nicht so, dass Du für Dich einen sogenannten ‚schlechtesten Fall' angenommen hast, bei dem Du ausgestiegen wärest?]

Einmal war das hart auf dem ‚heißen Stuhl', aber da hab ich nicht daran gedacht, irgendwie jetzt aufzuhören oder auszusteigen, aber es war trotzdem hart, aber diesen Gedanken hatte ich nicht so.

[Gab es vor Beginn des Kurses für Dich ein Szenario, dass Du Dir zurecht gelegt hattest, bei dem Du ausgestiegen wärest, wenn das eingetreten wäre?]

Ja, wo ich mich vorgestellt hab hier, da wusste ich auch noch gar nicht, was darin so vorkommt, und deswegen konnte ich mir auch noch gar nicht so vorstellen, was so passiert und deswegen hab ich mir auch keine Gedanken gemacht, wenn es bis dahin geht, dann hör ich auf. Ich konnte mir darüber keine richtigen Gedanken machen.

[Vielen Dank, D., das war's.]

Dann wünsch ich Ihnen viel Glück damit so.

Gruppe der Abbrecher

Interview: 16/Namenskürzel: M.A. /Alter: 21

1. Was hat für Dich dagegen gesprochen, diesen AAT-Kurs durchzuführen?

Ja, kiffen. Immer so drauf gewesen, dass ich das dann auch verplant hatte, vergessen eben. Und dann hat meine Freundin mich mal gefragt, musst Du denn gar nicht zum AAT heute und ich hatte das wieder nicht drauf.

[Obwohl Deine Freundin Dich daran erinnert hat?]

Ja, dann war ich ja meistens auch so bekifft, dass ich dann gar nicht mehr hingehen wollte. Dann hab ich lieber noch mit meinen Kumpels ein paar Bierchen getrunken, als zum AAT zu gehen.

[Was war denn überhaupt der Grund, dass Du zumindest den Versuch unternommen hast, am AAT teilzunehmen?]

Was heißt Versuch so? Ich wollte ja eigentlich gar nicht so. Aber irgendwann muss ich ja mal die Kurve so kriegen, weiß ich ja auch. Ich hab mir ja auch schon so mal 'n Kopf gemacht, dass ich nicht ewig so weitermachen kann mit diesen Sachen [meint: unter anderem Körperverletzungen; Anm. d. Verf.], und dann nerven wieder alle.

[Wen meinst Du damit?]

Ja, so Polizei, Gericht, meine Mutter, meine Freundin, alle eben.

[Wundert Dich das?]

Ne, höchstens, dass die immer noch wieder ankommen und sagen: ‚Dicker, mach endlich mal was!' – das wundert mich höchstens.

[Die scheinen Interesse an Dir zu haben.]

Hm, vielleicht ist das ja so.

2. *Wann hast Du die Entscheidung getroffen, diesen AAT-Kurs nicht bis zum Ende durchzuführen?*

Ja, was heißt Entscheidung getroffen? Ich hab ja eigentlich nicht so direkt entschieden zu sagen, ich geh da nicht mehr hin, so. Ich wollte das ja schon irgendwie machen, aber das ging dann ja auch nicht. Ich hatte ja schon so Fehlzeiten mäßig zusammen, das ging dann ja nicht mehr – hattet ihr ja auch vorher schon gesagt. Wenn man dann dreimal fehlt oder so, dann geht das nicht mehr eben. Da konnte ich ja gar nicht mehr mitmachen, das hab dann ja so gesehen nicht ich entschieden, das kam ja dann von euch (lacht).

3. *Warum hast Du Dich entschieden, diesen AAT-Kurs nicht bis zum Ende durchzuführen?*

Ja, warum? Gute Frage. Eigentlich war das albern, so gesehen. Aber kiffen und Bierchen war dann doch eben wichtiger damals. Hab's dann auch verplant damals, verpennt und so. Kiffer schlafen immer gut. Hatte auch irgendwie keinen Bock auf so 'n Training; immer so labern und so ,heißer Stuhl', ist nicht so mein Ding gewesen damals.

[Wäre das heute anders?]

Weiß nicht, einen Laberflash hab ich ja jetzt auch manchmal, aber dann rede ich immer nur so Blödsinn und so – dass findet außer mir dann sowieso keiner lustig (lacht). Aber mit dem Kiffen will ich jetzt aufhören; muss ja auch mal ohne gehen irgendwann. Sonst krieg ich gar nichts mehr gebacken im Leben.

4. *Wodurch bist Du angeregt (motiviert) worden, diesen AAT-Kurs nicht bis zum Ende durchzuführen?*

Ich hatte eben andere Sachen auf dem Zettel. Eigentlich war immer nur Kiffen und Bier angesagt oder so.

[War das damals so ein tagesausfüllender Aspekt für Dich?]

Ja, total. Ich hab damals gar nichts gebacken gekriegt. Nicht mal alleine aufgestanden bin ich manchmal. Da hat meine Freundin dann irgendwann gesagt: ,So, raus jetzt aus dem Bett, Dicker!' Da ging irgendwie gar nichts mehr. Also eigentlich hat's am Kiffen gelegen und dass ich sowieso nicht wollte, dass hier jede Woche was abgeht, wo ich dann was sagen muss. War nicht so mein Ding mäßig eben.

5. Welche Bedeutung hatte das TrainerInnenteam für Deine Entscheidung?

(lacht) Ihr ward ja irgendwie lustig. Immer so mit ernstnehmen und so; die Leute dann zutexten, wenn die da gar nicht drauf können (lacht). War schon korrekt, so mit euch. Aber ich hab das ja nicht gepeilt. Ihr ward gut – ich war nicht so fit damals.

[Was meinst Du mit ,Ihr ward gut'?]

*Ja, so euer texten sag ich mal, das war gut. Obwohl ich ja auch sagen muss, dass das manchmal genervt hat, wenn Sie immer wieder gefragt und gemacht haben. Ich habe gesagt, Sie haben gefragt, ich sage wieder was, Sie fragen wieder was. Also, nervig war das manchmal so, **was** Sie gefragt haben, aber irgendwie gut war, **wie** Sie das gemacht haben – so, dass man trotzdem zugehört hat.*

[Das ist doch schon viel.]

Aber nervig (lacht).

[Dann musst Du jetzt auch nicht mehr so lange zuhören, weil wir schon bei der letzten Frage sind.]

Passt schon noch.

6. Unter welcher/welchen Voraussetzung/en hättest Du diesen AAT-Kurs beendet?

Weiß ich nicht. Gar nicht wohl. Wer kifft kann nicht mitmachen. War ja vorher klar. Und ich hab gekifft, also ging das nicht – aus die Maus.

[So einfach ist das.]

Ja klar.

[Dann sag ich einfach vielen Dank, dass Du die Fragen beantwortet hast.]

Bitte doch.

Interview: 17/Namenskürzel: R.N./Alter: 19

1. *Was hat für Dich dagegen gesprochen, diesen AAT-Kurs durchzuführen?*

Wie jetzt, ja, weiß nicht. Nichts eigentlich. Ich war zu doof damals, das ist alles.

[Wie meinst Du das, Du warst ,zu doof damals'?]

Keinen Bock, so mit Auto hierher, jedes Mal Stau und so, nervig einfach. Aber das wird ja anders, wenn ich den Kurs noch mal machen kann, wenn mein Richter das sagt. Keine Peilung damals.

[Was bedeutet ,keine Peilung'?]

Ja, eben dass ich zu doof war eben. Und abgenervt, wenn ich im Stau stand, das war's.

[Das kann Dir in Zukunft aber auch passieren.]

Ist Pech dann, lässt sich wohl nicht ändern.

[Möglich. Die nächste Frage.]

2. *Wann hast Du die Entscheidung getroffen, diesen AAT-Kurs nicht bis zum Ende durchzuführen?*

Ich war ja auch hier bei dem einen Mal, als wir alle hier gesessen haben, mit den Bewährungshelfern und so [meint: 1. Sitzung des Trainings; Anm. d. Verf.]. Und da hab ich schon gedacht: Korrekte Leute hier und so.

[Und woran ist es trotz der ,korrekten Leute hier' dann doch gescheitert?]

Nur mit dem Weg hab ich gedacht, dass muss ich mir nicht geben jede Woche hier. Sonst war das korrekt.

[Wenn nur der Weg nicht jede Woche gewesen wäre – ok.]

3. Warum hast Du Dich entschieden, diesen AAT-Kurs nicht bis zum Ende durchzuführen?

Ja, sagte ich ja schon: Weg und so. Und damals hab ich auch manchmal noch ein bisschen gekifft und so, kein Plan damals. Hab's dann auch mal vergessen oder so.

[Also hat das nicht nur an dem Weg gelegen?]

Ne, aber auch, und auch das Kiffen war dann so.

[Wie intensiv war denn das Kiffen bei Dir?]

Also, ich hab mich nicht voll zugedröhnt oder so, aber mal einen Joint und dann lieber abhängen als zum AAT. So mit Freunden oder am Beamer eben, das kam besser.

[Gab es in Deinem Freundeskreis Leute, die Dir gesagt haben, geh lieber einmal in der Woche zum AAT?]

Nicht so direkt. Die hat das nicht so richtig interessiert. Wir waren ja fast jeden Tag zusammen und haben dann eben zusammen Filme geguckt. Wir haben ja nicht andere Leute fertig gemacht. Wir waren zusammen und einer hat den anderen mit runtergezogen, kann man sagen. Wir hatten so unsere eigene Welt ein bisschen, da wollte ich auch gar nicht unbedingt so raus, nur um einmal in der Woche zum AAT zu fahren.

[Lebst Du denn heute immer noch in dieser ‚eigenen Welt'?]

Ne, würde ich nicht so sagen. Heute bin ich ja nicht mehr so planlos wie früher. Auf Dauer geht das ja auch nicht wirklich.

[Und bist Du noch mit den Freunden von damals zusammen?]

Mit einigen ja. Aber wir sind eben jetzt nicht mehr so planlos wie damals – das hat sich schon gebessert muss ich sagen.

[Was hat sich denn ‚gebessert'?]

Ja, dass wir eben einfach mehr auf uns achten, kann man sagen. Früher haben wir uns gegenseitig runtergezogen, und heute bauen wir uns gegenseitig auf, sag ich mal.

[Das klingt nach Fortschritt.]

Ist es doch auch.

4. *Wodurch bist Du angeregt (motiviert) worden, diesen AAT-Kurs nicht bis zum Ende durchzuführen?*

Angeregt? Also, wie jetzt, ich hatte andere Sachen zu tun eben. Lieber was anderes als AAT. Ich hab das doch auch gar nicht ernstgenommen damals. Was soll das überhaupt, hab ich gedacht. Keine Peilung.

[Wie kam es dazu, dass Du ‚keine Peilung' hattest?]

Zeit zu schade – das war es eigentlich. Hier absitzen und dann nichts anderes machen können.

[Was zum Beispiel?]

Beamer, abhängen mit Freunden, DVD gucken, kiffen und so – Party eben, aber nicht jede Woche AAT.

[Beamer, abhängen mit Freunden, DVD gucken, kiffen, Party – das waren Deine Alternativen?]

Ja, war so.

[Dann die nächste Frage.]

5. *Welche Bedeutung hatte das TrainerInnenteam für Deine Entscheidung?*

Was jetzt?

[War Deine Entscheidung hier nicht teilzunehmen von den TrainerInnen abhängig?]

Ach so, ne, ihr ward ja ok; krass irgendwie, aber schon korrekt. Sie sowieso mit Ihren Sprüchen und so, aber trotzdem ok. Also, an Ihnen hat es nicht gelegen, dass ich nicht mitgemacht hab. Mit Ihnen hat das sogar richtig Spaß gemacht, ehrlich kein Scheiß jetzt (lacht).

[Immerhin. Dann die letzte Frage.]

6. Unter welcher/welchen Voraussetzung/en hättest Du diesen AAT-Kurs beendet?

Gar nichts eigentlich. Oder doch: Wenn der Weg nicht so lang gewesen wäre. Das war echt nervig, sonst eigentlich nichts.

[Dann vielen Dank dafür, dass Du Dir die Zeit für das Interview genommen hast.]

Kein Problem, gern geschehen.

Interview: 18/Namenskürzel: P.H./Alter: 17

1. Was hat für Dich dagegen gesprochen, diesen AAT-Kurs durchzuführen?

Weiß nicht. Ich kannte die Leute hier nicht. Und außerdem wollte ich das gar nicht. Das war ja nicht meine Idee, den Kurs zu machen – das Gericht hat gesagt, ich soll das. Ich wusste gar nicht, was das sollte. Ist doch albern, nur weil mich da einer angemacht hat, soll ich hier den Kurs machen – soll der doch da hingehen. Albern so was.

[Was empfindest Du als ‚albern'?]

Weil ich nichts gemacht hab, deshalb. Der hat mich angemacht und ich muss hierher – das ist albern.

[Hat das Gericht allerdings anders beurteilt.]

Ist trotzdem albern.

[Die nächste Frage.]

2. *Wann hast Du die Entscheidung getroffen, diesen AAT-Kurs nicht bis zum Ende durchzuführen?*

Ich war ja erst ein paar mal hier am Anfang, aber ich wusste gar nicht, was ich hier soll mit den anderen; da waren ja richtig heftige Typen mit bei. Was sollte ich denn dazwischen? Und ich wusste ja auch, dass ich das ja auch gar nicht will, weil ich das ja auch nicht unbedingt machen muss. Nur weil das Gericht sagt, ich soll das machen, geh ich doch da nicht jede Woche hin.

[Wann war für Dich klar, dass Du den Kurs nicht durchziehen würdest?]

Eigentlich gleich beim ersten Mal, als wir uns getroffen haben hier. Mit den Leuten hier, und dann immerzu reden und erzählen, was man so gemacht hat.

[War das der Grund für Dich zu sagen, da geh ich nicht hin, weil Du über Dich erzählen musst?]

Auch. Ich mag das nicht so gerne über mich so sprechen. Das kenn ich ja auch nicht so, weiß nicht.

[Wie meinst Du das, wenn Du sagst: ‚Ich mag das nicht so gerne über mich so sprechen'?]

Weiß nicht, ist eben nicht so mein Ding. Was soll ich den anderen hier erzählen, was bei mir so abgeht – ich kenn die doch gar nicht.

[Bist Du mit dieser Einstellung auch gleich zum AAT gekommen?]

Eigentlich schon.

[Dann war diese Verweigerungshaltung von Anfang an bei Dir vorhanden?]

Ja, eigentlich schon.

3. *Warum hast Du Dich entschieden, diesen AAT-Kurs nicht bis zum Ende durchzuführen?*

Weil ich das gar nicht wollte mit dem Kurs. Das Gericht hat gesagt ich soll das machen, und ich hab das nicht eingesehen, das war der Grund eigentlich.

[Trotzhaltung?]

Ein bisschen bestimmt, ja. Ich kann das nicht gut, wenn einer sagt: ‚Du machst das jetzt!' – und fertig. Da bock ich dann auch, stimmt.

[Ja, das hast Du dann ja auch getan.]

Stimmt.

[Ok. Die nächste Frage.]

4. Wodurch bist Du angeregt (motiviert) worden, diesen AAT-Kurs nicht bis zum Ende durchzuführen?

Hab ich doch schon gesagt eben: keinen Bock und trotzig und so. Was soll ich noch sagen?

[Was hatte Deine Entscheidung damit zu tun, dass sozusagen andere Leute bestimmt haben: Du gehst jetzt zu dem Kurs! Also, dass das nicht Deine eigene Entscheidung gewesen ist?]

Klar, das war schon ein Grund dafür. Warum soll ich anderen den Gefallen tun dahinzugehen, nur weil die das gesagt haben. Ich wollte mich nicht zwingen lassen, stimmt. Die beim Gericht haben ja gesagt ich muss das machen, nicht ich.

[Da hast Du Deine Trotzhaltung konsequent beibehalten.]

Na klar.

[Dann die nächste Frage.]

5. Welche Bedeutung hatte das TrainerInnenteam für Deine Entscheidung?

Wie meinen Sie das?

[War das von den Leuten hier abhängig, die den Kurs geleitet haben, ob Du teilnimmst oder nicht?]

Ach so, ne, eigentlich nicht. Obwohl ich das damals so bei Ihnen auch nicht abkonnte, wenn Sie dann immer wieder gefragt und gesagt haben, ich soll was sagen und so. Genervt hat das. Und das hat gar nicht aufgehört. Aber das war nun nicht der Grund deswegen. Ne, also an Ihnen hat das nicht gelegen, dass ich da raus bin. Mit den Leuten war mir das nichts – mit der Gruppe.

[Ist natürlich nicht möglich, eine Gruppenveranstaltung auf Dauer ohne Gruppe durchzuführen.]

(lacht)

[Hättest Du denn mehr Lust zur Teilnahme gehabt, wenn Du da alleine hättest auflaufen müssen und trotzdem ein halbes Jahr einmal die Woche?]

Ne, glaub ich auch nicht (lacht), ich wollte ja sowieso nicht.

6. Unter welcher/welchen Voraussetzung/en hättest Du diesen AAT-Kurs beendet?

Weiß ich nicht. Da fällt mir gar nichts ein. Weiß ich echt nicht.

[Gar nichts?]

Fällt mit echt nichts ein dazu.

[Dann ist das so.]

Ja.

[Dann bedanke ich mich bei Dir für das Interview.]

Ja, ok.

Interview: 19/Namenskürzel: H.M./Alter: 18

1. Was hat für Dich dagegen gesprochen, diesen AAT-Kurs durchzuführen?

Keinen Bock. Jede Woche hierher und dann hier abhängen. Das hab ich damals gar nicht gepeilt, dass mir das was bringen könnte. Zuviel gekifft und keinen Plan gehabt.

[Siehst Du einen Zusammenhang zwischen Deiner Bocklo-
sigkeit und dem Kiffen?]

Hm, also, der Energiebolzen bin ich damals bestimmt nicht
gewesen, ne (lacht). Eher so alles ganz ruhig, ganz relaxed
eben.

[Hättest Du ohne das Kiffen mehr Energie gehabt?]

Auf jeden Fall.

[Würdest Du im Nachhinein sagen, dass das Kiffen für Dich
Nachteile gebracht hat?]

Na ja, ich hätte weniger Stress mit dem Gericht gehabt auf
jeden Fall; Schule oder so wäre vielleicht besser gelaufen, und
meine Freundin hätte auch nicht soviel rumgezickt, schätze
ich mal.

[Die Bilanz fällt ja sehr ernüchternd aus.]

Ist so.

2. Wann hast Du die Entscheidung getroffen, diesen AAT-
Kurs nicht bis zum Ende durchzuführen?

Das war mir vollkommen Banane. Als der Richter das gesagt
hat, hab ich gedacht, wenn er meint, soll er doch sagen, dass
ich das machen muss. Solange der nicht sagt, ich muss in
den Knast, ist das in Ordnung.

[Das war für Dich doch eine richterliche Auflage?]

(lacht) Und? Das war mir damals egal. Hauptsache nicht in
den Bau und auf Bewährung draußen. Schön weiter kiffen
und Party machen und so, aber nicht zum AAT jede Woche.

[Du hattest ein Jahr Bewährung, oder?]

Ja, da konnte ja noch was zugepackt werden; da geh ich nicht
gleich in den Bau, wenn da noch was kommt, hab ich ge-
dacht. Ganz ehrlich: Ich hab damals auch nur gedacht, nur
weil der [Richter; Anm. d. Verf.] sagt, ich soll so ein AAT
machen, geh ich da doch nicht hin.

[Wieso warst Du Dir so sicher, annehmen zu können, ‚da geh ich nicht gleich in den Bau'?]

Bei einem Jahr *[Bewährung; Anm. d. Verf.]* doch nicht. Ein Kumpel von mir hatte auch Bewährung und dann hat der dazu noch eine Bewährung bekommen, also zu der anderen Bewährung dazu meine ich.

[Das hat ja mit Deiner Geschichte zunächst mal gar nichts zu tun.]

Stimmt, aber ich bin davon ausgegangen, dass ich nicht rein muss – das hat gereicht.

[Irren ist ja bekanntlich menschlich.]

Egal.

[Die nächste Frage.]

3. Warum hast Du Dich entschieden, diesen AAT-Kurs nicht bis zum Ende durchzuführen?

Weil ich keinen Bock hatte, hier jede Woche hinzukommen. Verplant irgendwie. Da bin ich lieber mit meinen Kumpels losgezogen und hab mich mit denen getroffen. Rumhängen und kiffen und so, nur keinen Stress und so.

[Kumpels treffen und das Kiffen hatten also Vorrang vor der Bewährungsauflage.]

Klar. Hört sich zwar kindisch an, aber war so.

[Was meinst Du mit ‚kindisch'?]

Na, dass das ja irgendwie fast schon peinlich ist, wenn man das so easy nimmt, obwohl das ja eigentlich schon wichtig ist mit Bewährung so.

[Was bewertest Du als ‚easy nehmen'?]

Ja, so dieses das Ganze nicht ernstnehmen eben. Da wird einem das groß erklärt und dann denkt man: Hauptsache nicht in den Knast und gut ist.

[Gab es denn Leute in Deinem Umfeld, die das Ganze ernster genommen haben?]

Ja, meine Mum und meine Freundin zum Beispiel.

[Wodurch ist Dir das klar geworden, dass die das ernster genommen haben als Du?]

Die haben geredet und geredet und geredet, dass ich die Bewährung nicht riskieren soll. Also, für die war das schon heftig, dass ich immer gesagt habe, das geht euch nichts an, was ich mache.

[Das hört sich ein wenig so an, als hätten die damals mehr verstanden als Du.]

Ja, schon, die wussten ja auch, dass es vorher schon andere Sachen gab, bei denen ich nicht so mitgemacht habe.

[Was waren das für ,andere Sachen'?]

Ja, so Betreuung oder Arbeitsstunden oder mal Arrest oder so.

[Wie bist Du damit umgegangen?]

Betreuung und Arbeitsstunden hab ich nicht gemacht und Arrest musste ich ja (lacht), aber sonst hab ich das genauso gesehen wie das mit dem AAT: Hauptsache nicht in den Bau.

[Jetzt verstehe ich, was Du damit meinst, Du hast ,das Ganze nicht ernstgenommen'.]

War so, ja.

[Hast Du denen gegenüber irgendwann mal gesagt, dass die mit ihren Ansichten vielleicht doch nicht so ganz falsch gelegen haben?]

Na ja, meine Freundin meinte mal, dass sie mich ja nicht fertig machen will, wenn sie immer so rumzickt, was ich alles nicht auf die Reihe kriege, und da hab ich ihr dann gesagt, dass ich schon weiß, dass sie ja auch nur nicht will, dass ich in den Bau muss.

[Um das zu vermeiden, musst Du allerdings mehr tun als gar nichts.]

Stimmt wohl.

4. Wodurch bist Du angeregt (motiviert) worden, diesen AAT-Kurs nicht bis zum Ende durchzuführen?

Weil ich lieber mit den Leuten draußen abhängen wollte. Das hat mir keiner gesagt von denen, dass ich jetzt lieber zum Kurs gehen soll, aber ich hatte mehr Bock auf die als auf den Kurs. Ich hab mir gesagt: Solange da keiner rumstresst von der Bewährungshilfe oder der Richter, solange geh ich da auch nicht hin. Die melden sich schon, wenn sie was wollen.

[Was hat Deine Bewährungshilfe gesagt, wenn Du dort einen Termin hattest?]

Gar nichts. Ich bin da ja auch nicht hingegangen (lacht). Das war genauso Banane damals.

[Also kann man sagen: Siehe oben – Du hast es nicht ernstgenommen.]

Kann man so sagen.

[Und Deine Mum und Deine Freundin, Dein Betreuer, die Leute beim Gericht und bei der Bewährungshilfe mit ihren Unterstützungsangeboten hast Du ignoriert?]

Nur – ich wollte die Unterstützung ja nachher auch nicht mehr.

[Was meinst Du mit ‚nachher'?]

Als es dann alles schon bergab ging. Die hätten sich mal vorher kümmern sollen, als ich, – jedenfalls nachher war das geschenkt.

[Verstehe ich das richtig, dass Du Dir eine Unterstützung von Deinen Eltern oder von Deiner Mutter rechtzeitiger gewünscht hättest, damit diese späteren Unterstützungsangebote gar nicht erst erforderlich gewesen wären?]

Genau so, ja, ja.

[Welche Unterstützungsangebote hättest Du Dir denn ‚rechtzeitiger' gewünscht?]

Oh, ja, gute Frage. 'Ne richtige Betreuung wäre vielleicht gut gewesen damals.

[Was verstehst Du unter einer ‚richtigen Betreuung'?]

Einer, der sich auch mal interessiert, was gut läuft und nicht immer nur guckt, wenn wieder was daneben gegangen ist, zum Beispiel.

[Jemand, der auch mal Anerkennung ausdrückt?]

So einer. Eben nicht immer nur auf einem rumhacken so.

[Gab es denn eine Betreuung für Dich damals?]

Da war jemand, aber auf den hatte ich keinen Bock.

[Lag es an der Person oder woran hat es gelegen?]

Weiß nicht, irgendwie konnte ich mit dem einfach nicht, und dann hab ich dieTermine mit dem meistens sausen lassen, bis das Ganze dann zu Ende war.

[Ok. Die nächste Frage.]

5. Welche Bedeutung hatte das TrainerInnenteam für Deine Entscheidung?

Gar nichts. Ich wollte einfach nicht. Das war nicht wegen den Trainern – die waren ja sogar gut (lacht). Ich wollte das nicht, das war es.

[Dennoch eine Nachfrage: Was meinst Du mit: ‚Die waren ja sogar gut'?]

Ja, in Ordnung. Gut geredet, uns respektiert, fair gewesen, korrekte Leute eben – professionell würde ich schon sagen.

[Und mit diesen Leuten wolltest Du nichts zu tun haben?]

(lacht) Damals nicht.

[Weil Du der Meinung warst, solange Du nicht inhaftiert wirst, muss so ein AAT nicht sein?]

Genau. Hab ich damals so gedacht, ja.

6. *Unter welcher/welchen Voraussetzung/en hättest Du diesen AAT-Kurs beendet?*

Gar nicht damals. Höchstens, wenn ich was zu kiffen bekommen hätte, dann ja (lacht); ne, Scherz jetzt (lacht). Ne, ehrlich jetzt: Gar nichts. Ich war ein Hänger damals und da ging gar nichts.

[Du redest jedenfalls aus heutiger Sicht nicht lange drum herum.]

Wozu auch?

[Du siehst den meisten Einfluss auf Deine Lustlosigkeit im Zusammenhang mit dem Kiffen?]

Ja, nur deshalb eigentlich.

[Das soll's gewesen sein. Ich danke Dir für das Interview.]

Bitte.

Interview: 20/Namenskürzel: R.Y./Alter: 18

1. *Was hat für Dich dagegen gesprochen, diesen AAT-Kurs durchzuführen?*

So eigentlich gar nichts, so richtig eigentlich nicht meine ich. Aber draußen hab ich gedacht, das ist nicht so wichtig. Du bist draußen und das ist wichtig. Was soll ich da hingehen, wenn ich sowieso draußen bin? Ganz ehrlich: Ich hab das nicht richtig ernstgenommen, ganz einfach.

[Das heißt, für Dich war nur wichtig, dass Du nicht ins Gefängnis musstest?]

Genau.

[Und den Zusammenhang hast Du nicht gesehen?]

Wie meinen Sie das?

[Dass Du eben nur deshalb draußen warst, weil Du Bewährung hattest und am AAT teilnehmen solltest?]

Ach so, ne, das hab ich gar nicht so verstanden richtig.

[Ist Dir das denn erklärt worden?]

Ich glaube schon, ja.

[Und trotz der Erklärungen hast Du das nicht ernstgenommen?]

Nein. Da war eine Frau S. [Mitarbeiterin der Jugendbewährungshilfe; Anm. d. Verf.], die hat immer gesagt, ich muss da hin, ich muss da hin, aber das war mir egal.

[Woran hat das gelegen, dass Dir das ‚egal' war?]

Ich hab mir gedacht, von der lass ich mir doch nicht sagen, was ich machen soll. Die hat mir gar nichts zu sagen.

[Weil sie eine Frau ist?]

Auch, aber auch sowieso. Was geht die das an, ob ich da hingehe oder nicht?

[Meinst Du ein Mann hätte Dir das so erklären können, dass Du das anders verstanden hättest?]

Weiß nicht, aber das wäre schon anders gewesen.

2. Wann hast Du die Entscheidung getroffen, diesen AAT-Kurs nicht bis zum Ende durchzuführen?

Ha! Ich wusste eigentlich schon gleich, dass ich das nicht so richtig mitmachen will. Also, wenn Sie jetzt meinen, zu welcher Zeit mir das klar war, dann eigentlich schon gleich am Anfang, als wir das erste Treffen mit allen hatten, die da waren. Da hab ich mir gedacht, das muss ich nicht haben. Da waren ja auch einige, die so richtig durch waren – mit Drogen und so. Egal, ich wusste sowieso, dass ich das nicht mach – fertig!

[Also hat das nicht an den Leuten gelegen, die bei dem ersten Treffen anwesend waren?]

Gar nichts mit denen, gar nichts. Da hätten auch ganz ande-
re sein können, egal. Ich wusste das gleich am Anfang, dass
ich das nicht machen will.

3. Warum hast Du Dich entschieden, diesen AAT-Kurs
nicht bis zum Ende durchzuführen?

Sagte ich ja schon: Keinen Bock irgendwie. Wenn ich drau-
ßen bin, geh ich doch nicht jede Woche zum AAT. Albern!
Obwohl genau das ja nicht stimmt. Wäre ich damals gegan-
gen, wäre ich vielleicht gar nicht wieder abgewandert [in das
Gefängnis; Anm. d. Verf.]. Was soll's – ist eben so gekom-
men. Und Sie haben das damals auch noch gesagt, dass im-
mer welche aus dem Kurs nach H-Sand [Justizvollzugsan-
stalt; Anm. d. Verf.] kommen. Und diesmal bin ich es eben
gewesen. Aber da war dann noch einer nachher kurz hier,
aber der ist dann nach zwei Wochen oder so wieder raus. Al-
so noch einer, der es nicht gepeilt hat.

[Hast Du aus heutiger Sicht eine Erklärung dafür, dass Du
trotz der eindeutigen Hinweise und auch trotz Deiner ein-
deutigen Situation mit Deiner Bewährung das damals ‚nicht
gepeilt hast'?]

Weiß nicht. Ich hab's einfach nicht gepeilt, weil ich nur gese-
hen hab, ich bin nicht im Knast und das reicht. Aber hat eben
nicht gereicht und jetzt bin ich im Knast.

4. Wodurch bist Du angeregt (motiviert) worden, diesen
AAT-Kurs nicht bis zum Ende durchzuführen?

Gar nicht. Keinen Bock, das war alles. Ein halbes Jahr, das
war mir einfach nichts. Keinen Bock und aus!

[Was war denn damals stattdessen für Dich wichtiger?]

Was war wichtiger? Alles eigentlich, nur nicht dies AAT.

[Was verstehst Du unter ‚alles'?]

Ja, das, was eben so war.

[Bist Du damals zur Schule gegangen oder hattest einen Ausbildungsplatz?]

Gar nichts.

[Hast Du irgendwo gejobbt?]

Nein, auch nicht.

[Hattest Du Dich um irgend etwas gekümmert, damit Du daran etwas hättest ändern können?]

Nichts, gar nichts.

[Und was bedeutet es dann, wenn Du sagst, ‚eigentlich war alles wichtiger'?]

Was soll ich da jetzt sagen? Sie haben Recht, es gab eigentlich nichts, was wichtiger war.

[So schnell kommst Du von der Aussage ‚alles war wichtiger' zur Aussage ‚nichts war wichtiger'.]

(lacht) Sie haben Recht. Ich kann nicht mal was dagegen sagen. Zu spät aufgewacht, sag ich mal.

5. Welche Bedeutung hatte das TrainerInnenteam für Deine Entscheidung?

Dass ich nicht mitmache gar nicht. Das war nicht wegen den Leuten da. Sie waren in Ordnung. Auch die anderen, die da waren. Das stimmte ja auch, was Sie gesagt haben. Auch so, dass wir das für uns machen und so. Und das wir uns dann im Knast mal wiedersehen so wie jetzt (lacht). Da haben Sie auch Recht gehabt – leider.

[Was meinst Du mit: ‚Sie waren in Ordnung. Auch die anderen, die da waren'?]

Sie waren korrekt zu uns. Sie haben gesagt, was Sache ist und Sie haben ganz klar gesagt, was geht und was nicht geht. Jeder wusste, was auf ihn zukommt, wenn er nicht mitmacht.

[„Jeder wusste, was auf ihn zukommt, wenn er nicht mit-macht' ist dann nicht gleichbedeutend damit, dass es auch je-der verstanden hat, oder?]

Ich hab's jedenfalls nicht verstanden; oder doch: Ich habe es verstanden, aber nicht ernstgenommen, das war es.

[Trotz der klaren Ansagen.]

Ja, hat nichts genützt bei mir.

6. Unter welcher/welchen Voraussetzung/en hättest Du die-sen AAT-Kurs beendet?

Gar nichts. Da gab's nichts. Ich wollte einfach nicht. Schön doof, aber war so.

[Kurze und knappe Antwort. Dafür und für die anderen-Antworten sage ich vielen Dank, R.]

Ja, dann hat mein Ausscheiden ja zumindest für Sie noch was Gutes (lacht).

Interview: 21/Namenskürzel: R.B./Alter: 17

1. Was hat für Dich dagegen gesprochen, diesen AAT-Kurs durchzuführen?

Ich hatte so viele Fehlzeiten. Meine Mutter war im Urlaub. Ich war mit meinem Bruder alleine zu Hause. Und ich hab nicht geschafft, alles zu erledigen und hab es dann auch mal vergessen.

[Was musstest Du denn ‚alles erledigen'?]

Ja, mein Bruder war ja auch noch da, und um den musste sich ja auch jemand kümmern, wenn meine Mutter nicht da ist.

[Das bedeutet, Du hast sozusagen die Rolle Deiner Mutter übernommen?]

Ja, weil ich alleine war mit meinem Bruder und mich dann auch um ihn kümmern musste, bis meine Mutter wieder zurück ist.

[Und so lange sie weg war, hast Du nicht alles schaffen können, weil es zu viel gewesen ist für Dich?]

Was heißt zu viel? War eben so und dann eben auch mal vergessen.

[Ok. Die nächste Frage.]

2. Wann hast Du die Entscheidung getroffen, diesen AAT-Kurs nicht bis zum Ende durchzuführen?

Eigentlich gleich ziemlich am Anfang. Ich dachte, so wichtig ist das noch nicht für mich, weil ich dachte, da sind andere, die sind noch heftiger drauf als ich. Soweit bin ich noch nicht. Ich hab das von Anfang an nicht richtig ernstgenommen. Heute weiß ich, dass das keine gute Entscheidung war. Vielleicht wäre mir dann auch der Knast erspart geblieben.

[Was meinst Du mit: ‚Soweit bin ich noch nicht'?]

Weil da noch andere waren, die schon richtig viele Sachen gemacht haben. Da hab ich gedacht, da pass ich noch gar nicht hin mit meinen paar Straftaten.

[Was hast Du für Straftaten begangen?]

Abziehen und Körperverletzung.

[Also Raub und Körperverletzung.]

Raub und Körperverletzung.

[Und was meinst Du, wenn Du sagst, dass andere ‚noch heftiger drauf sind' als Du?]

Ja, mit dem, was die so gemacht haben.

[In der Regel haben die auch Raub und Körperverletzungsdelikte begangen.]

Ja, aber wohl etwas heftiger als ich.

[Allerdings sagst Du selbst, vielleicht wäre Dir der Knast erspart geblieben, wenn Du teilgenommen hättest.]

Ja, dumm gelaufen.

[Ok, dann die nächste Frage.]

3. Warum hast Du Dich entschieden, diesen AAT-Kurs nicht bis zum Ende durchzuführen?

Das war mir vollkommen egal. Ich dachte mir aber auch irgendwie, die schmeißen Dich sowieso nicht raus, und dann kam der Brief, dass ich raus bin – scheiße!

[Wie bist Du darauf gekommen, dass ‚die Dich sowieso nicht rausschmeißen'?]

Mit den Fehlzeiten, das hab ich nicht so gedacht.

[Wie bist Du darauf gekommen?]

Ich dachte, mal was anderes vorhaben ist schon ok. Ich hab's verplant sozusagen.

[Allerdings wusstest Du das ja vorher, dass die Fehlzeiten zum Ausschluss führen können.]

Stimmt, ich hab's trotzdem verplant.

4. Wodurch bist Du angeregt (motiviert) worden, diesen AAT-Kurs nicht bis zum Ende durchzuführen?

Hätte ich keine Fehlzeiten gehabt, na ja; eigentlich das Referat. Vor der Gruppe reden, da kam ich mir voll dumm vor. Und da waren auch zwei Kollegen damals von mir, das war peinlich.

[Inwiefern ‚war das peinlich'?]

Die hören dann, was bei mir gewesen ist, und das wollte ich damals nicht. Obwohl das eigentlich albern ist, aber soviel Vertrauen hatte ich damals noch nicht, ehrlich gesagt.

[Lag das an den ‚zwei Kollegen' oder an der Gruppe?]

An den zwei Kollegen. Die kennen mich ja und denken dann, ich will die verarschen, wenn die da hören, was ich über Sachen wie Familie und Freundeskreis erzähle – dann hätte ich ja auch was über die sagen müssen und das wollte ich nicht.

[Warum nicht?]

Weil die dann hören, dass ich bestimmte Sachen eben doch nicht nur gut fand, was wir gemacht haben. Wäre nicht gegangen.

[Warum wäre das ,nicht gegangen'?]

Ne, weil die dann vielleicht auch nicht mehr so mit mir losziehen würden, wenn ich da was erzähle.

[Weil Du zuviel erzählen könntest?]

Zum Beispiel. Oder überhaupt, wenn die hören, was ich so denke.

[Also auf Distanz gehen zu Deinen eigenen Leuten sozusagen.]

Genau. Dann denken die, ich lass die hängen.

[Ok. Nächste Frage.]

5. Welche Bedeutung hatte das TrainerInnenteam für Deine Entscheidung?

Ihr ward damals schon ok. Das war mir einfach zu peinlich, da zu erzählen, hab ich ja schon gesagt.

[Also war es diese Peinlichkeit und hatte nichts mit den TrainerInnen zu tun?]

An den Trainern hat's nicht gelegen, die waren korrekt. Das war alleine mein Ding.

[Kurz und knapp.]

Ja.

[Dann die letzte Frage.]

6. *Unter welcher/welchen Voraussetzung/en hättest Du diesen AAT-Kurs beendet?*

Nichts. Nur ich selber hätte das machen können damals. Mir war das unangenehm. Das wäre damals gar nicht gegangen.

[Das Reden vor der Gruppe?]

Ja.

[Hier waren wir ja jetzt ohne Gruppe.]

Ist ja auch locker so.

[Dann sage ich danke für das Interview.]

Das war doch in Ordnung.

Interview: 22/Namenskürzel: S.C./Alter: 16

1. *Was hat für Dich dagegen gesprochen, diesen AAT-Kurs durchzuführen?*

Lieber meine Zeit mit meiner Freundin verbringen. Ich hatte auch keinen Bock oder besser gesagt: Ich habe nicht gewusst, dass das so wichtig ist.

[Was meinst du mit: ‚Ich habe nicht gewusst, dass das so wichtig ist‘?]

Ja, dass ich eben gedacht hab, das ist doch egal, ob ich da hingehe oder nicht – Hauptsache nicht ins Gefängnis.

[Für Dich war es also zunächst wichtig, nicht ins Gefängnis gehen zu müssen?]

Ja, logisch. Wer geht schon gerne rein?

[Gute Frage. Allerdings hattest Du doch Bewährung?]

Ja.

[Ist Dir denn nicht klar gewesen, dass das dann eben doch ‚wichtig‘ ist? Dass Du also im Rahmen Deiner Bewährung die Auflage hattest, das AAT zu absolvieren?]

Doch, das hat die Richterin ja auch gesagt, aber ich hab das irgendwie nicht so, ja, nicht so für wichtig gehalten. Ich hab auch nicht gedacht, dass die mich dafür reinsteckt, wenn ich da nicht hingehe.

[Ist Dir dieser Zusammenhang denn vorher erklärt worden?]

Wie meinen Sie das?

[Der Zusammenhang, dass die Teilnahme am AAT unter anderem für Dich bedeutet, Du hast die Chance, Dich zu bewähren? Anders gesagt: Gehst Du nicht zum AAT, bedeutet das, Du bewährst Dich nicht, also wird die Bewährung widerrufen – das meinte ich.]

Ach so, ja, schon, oder auch nicht. Jedenfalls nicht so, dass ich gedacht habe, dafür muss ich dann rein.

[Heißt das, Du hast es schon verstanden, aber nicht ernstgenommen?]

Wohl nicht ernst genug, ja.

[Hat es vor der Bewährung jemanden gegeben, der Dir erklärt hat, was so ein AAT oder überhaupt eine Auflage für Dich bedeutet?]

Die von der Gerichtshilfe war ja vorher mal zuständig, und die hatte so was ja auch schon mal vorgeschlagen für mich.

[Und?]

War mir auch egal. Da hatte ich ja noch nicht mal Bewährung. Außerdem kannte ich die doch nicht mal richtig.

[Wie oft hattest Du denn mit dieser Frau Termine vor der Gerichtsverhandlung?]

Gar nicht. Ich hab die erst bei der Verhandlung das erste Mal gesehen.

[Gab es vorher keine Termine?]

Einmal sollte ich dahin, aber da hab ich abgesagt, und dann nur noch bei der Verhandlung.

[*Und während der Verhandlung hat die für Dich die Teilnahme an einem AAT vorgeschlagen?*]

Ja. Die hat das aber irgendwie anders genannt – Trainingskurs oder so.

[*Sozialer Trainingskurs vielleicht?*]

Genau: Sozialer Trainingskurs, ja.

[*Hattest Du danach noch mit der Jugendgerichtshilfe zu tun?*]

Nein.

[*Weil Du dann Bewährung bekommen hast?*]

Ja.

2. Wann hast Du die Entscheidung getroffen, diesen AAT-Kurs nicht bis zum Ende durchzuführen?

Ich war ein-, zweimal da. Ich hab mir gesagt, ich hab keinen Bock darauf. Scheiß was auf den AAT-Kurs und dann bin ich einfach nicht mehr hingegangen. Meine Freundin hatte nichts zu sagen, war egal, was die gesagt hat.

[*Mit anderen Worten: Deine Freundin wollte, dass Du dahin gehst?*]

Ja. Die meinte ja, das wäre sogar gut für mich.

[*Warum glaubst Du, meinte sie, das ‚wäre sogar gut für Dich' gewesen?*]

Ja, so mit weniger Stress und Polizei vielleicht. Aber ich hab nein gesagt und dann war's das.

[*Ein Mann, ein Wort oder besser: Ein Jugendlicher, ein Wort.*]

Genau (lacht).

[*Vielleicht schaffst Du ja in Zukunft auch mal die Zusage, dass Du so etwas durchziehst.*]

Wäre wohl mal nicht schlecht. Das muss ich echt mal schaffen, dass ich nicht nur davon rede, sondern dann auch mal durchhalte, also das machen, was ich versprochen habe.

[Du meinst so, dass Wort und Tat dann übereinstimmen?]

Genau so, ja.

[Vielleicht beim nächsten Mal.]

Mal sehen.

3. Warum hast Du Dich entschieden, diesen AAT-Kurs nicht bis zum Ende durchzuführen?

Hauptgrund war, dass ich mit meiner Freundin zusammen sein wollte. Ich hab da gesessen und mir gedacht, das bringt doch sowieso nichts. Da geh ich lieber mit meiner Freundin weg, was trinken oder mit ihr kuscheln. Die reden da, hab ich gedacht und ein Video geguckt und an der Tafel haben die was gemacht – das geht zum einen Ohr rein und zum anderen wieder raus.

[Klingt so, als hättest Du gar nichts damit anfangen können.]

Konnte ich auch nicht.

[Und es gab auch niemanden, der Dich davon überzeugen konnte?]

Ne; die haben das zwar versucht, aber ich hab gesagt, ich will das nicht – fertig.

[Wer außer Deiner Freundin hat es denn noch ,versucht'?]

Mein Betreuer noch, aber der hat sich auch nur abgesabbelt und das war auch zum einen Ohr rein und zum anderen wieder raus.

[Hast Du eine Erklärung dafür, warum die das trotzdem versucht haben, obwohl Du gesagt hast: ,Ich will das nicht'?]

Weiß nicht, keine Ahnung. Die meinten eben, das wäre gut für mich. Da kann ich was lernen und beim Gericht hat das auch nur Vorteile für mich. Aber egal.

[Hört sich nach Desinteresse an.]

War es auch damals.

4. Wodurch bist Du angeregt (motiviert) worden, diesen AAT-Kurs nicht bis zum Ende durchzuführen?

Wegen meiner Freundin. Lieber ein bisschen kiffen. Das war mir gleichgültig, scheißegal. Beim ersten Mal als ich da hin sollte, hab ich das gar nicht gefunden, aber das war mir auch egal – ich wollte das ja sowieso nicht.

[Deine Freundin erwähnst Du ja ziemlich oft. Und Du hast auch gesagt, dass sie das wollte, dass Du teilnimmst. Nur diesen Einfluss hatte sie nicht auf Dich, dass sie Dich davon überzeugen konnte?]

Nein, das hab ich mir doch von ihr nicht sagen lassen.

[Von wem hast Du Dir denn damals überhaupt etwas sagen lassen? Oder anders gefragt: Wer hatte denn überhaupt Einfluss auf Dich?]

Niemand, wer sollte denn Einfluss auf mich gehabt haben?

[Das weiß ich nicht. Deshalb frage ich Dich ja.]

War niemand.

[Wer hätte das denn sein können außer Deiner Freundin?]

Weiß nicht.

[Jemand aus dem Freundeskreis, aus der Familie, Dein Betreuer?]

Albern – den Freunden war das Latte, Familie war auch nicht, und auf den Betreuer hab ich auch nicht gehört damals.

[Hattest Du damals Kontakt zu Deiner Familie?]

Nur zu meiner Mutter.

[Was ist mit Deinem Vater?]

Weg, keine Ahnung. Mein Erzeuger hat sich irgendwann verpisst – den kenn ich gar nicht.

[Dein Betreuer konnte Dich nicht überzeugen, also war es- Deine Freundin, auf die Du am ehesten gehört hättest?]

Ja, aber dabei hatte sie auch keine Chance.

5. Welche Bedeutung hatte das TrainerInnenteam für Deine Entscheidung?

Gar nichts. Das war mir egal damals.

[Kurz und knapp.]

Ja, ist so.

6. Unter welcher/welchen Voraussetzung/en hättest Du diesen AAT-Kurs beendet?

Es gab gar keine. Angenommen, ich hätte keine Freundin und keine Kollegen gehabt, dann hätte ich nichts zu tun gehabt. Draußen war mir klar, ich mach das sowieso nicht. Ich fange langsam an nachzudenken. Heute sage ich mir: Wozu machen die das AAT, wenn das nichts bringt?

[Das klingt so, als würdest Du vermuten, dass diese Maßnahme doch einen Sinn haben könnte?]

Ja, klar. Wenn das nicht so wäre, würde es so was doch gar nicht geben. Wer gibt denn sonst Geld dafür aus, wenn so was nichts bringt?

[Hättest Du heute eine andere Einstellung für eine mögliche Teilnahme?]

Total.

[Was wäre anders?]

Ich würde nicht gleich sagen, das bringt nichts. Ich würde mir zumindest mal anhören und so, was da gemacht wird.

Und dann würde ich auch nicht gleich aufgeben, wenn ich mal sehe, das interessiert mich jetzt gerade mal nicht so. Also nicht so schnell aufgeben.

[Vielleicht bekommst Du die Chance ja noch mal.]

Hoffentlich – wäre jedenfalls 'ne gute Sache diesmal.

[Dann sage ich danke für das Interview.]

Ja. Und viel Erfolg damit.

Interview: 23/Namenskürzel: B.M./Alter: 20

1. Was hat für Dich dagegen gesprochen, diesen AAT-Kurs durchzuführen?

Ja, das war damals so, dass ich abends viel unterwegs war, und deshalb hatte ich abends immer was anderes vor, als um 17.30 Uhr oder 18.30 Uhr war das damals, da hinzugehen. Also, ich war öfter mit Freunden unterwegs.

[Obwohl Du wusstest, dass das eine richterliche Weisung gewesen ist?]

Das war damals keine richterliche Auflage. Das war damals freiwillig von mir, dass ich dahin gegangen bin.

[Aha. Wussten Deine Freunde, dass Du an diesem Kurs teilnehmen konntest oder wolltest?]

Ja.

[Hat denn mal einer von denen gesagt: ‚Mensch, B., bevor Du mit uns losgehst, geh dahin'?]

Ne, das haben sie eigentlich nicht.

[Ok.]

2. Wann hast Du die Entscheidung getroffen, diesen AAT-Kurs nicht bis zum Ende durchzuführen?

Eigentlich gar nicht, da ich die ganze Zeit den Kurs eigentlich durchziehen wollte. Aber damals, als ich dann immer unpünktlich erschienen bin oder meistens und auch ab und

185

zu zu viele Fehlzeiten hatte, deshalb bin ich dann entlassen worden.

[Wegen der Fehlzeiten bist Du doch rechtzeitig angesprochen worden; also Du wusstest doch, bei der dritten Fehlzeit bist Du raus.]

Ja, das auf jeden Fall, ja.

[Wie sind die Fehlzeiten trotzdem zustande gekommen?]

Äh, da ich mich mit einem Freund von mir getroffen hab oder mit einem Kollegen damals, der auch zum AAT-Kurs musste und wir zusammen mit dem Auto dahin gefahren sind, und dann sind wir zu spät losgefahren.

[Hat Dein Kollege den Kurs durchgezogen?]

Ähm, nein, auch nicht.

3. Warum hast Du Dich entschieden, diesen AAT-Kurs nicht bis zum Ende durchzuführen?

Ja, da, also, da hab ich mich ja gar nicht entschieden, so den nicht bis zum Ende durchzuführen. Ich wollte ihn ja eigentlich bis zum Ende durchführen. Nur das hat eben nicht so hingehauen so, weil ich immer viel so anders unterwegs war.

[Das wäre das ‚Warum‘? Du hast ja irgend etwas anderes gemacht. Eigentlich wäre AAT gewesen, stattdessen hast Du aber irgend etwas anderes gemacht.]

Ja, weil ich öfters mit Freunden zusammen gehen wollte, als zum AAT-Kurs zu gehen.

[Warum war das damals für Dich wichtiger?]

Ähm, weil ich damals die Einstellung hatte, dass ich noch nicht so arbeiten wollte und noch nicht so mein Leben so feilen wollte und deshalb eher Party machen wollte.

[Dein Leben nicht so ‚was‘? Das habe ich eben nicht verstanden.]

Nicht so dran feilen wollte, also nicht so planen wollte.

186

[Was hast Du damals jobtechnisch gemacht oder schulisch?]

Gar nichts.

[Wie hast Du Dein Leben damals finanziert?]

Durch Diebstahl hauptsächlich.

[Und offiziell?]

Sozialhilfe auch. Die hab ich dann später irgendwann beantragt, als das Jugendamt die Wohnung gekündigt hat.

[Da musstest Du dann ja aktiv werden.]

Ja.

[Warum wurde gekündigt?]

Ähm, weil ich nicht mehr unter die Jugendhilfe falle, also nicht mehr unter dem Jugendamt, sondern jetzt, also mit achtzehn wurde ich so beim Jugendamt entlassen so, und dann konnte ich aber irgendwie noch ein Jahr so unter der Hand in der Wohnung drin wohnen, weil sie sich nicht gemeldet haben, aber dann so ein Jahr später, ein halbes Jahr später, so ein dreiviertel Jahr später haben die sich dann gemeldet, dass ich da raus müsste aus der Wohnung. Und dann bin ich dann zum Sozialamt hin und hab das dann beantragt, dass die das dann übernehmen.

[Haben die das dann übernommen?]

Ja.

[Das heißt, Du bist dann nicht obdachlos geworden?]

Nein.

[Wo wohnen Deine Eltern?]

Meine Mutter wohnt in A. [Bezirk in Hamburg; Anm. d. Verf.].

[Hast Du Kontakt mit ihr?]

Ähm, ja, aber nicht mehr so, ähm, nicht mehr so (lacht verlegen).

[Also, Unterkunft wäre da gar nicht denkbar?]

Ne.

[Wo wohnt Dein Vater?]

Der wohnt nicht hier, der wohnt an der Ostsee irgendwo.

[Hast Du zu dem Kontakt?]

Ähm, wollte ich mal, aber dann ist es nicht dazu gekommen.

[Ok.]

4. Wodurch bist Du angeregt (motiviert) worden, diesen AAT-Kurs nicht bis zum Ende durchzuführen?

Ja, hauptsächlich durch Freunde, dass man sich so treffen wollte, dass man was anderes vorhatte: Kiffen, Abhängen (lacht).

[War das schwierig für Deine Freunde, Dich zu überreden: ‚Komm lieber mit uns mit, das ist doch besser als das, was da stattfindet', oder konnten die Dich leicht überreden?]

Ne, die konnten mich eigentlich leicht überreden.

[Wenn die Dich nicht überredet haben, hast Du dann darauf gewartet, dass die was sagen?]

Ne, das eigentlich nicht.

[Weißt Du noch, wie lange Du damals dabei gewesen bist – wie schnell Du die drei Fehlzeiten zusammen hattest?]

Oh, das war sehr schnell, in den ersten fünf Wochen schon, glaub ich.

[Das ging ja wirklich schnell.]

Hm.

[Warst Du damals sauer, als Du den Brief bekommen hattest, dass Du nicht mehr teilnehmen kannst oder war Dir das egal?]

*Ne, das ist mir ja gleich gesagt worden, als ich dahin ge-
kommen bin. Ich bin ja zu spät gekommen und dann ist mir
das ja gleich mitgeteilt worden, dass ich nicht mehr teilnehmen kann.*

*[Ach so, dann ist Deine dritte Fehlzeit zustande gekommen,
weil Du zu spät warst. Das ist dann ja richtig ärgerlich: Du
erscheinst da und dann wird Dir gesagt, das geht jetzt nicht
mehr – warst Du darüber sauer?]*

*Ja, ich war natürlich ein bisschen sauer in dem Moment, na-
türlich, auf mich; auch ein bisschen hier auf den AAT-Kurs,
auf meinen Kollegen auch ein bisschen, dass er nicht schnel-
ler gefahren ist (lacht).*

*[Wobei das ja für Dich keine Überraschung gewesen sein
dürfte. Das waren ja Absprachen, die vorher so mit allen ver-
einbart worden sind.]*

Ja, ich wusste ja, ich sollte pünktlich sein.

*5. Welche Bedeutung hatte das TrainerInnenteam für Deine
Entscheidung?*

*Ähm, eigentlich keine, also, die haben mich nicht beeinflusst,
aus dem Kurs rauszugehen.*

*[Das heißt, die waren auch nicht der Grund, dass Du gesagt
hast, da gehe ich nicht mehr hin?]*

Nein, nein.

*6. Unter welcher/welchen Voraussetzung/en hättest Du die-
sen AAT-Kurs beendet?*

*Die Voraussetzungen weiß ich gar nicht so – also wahr-
scheinlich, wenn ich damals nicht so viel abgehangen hätte
mit meinen Freunden so und nicht so viel mich gehen lassen
hätte, dann wäre ich wahrscheinlich auch pünktlich gekommen.*

[Was ist denn seitdem eigentlich anders geworden? Du bist ja aufgrund einer richterlichen Weisung erneut zum AAT angemeldet worden.]

Ja, weil ich jetzt zwanzig bin, weil, weil langsam, wenn man so sieht, was für Verhältnisse auf einen zukommen könnten.

[Was blickst Du jetzt anders als vor einem halben Jahr?]

Was ich jetzt anders blicke, also, was ich jetzt anders denke, wie ich jetzt anders denke?

[Du bist ja nun älter geworden – dafür kannst Du nichts, allerdings hast Du das ja selbst angedeutet.]

Hm, aber zum Beispiel damals war meine Einstellung so, dass, also war meine Einstellung richtig so Anarchie so, dass man nicht arbeiten braucht, so ein Hippieleben so. Und heutzutage sehe ich das so, dass es in dieser Gesellschaft nicht richtig fähig ist und sein Dasein da zu führen, das geht eben nicht so, und deshalb bin ich zum Arbeitstier geworden so seit zwei Monaten, seit dem neunten August.

[Also von einem Extrem ins andere?]

Ja, so ungefähr.

[Wann ist Dir denn klar geworden, dass Du als Hippie nicht überlebst?]

Hm, hm (lacht), wann mir das klar geworden ist? [Pause von 7 Sekunden]. Da bin ich mir eigentlich nicht sicher, das hat sich so langsam aufgebaut. So nach vielen kleinen Dingen so. Wenn man so sieht, wie andere Leute stranden, so Kollegen von mir.

[Hast Du Kollegen, die gestrandet sind?]

Ja. Und deshalb finde ich das eigentlich nicht so besonders; und dann, und dann noch so andere Sachen, dass man die ganze Zeit verurteilt wird, dass man es irgendwie schafft, bald in den Knast zu kommen so.

190

[Wie sind denn Deine Vorstellungen von einem Leben als Hippie gewesen?]

Ein Hippieleben?

[Ja.]

Ein Aussteigerleben. So aus der Gesellschaft aussteigen so, sein eigenes Dasein führen wie, wie jetzt heutzutage Bambule [Bauwagenszene in Hamburg; Anm. d. Verf.] so, und Hauptsache nicht arbeiten.

[Wie die Bambule-Leute wohnen, weißt Du dann ja – wäre das für Dich auch in Ordnung gewesen?]

Ja, das wäre für mich eigentlich in Ordnung gewesen damals.

[Was wäre dann mit Freunden gewesen? Wären die dann auch nur aus dieser Szene gewesen?]

Na, die hätte ich dann wahrscheinlich erst in der Szene kennen lernen müssen so.

[Du hast doch damals auch Freunde gehabt, oder?]

Ja, aber die hatten ja nicht so das Dasein, so das Hippieleben wie ich so. Die waren halt nicht so krass so wie ich so, in dem Sinne so, weiß nicht. Also doch schon so, haben sich auch sehr gehen lassen so, aber weiß nicht – die Frage hat mich jetzt leicht verwirrt (lacht).

[Was ist für Dich reizvoll gewesen an dem Gedanken: Ich lebe als Hippie.]

Ja, dass man sich selbst versorgt, dass man sich Sachen so anbaut – so sein eigenes Dasein zu führen.

[Und wann hast Du diesen Gedanken für Dich gestrichen?]

Ja, das hat sich eben so langsam so aufgebaut so, in den letzten Jahren so.

[Ist Dir das schwergefallen, von diesem Gedanken, von dieser Vorstellung Abstand zu nehmen: Nun wird das nichts mit dem Hippieleben?]

Ja, das ist mir schon ein bisschen schwergefallen.

[Was genau ist Dir daran schwergefallen?]

Ja, das so, das so, dass man so seinen eigenen Garten hat, dass man sich selbst so was anbaut, so zack, zack, zack, dass man dann was hat und nicht so einkaufen gehen muss; so ohne Geld leben eben, sein eigenes Dasein führen – das wollte ich ja. Und dann hab ich eben gesehen, das geht eben nicht so, weil: Geld regiert die Welt. Ohne Geld keine Macht.

[Und nun bist Du selbst dabei, Geld zu verdienen – zwar erst einmal sehr bescheiden, aber immerhin. Was willst Du denn anschließend machen?]

Erst mal Bundeswehr.

[Wie lange?]

Ja, ich weiß nicht, so vier Jahre. Ich weiß ja nicht, was da so auf mich zukommt, was da so mir angeboten wird.

[Und dann eine Karriere bei der Bundeswehr?]

Ja, wäre schön.

[Wäre das für Dich an Hamburg gebunden? Bundeswehr könnte ja überall im Bundesgebiet sein.]

Das wäre auch kein Problem, könnte Bayern sein oder so.

[Wir waren bei den Voraussetzungen. Könntest Du Dir heute irgend etwas vorstellen, dass Du sagst: Wenn das damals so oder so gewesen wäre, dann hätte ich den Kurs durchgezogen?]

Ähm, ja, wenn ich damals nicht gekifft hätte wahrscheinlich.

[Wäre das wirklich die Voraussetzung gewesen?]

Ja, wahrscheinlich.

[Wie viel hast Du denn damals gekifft?]

Ja, durchgehend den ganzen Tag. Morgens aufgestanden und dann was geraucht und dann ging das so durch.

[Also dauerbekifft.]

Dauerbekifft. Und heute rauche ich erst nach der Arbeit (lacht).

[B., das war's, vielen Dank.]

Ok.

Interview: 24/Namenskürzel: M.Z./Alter: 18

1. Was hat für Dich dagegen gesprochen, diesen AAT-Kurs durchzuführen?

Also, erst mal, ich hatte keine Lust, so weit zu fahren, weil ich in B.[Stadtteil in Hamburg; Anm. d, Verf.] wohne und dann ganz nach T. [Stadtteil in Hamburg; Anm. d. Verf.] zu fahren; hatte keine Lust, mich jedes Mal abends in den Bus zu setzen und dann noch so lange zu fahren, und das hat erst mal dagegen gesprochen. Keine Lust gehabt, dann da so lange zu sitzen, voll Zeitdruck und dann abends noch nach Hause und keine Freizeit mehr.

[Also: Weg und Freizeit. Das wäre ja nur ein Abend in der Woche gewesen, etwa 3 Stunden. Was war denn für Dich stattdessen wichtiger in Deiner Freizeit?]

Ja, ok, ich hab mich mit meinen Kollegen getroffen.

[Und das war Dir damals wichtiger?]

Das war mir wichtiger, ja.

[Ok.]

2. Wann hast Du die Entscheidung getroffen, diesen AAT-Kurs nicht bis zum Ende durchzuführen?

Wie ich das erste Mal schon angemeldet war, da hab ich die ganzen Leute [meint: die anderen Kursteilnehmer; Anm. d.

Verf.] da gesehen und hab gedacht: Ich bin hier wegen einer lächerlichen Körperverletzung und die haben da schon wegen Totschlag und räuberischer Erpressung und so, und da hab ich gedacht, da pass ich nicht rein.

[Das heißt, Du hast gedacht, Deine Straftat ist weniger schlimm als das, was die anderen begangen haben, und deshalb gehörst Du da eigentlich gar nicht hin?]

Ja, genau so.

[Das heißt, das war gleich die erste große Runde [1. Sitzung des AAT-Kurses; Anm. d. Verf.], als alle Teilnehmer von ihren Straftaten berichtet haben?]

Ja, genau.

[In dem Moment stand bereits für Dich fest: Da gehe ich nicht mehr hin?]

Ja.

[Ok.]

3. Warum hast Du Dich entschieden, diesen AAT-Kurs nicht bis zum Ende durchzuführen?

Warum? Na ja, ich hatte einfach keine Lust, keinen Bock, ich war früher so faul, sag ich mal, überhaupt irgendwas anzugehen und durchzuziehen. Hab ich nicht geschafft früher.

[Woran ist das gescheitert?]

Weiß nicht, ich hab früher auch so Probleme mit der Schule gehabt und so – hab ich auch nicht durchgezogen. Ich hab keinen Bock gehabt, morgens aufzustehen und dann, also mit der Schule und so und dann, ich weiß nicht, ich hab lieber länger gepennt, als morgens aufzustehen. Und beim AAT, ja, weil man da ja auch schon sagte, man fängt dann an und das geht bis ‚X' [meint: die Uhrzeit des Sitzungsendes ist offen].

[Ja.]

Genau, und da hab ich mir gesagt: Ne, da hab ich keinen Bock zu (lächelt).

[Zu aufwendig?]

Ja.

[Hast Du rückblickend eine Erklärung dafür, warum es Dir damals so schwer gefallen ist, irgendetwas durchzuziehen? Du hast gesagt, Schule hast Du nicht durchgezogen, AAT hast Du nicht durchgezogen – woran hat das gelegen?]

Ja, weiß nicht, das hat an meiner Familie gelegen. Ja, das war nicht so richtig Familie, sondern: ,Bleib doch zu Hause, wenn Du willst', so einen auf den. Und, ähm, ja, so: ,Scheißegal, was mit dem passiert!', so, sag ich mal jetzt so – ich weiß nicht, wie ich mich ausdrücken soll.

[Ja.]

Und, ähm, ja, dann bin ich von meinem Elternhaus weggegangen und so, und da hab ich auf alles gekackt.

[Wenn Du sagst ,scheißegal', klingt das so, als seiest Du Deiner Familie damals eher ,egal' gewesen, dass die sich damals nicht dafür interessiert hat – oder?]

Ja, denk ich auch mal so. Und mein Stiefvater hat mich früher, wie ich jünger war, da war ich so zwischen acht und neun, er ist Alkoholiker, ...

[Hm.]

...und hat mich überall mitgezogen, und das heißt, wenn ich jetzt irgendwas verkehrt gemacht hab oder so, ich hab ihm nur einen falschen Schraubendreher gebracht oder ich hab ,Schraubenzieher' gesagt, dann hat er gesagt: ,Das heißt nicht ,Schraubenzieher', dann hab ich schon auf den Kopf gekriegt. Und irgendwann, wo ich älter und reifer wurde, da hab ich mich auch eben halt gewehrt. Und dadurch kam das eben auch so, ja, ich kann mich ja auch wehren, und dadurch wurde ich auch so aggressiv.

[Wie hast Du Dich gewehrt?]

Ich hab ihm in die Fresse gehauen. Also, ich hatte einen Pudding in der Hand und wir hatten Besuch zu Hause, und er hat mich vor diesem Besuch angemacht, und da hab ich mich irgendwie, sag ich mal, peinlich gefühlt, und da hab ich ihm den Pudding vor allen Leuten ins Gesicht geschmissen.

[Etwas, was wir ja eigentlich nur aus Filmen kennen.]

Ja, hab ich echt gemacht.

[Wie war denn seine Reaktion?]

Seine Reaktion? Seine Reaktion war da, er hat mich nur angeguckt, mit dem Kopf genickt, so einen auf den: ‚Aha, ich weiß Bescheid‘, und ich bin gegangen einfach.

[Und war das Verhältnis zwischen euch damit endgültig geklärt?]

War es. Und er hat mich nie respektiert, weil ich nicht sein leiblicher Sohn war und das hab ich gemerkt und dadurch wurde ich auch aggressiv gegen andere, ähm, weil ich hab das ja erst mit neun erfahren, dass ich überhaupt nicht der richtige Sohn bin. Das hat man mir nur mal so gesagt.

[Wer hat Dir das mitgeteilt?]

Ja, meine Mutter und eben halt er dann eben, nä. Und da hab ich das dann eben gemerkt, dass ich nicht respektiert wurde, oder ich musste morgens mit aufstehen und musste mit ihm klauen fahren, damit er sein Scheißbeet, seinen Garten da machen kann, ich hatte da überhaupt keine Lust zu. Und wenn ich nicht aufgestanden bin, dann hat er mich trotzdem aufgeweckt, und das hat er in seinem Alkoholzustand gemacht. Und irgendwann hat er dann eine Therapie gemacht, die er aber sowieso nicht durchgezogen hat, hat dann eine andere Frau kennen gelernt, und meine Mutter hat sich dann scheiden lassen von ihm. Dann kam mein echter Vater, also mein richtiger Vater, den ich nach sechzehn Jahren dann erst

196

wieder kennen gelernt habe, und der meinte dann, jetzt groß
Papa zu spielen und mir was sagen zu dürfen.

[Ja.]

Und dann hab ich gesagt: ‚Du kannst mich mal am Arsch le-
cken. Du bist nicht mein Vater, Du bist mein Erzeuger, und
Du hast mir gar nichts zu sagen!', und da hat er mich an den
Ohren gepackt, hat meinen Ohrring rausgerissen, und dann
hab ich ihn richtig zusammengemöbelt.

[Deinen leiblichen Vater.]

Ja. Weil, ich kenn diesen Mann gar nicht, da kann er sonst
wie mein Vater sein oder so, ich lass mich von ihm nicht an-
fassen.

[Wie ist das zustande gekommen, dass er auf einmal wieder
da war?]

Ja, das, äh, ganz komisch. Meine Mutter hatte irgendwie
Kontakt zu H. [Stadtteil von Hamburg; Anm. d. Verf.] ge-
habt und sie war da mit einem zusammen, und dann hat sie
ihn da getroffen, weil er in H. gewohnt hat. Und, ähm, dann
hat das wieder gefunkt bei denen, aber das hat dann auch
nicht lange gehalten, und dann wurde sie zum Flittchen, und
dann hab ich gesagt: ‚Also, ne, bei dieser Familie will ich
nicht wohnen, und dann bin ich zu meinem Onkel gezo-
gen,...

[Ja.]

... weil das wurde immer schlimmer. Sie hat dann angefan-
gen zu trinken, was sie nie gemacht hat; sie hat höchstens
immer Sekt getrunken, wenn mal Party war oder Geburtstag
und das war's, aber sie hat dann schon Whisky angefangen
zu trinken, und dann wollte sie Kokain probieren, und dann
hab ich gesagt: ‚Ne, also, jetzt!' Und sie wollte das probieren,
weil mein leiblicher Vater hat sich ‚Age' durch die Nase ge-
zogen, also Heroin, und dann hab ich ihm gesagt: ‚Wenn Du

Dich hier nicht verpisst, dann hau ich Dir in die Fresse, ey!', und der hat das auf dem Tisch liegen lassen und ich hab einen kleinen Bruder, also da war er noch klein, da war er vielleicht so drei oder vier oder so, und da hab ich einem Kollegen von meinem Onkel Bescheid gesagt, und der hat ihn dann zur Seite gezogen und gesagt: ,Wenn das noch mal passiert, dann kriegst Du richtig in die Fresse, weil Dein Zeug hat hier nichts zu suchen!' Und dann hat meine Mutter gemerkt, dass ich auch gegen meinen Vater war und so und dass sie auch keine Kontrolle mehr über mich hatte und dann hat sie mich auch rausgeschmissen. Also, sie hat gesagt: ,Egal, was mit Dir passiert...'.

[Sie hat Dich rausgeschmissen?]

Ja, und ich hatte auch sowieso keinen Bock mehr auf zu Hause. Und meine Oma hat dann gesagt: ,Ja, ok, Du kannst zu mir ziehen.'

[Und das Thema ,leibliche Eltern' ist für Dich gestorben?]

Ja, ist für mich gestorben. Ich geh lieber meinen eigenen Weg und ich hab keine Probleme.

4. Wodurch bist Du angeregt (motiviert) worden, diesen AAT-Kurs nicht bis zum Ende durchzuführen?

Motiviert worden?

[Ja, was war der Hauptgrund für Dich zu sagen: Da gehe ich nicht mehr hin?]

Ja, also zunächst Freunde, und mein Kollege und ich, wir hatten da irgendwas und das war echt wichtig, und da hatte ich auch mal angerufen und hab gesagt, ich schaff das nicht, da heute zu kommen, und mein Freund hat dann gesagt: ,Ach, komm, scheiß was drauf, das findet nächste Woche doch auch wieder statt', aber ich wollte da eigentlich hin und er hat mich dann eben motiviert, da nicht hinzugehen.

[Und was war der Hintergrund?]

Weiß nicht mehr, aber wir wollten irgendwo hinfahren oder wollten irgendwas machen, das weiß ich nicht mehr ganz genau. Ja, und da war ich natürlich auf seiner Seite. Aber dann eben auch sowieso keine Lust gehabt, da hin zu fahren und dann so lange sitzen und so spät zu Hause, dann morgens wieder Schule, und dann bin ich zu müde.

[Ok.]

5. Welche Bedeutung hatte das TrainerInnenteam für Deine Entscheidung?

Also, nein, an den Trainern hat das nicht gelegen, sondern nur so an den Leuten [meint: die anderen Kursteilnehmer; Anm. d. Verf.] und was ich eben schon gesagt hab so: so weit und so lange.

[Also: Entfernung und Zeitaufwand?]

Ja, genau.

6. Unter welcher/welchen Voraussetzung/en hättest Du diesen AAT-Kurs beendet?

Unter der Voraussetzung, dass der Weg nicht so weit wär, weil ich hatte ja schon mal, äh, ich war ja schon öfters bei Frau S., bei der Richterin, weil ich hatte da wieder eine neue Straftat und dann hat sie wieder gefragt, warum hab ich das nicht durchgezogen? Und dann hab ich gesagt: ,Ja, der Weg ist mir zu weit, kann ich nicht irgendwo in B. [w.o.a.; Anm. d. Verf.] was machen, weil ich ja in B. [w.o.a.; Anm. d. Verf.] wohne. Da hat sie gesagt: ,Das gibt es nicht!', und da meinte ich, dass es da auch so was geben soll, aber sie meinte: 'Ja, was denn?', und da hab ich gesagt: ,Ja, ich hab da so was gehört, keine Ahnung, wo, und sie meinte dann wieder: ,Nein, da gibt es nichts!', ja und dann war mir der Weg eben zu weit.

[Also, die entscheidende Voraussetzung wäre gewesen, dass der Weg kürzer gewesen wäre?]

Ja, genau.

[Vielen Dank, M.!]

(M. nickt wortlos.)

Interview: 25/Namenskürzel: M.K./Alter: 18

1. Was hat für Dich dagegen gesprochen, diesen AAT-Kurs durchzuführen?

Ich hatte mich beim ersten Mal, wo ich hier angesetzt war, mich gebessert, und dadurch hatte mein Bewährungshelfer und auch ich und meine Betreuer entschieden, dass ich das erst mal nicht mache, sondern dass ich mich beweisen soll, und das hat leider nicht so geklappt, und dadurch musste ich jetzt leider noch einmal hierher kommen.

[Ist das beim ersten Mal keine richterliche Weisung gewesen?]

Beim ersten Mal war es eine richterliche Weisung, doch wir haben beim Gericht gesprochen, dass es derzeit nicht nötig ist, weil ich mich wieder geändert habe. Und das Gericht hat dann auch zugestimmt, dass ich dann halt mich regelmäßiger mal beim Bewährungshelfer melden sollte.

[Waren die dann erstaunt, als die festgestellt haben, dass Du Dich – zumindest strafrechtlich – doch nicht so geändert hast?]

Ja, das stimmt schon.

[War das denn dieselbe Richterin oder derselbe Richter wie bei den vorherigen Verhandlungen?]

Das war derselbe Richter, ja.

[Und dann hast Du das AAT wieder als Weisung bekommen?]

Ja, aber dann hab ich auch zu meinem Richter gesagt, dass ich gerne dieses AAT machen würde,...

[Ach was!?]

...um meine Aggression und so besser in den Griff zu kriegen.

[Warum wolltest Du das denn ‚gerne machen'?]

Ja, weil ich selber mal gucken wollte, wo meine Grenzen sind, und halt vielleicht auch mal, um meine Probleme von anderen zu hören.

[Ja. Was meinst Du damit, wenn Du sagst: ‚Um meine Probleme von anderen zu hören'?]

Ja, mal zu gucken, was man vielleicht anders machen kann, dass man nicht selber so in die Scheiße gerät so.

2. Wann hast Du die Entscheidung getroffen, diesen AAT-Kurs nicht bis zum Ende durchzuführen?

Ja, indem ich selber auch so gemerkt hab, dass ich mich verändert hab, dass ich ruhiger geworden bin und so, aber nach einer kurzen Zeit wurde das wieder so, dass ich nicht mehr ruhiger war.

[Wie lange warst Du bei dem [ersten] Kurs überhaupt dabei? Wie oft hast Du an den Sitzungen teilgenommen?]

Ich hab bei dem ersten Kurs nur ganz kurz teilgenommen. Also, ich war da zweimal und dann sollte ich den einen Tag wieder da sein, und dann haben wir uns dafür entschieden, dass ich da doch nicht hingehe, und dann hab ich danach keine Sitzungen mehr mitgemacht.

[Das heißt, Du warst zu dem Vorgespräch und bei den ersten beiden Sitzungen?]

Bei dem Vorgespräch war ich, das war auch noch im B. [Veranstaltungsort des AATs; Anm. d. Verf.], das weiß ich noch.

[Genau.]

Und bei den ersten beiden Sitzungen war ich dabei; nur das Vorgespräch hatte ich und die beiden Sitzungen.

[Aha. Und wer war dann genau derjenige, der entschieden hat, zu sagen: ,Mensch, M., da musst Du doch eigentlich gar nicht hingehen'? Warst Du derjenige, der seine Betreuer zum Beispiel angesprochen hat?]

Ich weiß das gar nicht mehr so genau, aber ich denke mal, ich hab da auch selber gesagt, weil da glaube ich wieder meine Schule angefangen hat, hab ich dann irgendwie so gesagt, dass ich das vom Körperlichen her nicht schaffen würde – viel zuviel Druck und so, das dann so zu machen, und dann haben wir uns entschieden, dass ich das nicht mache.

[Das führt uns bereits zur nächsten Frage.]

3. Warum hast Du Dich entschieden, diesen AAT-Kurs nicht bis zum Ende durchzuführen?

Ja, weil ich früher gesagt hab, ich krieg das körperlich und so nicht hin, weil ich nicht so fit war damals.

[Was heißt das genau?]

Das heißt, die Schule, dann bin ich dadurch erst mal wieder ein bisschen geschwächt. Dann meistens noch mit meinen Betreuern getroffen, und dann noch dieses AAT – das hätte ich früher nicht geschafft. Deswegen hab ich dann wahrscheinlich so gesagt: ,Ne, ich möchte das auch nicht machen'.

[Warum wäre das damals körperlich für Dich zuviel gewesen?]

Weil ich da viel zu viel Stress hatte. Ich hatte ja auch eigene Wohnung und da nur Ärger mit den Nachbarn und so, und das nimmt einen ja auch schon körperlich mit so.

[Was hat Dich denn damals so geschwächt? Doch nicht, dass Du eine eigene Wohnung hattest und zur Schule gehen musstest? Also, ich meine, eine eigene Wohnung, Schulbesuch und Treffen mit den Betreuern sind ja körperlich nicht so anstrengend.]

Nein, nein, nein, aber ich hatte da auch so Ärger gehabt familienmäßig. Ärger mit der Mama und so. Und das war da noch nicht im Reinen, so wie es jetzt ist. Und halt deswegen, da war ich ein bisschen schlapp und so.

[Welche Art Ärger ist das gewesen, dass Dich das körperlich so mitgenommen hat?]

Richtiger Ärger so, dass die mich nicht mehr sehen wollen, und so halt mich so aus der Familie abdrängen wollen. Aber das hab ich dann nachher am Ende so umgewandelt, dass wir uns wieder gut verstehen, weil ich mich dann ja auch dementsprechend verbessert hab und so.

[Also hast Du Dich zunächst mehr um diese Sachen gekümmert, um die zu regeln und gesagt, wenn jetzt noch das AAT dazu kommt...?]

Ja, dann würde ich, dann würde ich kaputtgehen.

4. Wodurch bist Du angeregt (motiviert) worden, diesen AAT-Kurs nicht bis zum Ende durchzuführen?

Ja, ich hab mich verbessert.

[War das der Hauptgrund zu sagen: ‚Ich geh da nicht mehr hin'?]

Na ja, vielleicht auch, dass ich mich mehr um die Schule kümmern möchte. In der Zeit, wie ich wahrscheinlich zu Hause hätte lernen können, muss ich dann hier sitzen und stundenlang hier reden.

[War das dann auch so, dass Du Dich um die Schule gekümmert hast?]

Das war dann auch so. Ich hab mich um die Schule gekümmert, aber halt nur die Zeit, wo ich eigentlich hätte zum AAT gemusst, und dann nachher ist das wieder eingebrochen.

[Das heißt, den Donnerstag, wenn Sitzung war, hast Du damals dann immer konzentriert für die Schule genutzt?]

Die ersten paar Wochen hat sich das gelohnt – auf jeden Fall. Aber dann nachher hab ich mehr mit meinem Lehrer gestritten, und dann ist das halt – hat nicht geklappt dann halt.

[Was waren das für Streitigkeiten, dass Du entschieden hast, Du kümmerst Dich jetzt nicht mehr um die Schule?]

Ja, weil er immer hinter mir stand und auf mich besonders geachtet hat. Oder wenn ich ihn mal aus Versehen so angerempelt hab, dann hat er voll rumgeschrieen, ich soll jetzt nach Hause gehen. Ich hab mich einfach so nicht mit dem verstanden.

[Wie rempelt man einen Lehrer ‚aus Versehen' an?]

Wenn ich so was Heißes in der Hand habe [aufgrund der Teilnahme an einem Gastronomieprojekt; Anm. d. Verf.], mich umdrehe und ihn nicht sehe und bumm ihn dabei anrempel, dann schickt man einen doch nicht gleich nach Hause. Das ist doch Wahnsinn.

[Verstehe ich das richtig: Du hattest das Gefühl, dass der Dich auf dem Kicker hatte?]

Der hatte mich auf dem Kicker, auf jeden Fall. Hat er mir auch gesagt. Er meinte: ‚Herr K., ich werde achten auf Sie! Egal, was Sie machen, ich werde immer sehen, was Sie tun!'

[Das kann ja auch eine besondere Art der Aufmerksamkeit sein.]

Das kann auch Aufmerksamkeit sein, ja, aber, aber hat mir ja auch schon viel gebracht, ich hab mich ja in der Zeit auch verändert, hab dann immer geguckt, ob ich alles richtig mache, hat ja auch am Ende dann gut geklappt. Also, Vorteile hatte das schon, aber auch Nachteile. Beides, kann man sagen.

[Und was hat für Dich überwogen? Gab es mehr Vorteile oder mehr Nachteile?]

Mehr Vorteile, weil ich dann immer darauf geachtet habe, ob ich das akkurat oder so mache. Und das klappt jetzt auch.

[Ok.]

5. Welche Bedeutung hatte das TrainerInnenteam für Deine Entscheidung?

Bedeutung?

[Ja. Hatte das irgendwas damit zu tun, dass Du gesagt hast, wegen den TrainerInnen nehme ich nicht am AAT teil?]

Nein, nein, das hatte halt nur was damit, weil ich das dann halt wieder ein bisschen hingekriegt hab, mein Leben in den Griff zu kriegen. Aber das ist dann halt nachher wieder durch falsche Kollegen und so aus der Bahn geraten.

[Das heißt also, an den TrainerInnen hatte es gar nicht gelegen?]

Gar nicht gelegen, nein.

6. Unter welcher/welchen Voraussetzung/en hättest Du diesen AAT-Kurs beendet?

Vielleicht, um mich selber, um mich, um ruhiger zu werden durch das Training. Aber damals ging das auch nicht so, weil ich da halt so auch noch mehr mit Kollegen abgehangen hab und so.

[Die Kollegen hast Du ja eben schon mal erwähnt. Was meinst Du genau damit, wenn Du die jetzt wieder erwähnst?]

Ja, das sind so, halt falscher Umgang. Die Freunde, die ziehen einen immer mit nach unten. Und wenn Du dann am Boden bist, dann steigen die auf einmal alle auf Dich rauf und lachen.

[Wo sind die Kollegen jetzt?]

Die hab ich alle abgeschafft. Mit denen hab ich keinen Kontakt mehr. Das sind alles M.'er [Stadtteil in Hamburg; Anm. d. Verf.] gewesen – ich häng jetzt nur noch mit R.'ern [Stadtteil in Hamburg; Anm. d. Verf.] rum, die jetzt auch arbeiten und Schule machen und so.

[Was unterscheidet denn die R.'er Jugend von der M.'er Jugend?]

Ja, wir bauen auch so mal ein bisschen Scheiße, aber nichts Dolles, nichts Großartiges. Aber wir gehen wenigstens zur Schule, wir gehen arbeiten, wir ermutigen uns, dass derjenige auch hingeht, wenn einer mal nicht zur Schule war, dann kriegt der einen Backs oder Bopp, ja und so ermutigen wir uns halt.

[Da hast Du ja einen ganz anderen Weg eingeschlagen jetzt.]

Ja, muss ich ja. Ich muss ja auch langsam mal was aus meinem Leben machen.

[Wer sagt, dass Du das machen musst?]

Ich sag das.

[Das ist schon mal eine sehr gute Voraussetzung, M.]

Ja.

[M:, vielen Dank!]

Kein Problem, gerne.

Interview: 26/Namenskürzel: C.H./Alter: 19

1. Was hat für Dich dagegen gesprochen, diesen AAT-Kurs durchzuführen?

Keine Lust (grinst).

[,Keine Lust' war bei Dir doch schon mal der Grund, dass Du nicht teilgenommen hast.]

Stimmt (grinst).

[*Nun hast Du noch einmal die Chance zur Teilnahme bekommen und trotzdem entscheidest Du Dich zum zweiten Mal dafür, den Kurs nicht durchzuführen. Reicht dafür die Begründung ,keine Lust' wirklich aus?*]

Wie meinen Sie das?

[*Du bist doch bereits zu einer Jugendstrafe verurteilt worden, oder?*]

Ja.

[*In welcher Höhe?*]

Zwei Jahre.

[*Und die Bewährung?*]

Na ja (grinst), zwei auf zwei [*meint: 2 Jahre Jugendstrafe auf 2 Jahre Bewährung; Anm. d. Verf.*], *deshalb kann mir da auch noch nicht viel passieren.*

[*Wie meinst Du das?*]

Es gibt ja auch noch Vorbewährung. Da komm ich doch nicht gleich in den Knast, wenn ich jetzt wieder nicht das AAT hier mache.

[*Du glaubst, wenn Du jetzt erneut am AAT nicht teilnimmst, bekommst Du erst einmal eine Vorbewährung?*]

Weiß nicht, aber in den Knast komm ich jedenfalls nicht.

[*Warum bist Du Dir da so sicher, dass Du nicht in den Knast kommst, wenn Du Deine Bewährungsauflagen nicht erfüllst?*]

Weil ich eine günstige Prognose habe (grinst).

[*Wie sieht diese ,günstige Prognose' denn aus?*]

Dass ich verlobt bin und ein Kind habe.

[*Das war beim letzten Mal doch auch schon so, als Du am AAT teilnehmen solltest, oder?*]

Ja (grinst), aber ich hab ja auch noch meine Ausbildung. Wenn die mich jetzt in den Knast schicken, verlier ich das ja alles.

[Du pokerst hoch.]

(Grinst)

2. Wann hast Du die Entscheidung getroffen, diesen AAT-Kurs nicht bis zum Ende durchzuführen?

Eigentlich wollte ich das ja sowieso gar nicht machen. Ich muss das ja machen vom Gericht aus.

[Obwohl Du doch der Meinung bist, dass Dir nichts passieren kann, wenn Du nicht am AAT teilnimmst.]

Ja, aber die wollen ja trotzdem, dass ich das hier mache.

[Die sind aber hartnäckig, was?]

Ja, irgendwie schon (grinst).

[Und wann war Dir klar, dass Du das hier nicht mitmachen würdest?]

Das wusste ich gleich.

[Also von Anfang an?]

Ja.

[Warum bist Du dann überhaupt hier erschienen am Anfang des Kurses?]

(Grinst) Damit ich dann bei der Bewährungshilfe sagen kann, dass ich auf jeden Fall mal da gewesen bin.

[Also doch Taktiker.]

Ja (grinst).

[Obwohl Deine Taktik ja zumindest insofern nicht aufgeht, dass Du Dich vor dem AAT drücken kannst. Die sind ja hartnäckig beim Gericht.]

Ja, stimmt, die nerven total.

3. *Warum hast Du Dich entschieden, diesen AAT-Kurs nicht bis zum Ende durchzuführen?*

Weil ich keine Lust hatte, hier jedes Mal herzukommen. Ich wollte das ja auch nicht machen.

[Sondern die Hartnäckigkeit des Gerichts hat Dich sozusagen dazu veranlasst.]

Ich muss das machen, haben die gesagt.

[Was wäre denn die Konsequenz gewesen, wenn Du nicht teilnimmst?]

(Grinst) Knast haben die gesagt. Aber das machen die ja sowieso nicht, können die ja auch gar nicht. Sonst verlier ich ja meine Wohnung und meinen Ausbildungsplatz. Das können die ja gar nicht verantworten, nur weil die mich in den Knast schicken wollen.

[Kannst Du es denn verantworten, zu sagen, ich nehme nicht teil und riskiere dafür genau das, was Du gerade erwähnt hast: Ausbildung, Wohnung, außerdem Deine Beziehung und Dein Kind müsste seinen Papa im Knast besuchen kommen?]

Deshalb sag ich ja, die können mich gar nicht in den Knast schicken.

[Und deshalb glaubst Du, dass Deine Entscheidung, am AAT nicht bis zum Ende teilzunehmen, sondern nur mal anstandshalber vorbeizukommen und dann sagen zu können, schaut mal, ich war ja da und hab's versucht, immer noch richtig ist?]

Ja klar. Ich war ja auch am Anfang hier. Aber ich komm doch nicht ein halbes Jahr hierher, nur weil das Gericht das so will.

[Und nun musst Du noch einmal teilnehmen, weil das Gericht gesagt hat, die Auflage bleibt unverändert bestehen.]

Stimmt, aber was soll's.

[*Was hat sich denn an Deiner Einstellung seit der letzten Anmeldung geändert?*]

Eigentlich gar nichts (grinst).

[*Und was bedeutet das dieses Mal für Deine Teilnahme?*]

Weiß nicht, keine Ahnung.

4. Wodurch bist Du angeregt (motiviert) worden, diesen AAT-Kurs nicht bis zum Ende durchzuführen?

Ja, muss ja nicht unbedingt sein.

[*Was meinst Du mit: ,Muss ja nicht unbedingt sein'?*]

Na ja, dass ich das ja eigentlich gar nicht will, sondern nur das Gericht meint, ich soll das mal machen.

[*Warum sind die denn der Meinung, Du solltest ,das mal machen'?*]

Die sagen ja, ich wäre aggressiv, aber das stimmt gar nicht. Das ist ja immer alles nur passiert, wenn ich betrunken war. Sonst mach ich ja nie was. Immer nur unter Alkohol.

[*Also bist Du immer dann aggressiv, wenn Du zuviel getrunken hast?*]

Ja.

[*Und trotzdem sagt das Gericht, Du sollst diesen Trainingskurs machen.*]

Ja, obwohl ich denen auch schon gesagt habe, dass das immer nur mit Alkohol zu tun hat und ich sonst gar nichts mache, aber die meinen ja, ich muss das machen, weil ich mich nicht unter Kontrolle habe, sagen die (verfällt bei der Begründung in einen ironisierenden Tonfall und grinst).

[*Das klingt so, als würdest Du eine ganz andere Meinung haben als Deine Richterin.*]

Ja, ich muss das ja wohl auch besser beurteilen können als die. Die hat ja auch mehr den Zeugen beim Gericht geglaubt als mir, sonst müsste ich das hier ja auch gar nicht machen.

[Und was ist nun genau der Grund dafür gewesen, dass Du dazu motiviert worden bist, diesen Kurs nicht bis zum Ende durchzuführen?]

Weil ich das gar nicht einsehe. Da wird beim Gericht alles geglaubt, was andere erzählen und mir gar nichts. Sollen die doch hierher kommen, wenn die glauben, das bringt was.

[Du meinst, Deine Richterin sollte am AAT teilnehmen?]

Das wäre gar nicht mal so schlecht, dann würde die wenigstens mal sehen, dass ich hier total verkehrt bin, dann sieht die das mal.

[Wie sieht es denn in dieser Hinsicht heute mit Deiner Einsicht aus, dass das AAT Dir was bringen könnte?]

Gar nichts. Ich mach ja nur unter Alkohol was. Dann bin ich schon mal aggressiv, aber sonst nicht. Aber auch nicht mehr so wie früher; jetzt trink ich nur noch so am Wochenende.

[Heißt das jetzt, dass Du sagen würdest, an Deiner Einsicht hat sich in diesem Punkt gar nichts verändert?]

Ja, warum auch.

5. Welche Bedeutung hatte das TrainerInnenteam für Deine Entscheidung?

Das war egal.

[‚Egal' bedeutet konkret was?]

Ja, dass die Leute damit nichts zu tun hatten. Also, die waren nicht Schuld, dass ich keine Lust hatte, so.

[Überzeugen für eine Teilnahme konnten die Dich aber auch nicht?]

Nein, wie denn auch, ich gehör hier ja auch gar nicht hin, weil ich ja gar nicht so aggressiv bin wie die anderen.

211

[Das sagst Du: Andere scheinen das anders zu sehen.]

Die haben ja auch keine Ahnung.

[Wovon haben die ‚keine Ahnung'?]

Dass ich hier nicht her muss.

[Also: Die TrainerInnen hier hatten für Deine Entscheidung also keine Bedeutung?]

Ne.

6. *Unter welcher/welchen Voraussetzung/en hättest Du diesen AAT-Kurs beendet?*

Gar nicht.

[So kurz und knapp fällt Deine Antwort aus?]

Ja, so ist das. Höchstens, wenn die gesagt hätten, jetzt muss ich in den Knast.

[Also doch nicht ‚gar nicht'?]

Dann nicht, aber nur dann.

[Willst Du es denn wirklich darauf anlegen, dass Dir Knast angedroht wird?]

Na ja, dann muss ich ja wohl mitmachen.

[Wer zwingt Dich dazu, dann ‚mitmachen zu müssen'?]

Ich geh doch nicht in den Knast. Dann doch lieber hierher, aber sonst nicht.

[Also: Knastandrohung und sonst gar nichts?]

Ja, dann ja.

[Wobei die Knastandrohung ja bereits vorhanden ist.]

Ja, schon, aber die machen das ja sowieso nicht.

[Das bedeutet, wenn Du von Knastandrohung mit der Bedeutung sprichst, dass Du am AAT teilnehmen würdest, dann ist damit gemeint, dass die Dich auch wirklich in den Knast schicken?]

212

Ja, genau, aber auch nur dann.

[Dünnes Eis auf dem wir uns hier verabschieden – danke schön.]

Bitte.

Interview: 27/Namenskürzel: S.W./Alter: 19

1. Was hat für Dich dagegen gesprochen, diesen AAT-Kurs durchzuführen?

Ich denk mal Faulheit, weil ich damals noch in B. [Bezirk in Hamburg; Anm. d. Verf.] gewohnt habe, und weil mir das zu weit war, von B. [w.o.a.; Anm. d. Verf.] immer hierher zu fahren. Ja, eigentlich nur deswegen.

[Welcher zeitliche Aufwand wäre das für Dich gewesen?] Immer knapp eine Stunde Fahrt.

[Eine Strecke wäre eine Stunde Fahrtzeit gewesen?

Hm.

[Und dieser zeitliche Aufwand wäre Dir zu groß gewesen?]

Genau.

[Welche Konsequenzen hätte das denn für Dich gehabt, zu sagen, Du wägst ab: Dieser zeitliche Aufwand von einer Stunde Fahrt, eventuell dreieinhalb bis vier Stunden Sitzungsdauer, noch einmal eine Stunde Fahrt, also maximal sechs Stunden – warum bist Du nicht bereit gewesen zu sagen, ich setz mich mal über meine Faulheit hinweg und nehme diesen Aufwand auf mich?]

Weil ich damals halt noch nicht soweit war und auch den Richter nicht ernstgenommen habe. Ja, und auch wegen meinen Freunden, weil die auch gesagt haben, ach, ist nicht so schlimm.

[Wenn Du nicht hingehen würdest?]

Ja, das auch, aber die meinten auch, komm, lass mal irgend-
wo hinfahren zu Freunden und so. Das hat dann schon eher
gereicht, damit ich nicht zum Kurs fahre.

2. Wann hast Du die Entscheidung getroffen, diesen AAT-
Kurs nicht bis zum Ende durchzuführen?

Also, eigentlich gar nicht. Also, eigentlich wollte ich den
Kurs immer durchziehen. Bloß irgendwie hab ich halt, also
ich bin immer zu spät gekommen oder ich hab das mal ganz
sausen lassen. Also eigentlich hab ich nie die Entscheidung
getroffen, dass ich nicht herkommen wollte.

[Also hast Du es so laufen lassen, es darauf ankommen las-
sen. Du wusstest, es wurde gesagt, bei der dritten Fehlzeit
kannst Du nicht mehr teilnehmen. Hast Du dann nach der
zweiten Fehlzeit angefangen zu rechnen, dass Du jetzt gar
nicht mehr fehlen darfst, weil Du sonst raus bist aus dem
Kurs?]

Nein, gar nicht so.

[Verstehe ich das richtig, dass Du das eigentlich ganz locker
gesehen hast, obwohl Du gesagt hast, Du wolltest den Kurs
durchziehen?]

Ja, genau, irgendwie schon. Wohl etwas zu locker.

3. Warum hast Du Dich entschieden, diesen AAT-Kurs
nicht bis zum Ende durchzuführen?

Ja, eigentlich wie gesagt wegen meinen Freunden, weil die
mir ja immer eingeredet haben mitzukommen zu Freunden
und so. Das war eher der Reiz, als vier Stunden hier rumzu-
sitzen.

[Wussten Deine Freunde, dass Du diese richterliche Wei-
sung hattest?]

Hm.

[War das schwierig für die, Dich davon zu überzeugen, lieber mit denen loszuziehen, als zum AAT zu gehen?]

Nein, schwer war das nicht, weil irgendwie hatte ich den Kurs ja auch nicht so ernstgenommen, und weil ich selber auch gedacht habe, dass das bei mir eigentlich mit dem Kurs auch gar nichts bringt. Ich hab mich selber als ruhig gesehen und das der Kurs mir halt nichts bringt.

[Klingt jetzt ein klein wenig so nach Trotzhaltung, oder?]

Doch, das war da auch mit ein Grund.

[Ja. Bei dem Vorgespräch damals hattest Du doch teilgenommen, oder?]

Ja.

[Wusstest Du da eigentlich schon: Leute, ihr seht mich sowieso nicht so lange, weil Du innerlich für Dich bereits beschlossen hattest, nicht teilzunehmen?]

Nein, eigentlich nicht.

[Gab es unter Deinen Freunden Leute, die gesagt haben: S., überleg Dir das, das macht vielleicht doch einen Sinn, wenn Du dahin gehst?]

Ja, einer.

[Warum hat der sich damit nicht durchsetzen können?]

Weil ich nicht wirklich auf den hör beziehungsweise auch nicht auf den gehört habe.

[Ok. Ist das immer noch ein Freund von Dir?]

Ja.

[Und fühlt der sich jetzt irgendwie bestätigt, hat der mal gesagt, das hättest Du ja schon längst erledigt haben können?]
(lacht) Ja, genau das hat er gesagt: Das hätte schon längst gegessen sein können, wenn Du dahin gegangen wärst.

[Kann das jetzt für Dich irgendwelche Nachteile haben, dass Du den Kurs noch nicht absolviert hast?]

Eigentlich nicht. Na ja, doch, bei der Bundeswehr.

[Also für Deinen möglichen Job?]

Ja, genau. Dadurch kann ich vielleicht erst später hin.

4. Wodurch bist Du angeregt (motiviert) worden, diesen AAT-Kurs nicht bis zum Ende durchzuführen?

Ja, halt die Sache, dass ich lieber zu Hause geblieben bin. Der Spaß halt, der dann fehlen würde, wenn ich stattdessen beim AAT wäre.

[Was wäre Dir denn damals entgangen an Spaß, wenn Du nicht zu Hause geblieben wärest?]

Ich glaube, entgangen wäre mir nichts Wichtiges auf jeden Fall.

[Das bewertest Du heute so, dass das ‚nichts Wichtiges' gewesen wäre?]

Ja, genau. Und damals war das dann eben so, dass das so war, halt Parties wären mir da entgangen.

[Parties auch schon am Donnerstag?]

Ja, damals war ich noch so, die ganze Woche Party, durchgehend Party gemacht, auch Drogen und so.

[Welche Drogen?]

Ecstasy, alles halt außer Crack und Heroin.]

[Nur konsumiert oder auch vertickt?]

Beides.

[Ist das heute noch ein Thema für Dich?]

Nein.

[Warum nicht? Wie bist du davon weggekommen?]

Erstens durch meine Freundin. Und zweitens, weil ich gemerkt habe, dass das Mist ist.

[Hat Deine Freundin Dir gegenüber mal formuliert: ‚Wenn Du weiter etwas mit Drogen zu tun hast, dann bin ich nicht mehr Deine Freundin'?]

Nein, also unter Druck gesetzt hat sie mich nicht. Sie hat halt gesagt, dass die das nicht gut findet, und ich hab das auch selber dann eingesehen.

[Das klingt allerdings so, dass sie einen guten Teil zu dieser Entscheidung beigetragen hat.]

Hat sie auch auf jeden Fall. Alleine schon deshalb, weil sie meine Freundin ist.

5. Welche Bedeutung hatte das TrainerInnenteam für Deine Entscheidung?

Hm, also die haben mich eigentlich gar nicht beeinflusst.

[Das heißt, Du hast Deine Entscheidung völlig unabhängig davon getroffen?]

Eben.

6. Unter welcher/welchen Voraussetzung/en hättest Du diesen AAT-Kurs beendet?

Ich glaube, wenn das zu einer anderen Tageszeit gewesen wäre.

[Welche Tageszeit wäre Dir denn genehm gewesen?]

(lacht) Mittags, so mittags zum Nachmittag hin, also, sagen wir halt von dreizehn Uhr oder zwölf Uhr an so.

[Damit Du abends Deine Parties weiter hättest besuchen können?]

Genau.

[Obwohl Du ja wusstest, dass an diesem Kurs auch Leute teilnehmen, die zur Schule gehen oder in der Ausbildung sind oder arbeiten.]

Ja, schon, da bin ich halt ein bisschen egoistisch.

[Hattest Du für Dich irgendwann mal eine Kosten-Nutzen-Analyse aufgestellt, dass Du Dich fragst, welchen Aufwand muss ich für ein halbes Jahr betreiben und welchen Vorteil hätte ich dann dafür auch über dieses halbe Jahr hinaus? Hast Du Dir das mal überlegt?]

Gar nicht, gar nicht hab ich mir das überlegt.

[Du klingst heute so, als würdest Du für Dich mehr Verantwortung übernehmen und Situationen realistischer einschätzen können als damals.]

Hm.

[Woran liegt das?]

Hauptanlass dafür war mein Aufenthalt drei Wochen in Hahnöfersand [Justizvollzugsanstalt; Anm. d. Verf.], und halt ich denke mal, dass ich vernünftiger geworden bin seit dieser Zeit in H-Sand [meint: Hahnöfersand; Anm. d, Verf.].

[Stand dieser Aufenthalt in H-Sand im Zusammenhang mit Deiner Nichtteilnahme am AAT?]

Der Hauptgrund war, weil ich keinen festen Wohnsitz hatte, weil ich da aus der Jugendwohnung rausgeflogen bin, wo ich gewohnt habe, und zweitens, weil ich nicht zum Gerichtstermin erschienen bin wegen der Sache hier, wegen der Auflagen und so, also weil ich nicht teilgenommen habe.

[So gesehen hat Deine Nichtteilnahme für Dich ja erhebliche negative Konsequenzen gehabt.]

Ja, ja, wenn man das so zurückverfolgt schon, ja.

[War Dir das damals in H-Sand sofort klar, dass Du durch Deine Einstellung ‚Lieber sechs Stunden Party als vielleicht vier Stunden AAT' Deine Freiheit verspielt hattest?]

Hm, das ist mir ziemlich schnell ziemlich drastisch klar geworden. Ich war auch ziemlich sauer auf mich da.

[Im Nachhinein muss man ja sagen, dass Du Glück hattest, dass Du nur drei Wochen in H-Sand gewesen bist. Das konntest Du ja vorher nicht wissen.]

Ja, stimmt, aber ich glaube, das mit den drei Wochen liegt nur daran, dass ich damals einen Brief an meine Richterin geschrieben habe.

[Der Brief war ernst gemeint?]

Hm.

[Und war Dir damals bereits klar, wenn Du noch mal eine Auflage zur Teilnahme am AAT erhälst, dass Du das dann auch durchziehst?]

Ja, das war mir auf jeden Fall klar.

[Das klingt so, als hätte dieser Knastaufenthalt Dich durchaus beeindruckt.]

Auf jeden Fall, ja.

[Danke, das war's dann mit dem Interview.]

Hm, ok dann.

Interview: 28/Namenskürzel: A.G. /Alter: 19

1. Was hat für Dich dagegen gesprochen, diesen AAT-Kurs durchzuführen?

Alkohol, ich hab damals zuviel getrunken.

[Und das machst Du jetzt nicht mehr?]

Nicht mehr soviel.

[Hast Du damals soviel getrunken, dass Du nicht einmal in der Woche zum AAT kommen konntest?]

Nein, aber ich hab getrunken und auch keine Lust so gehabt.

[Lieber Lust auf Alkohol?]

(lacht) Damals ja.

[Wann war denn ‚damals'?]

So vor einem halben Jahr etwa.

[Was hat sich denn seitdem verändert?]

Ich trinke weniger.

[‚Weniger' heißt nicht mehr soviel oder nicht mehr so oft?]
Beides. Jetzt nur so am Wochenende, aber nicht mehr sonst, wenn die Woche ist.

[Ok. Dann die nächste Frage.]

2. Wann hast Du die Entscheidung getroffen, diesen AAT-Kurs nicht bis zum Ende durchzuführen?

Gleich am Anfang. Ich war ja beim AAT am Anfang, und dann sollte ich jede Woche hierher kommen. Das war nicht gut.

[Was war daran ‚nicht gut'?]

Zuviel einfach.

[Jede Woche ein Termin zu einem festen Zeitpunkt ist Dir zuviel gewesen?]

Ja.

[Was hattest Du denn anderes zu tun?]

Gar nichts anderes (lacht).

[Und wieso war das dann ‚zuviel' für Dich?]

Weiß nicht. Ich wollte das ja auch gar nicht – ich musste das ja machen, hat das Gericht gesagt.

[Frage drei.]

3. *Warum hast Du Dich entschieden, diesen AAT-Kurs nicht bis zum Ende durchzuführen?*

Ja, lieber was anderes machen eben.

[Was denn zum Beispiel?]

Ja, so mit Freunden und so.

[Was genau hast Du denn mit Deinen Freunden gemacht?]

Getroffen und so.

[Was habt ihr gemacht, wenn ihr euch getroffen habt?]

Getroffen eben so und getrunken und Musik gehört.

[Und das war für Dich wichtiger, als am AAT teilzunehmen?]

Ja.

[Obwohl Du diesen Kurs als richterliche Weisung hattest?]

Wie ,richterliche Weisung'?

[Dass das Gericht gesagt hat: A., Du musst diesen Kurs machen, weil Du eine Bewährungsauflage hast.]

Ach so, ja, trotzdem, ja. Ich hab mich lieber mit Freunden getroffen, trotzdem.

[Ok. Dann die nächste Frage.]

4. *Wodurch bist Du angeregt (motiviert) worden, diesen AAT-Kurs nicht bis zum Ende durchzuführen?*

Was heißt angeregt?

[Dass Du sagst: Es gibt für mich einen Grund, lieber etwas anderes zu machen, als zum AAT zu gehen. Ich habe keine Lust dazu, sondern mache lieber etwas anderes.]

Klar, mach ich lieber was anderes.

[Und was war nun der Grund, der Dich dazu gebracht hat, eben nicht bis zum Ende beim AAT mitzumachen?]

Ja, Freunde eben und mit denen treffen.

[Wussten Deine Freunde, dass Du an so einem AAT-Kurs teilnehmen solltest?]

Ja.

[Und von denen hat niemand gesagt: ,A. geh da mal lieber hin, sonst musst Du vielleicht ins Gefängnis'?]

Nein, warum?

[Weil es Deine Freunde sind.]

Nein, egal. Ich geh da nicht hin. Keine Lust gehabt.

[Nicht mal deshalb Lust, um nicht in den Knast gehen zu müssen?]

Damals nicht so. Heute ja.

[Wieso ,heute ja'?]

Heute würde ich so was machen, sonst muss ich ja ins Gefängnis.

[Also dann doch lieber zum AAT als ins Gefängnis?]

Ja, natürlich. Ist doch auch besser, oder?

[Sicher. Das war damals auch schon besser, oder?]

(lacht) Ja, schon. Aber damals war irgendwie nicht so.

[Was war ,irgendwie nicht so'?]

Na ja, eben so, dass ich nicht wollte. Dass ich nicht gedacht hab, ich muss wirklich in das Gefängnis, wenn ich nicht mitmache.

[Das ist heute anders?]

Ja.

[Was ist denn heute anders?]

Richterin hat gesagt, ich muss jetzt mitmachen, sonst gibt es keine Bewährung bei mir.

[Das war damals doch auch schon so.]

Ja, aber damals hab ich gedacht, mal sehen, was passiert, wenn ich nicht hingehe.

[*Also hast Du das Ganze nicht so richtig ernstgenommen?*]
Ja. Aber jetzt ja.

[*Nächste Frage.*]

5. Welche Bedeutung hatte das TrainerInnenteam für Deine Entscheidung?

Wie Entscheidung?

[*Zu sagen, ich mache beim AAT mit oder nicht. Hatte das irgendwas mit den TrainerInnen zu tun, dass Du gesagt hast, wegen diesen Leuten mache ich da nicht mit?*]

Nein, nein, gar nicht. Ich wollte das nicht. Die Leute waren egal.

[*Wenn Du sagst: ‚Die Leute waren egal', bedeutet das dann, Deine Entscheidung hatte mit den TrainerInnen also gar nichts zu tun?*]

Nein, gar nichts. Wenn da andere Leute gewesen wären, hätte ich auch gesagt, da gehe ich nicht hin.

[*Und die letzte Frage.*]

6. Unter welcher/welchen Voraussetzung/en hättest Du diesen AAT-Kurs beendet?

Mitgemacht also?

[*Ja, genau.*]

Gar nicht. Wollte ich ja nicht. Oder wenn gleich Gefängnis gekommen wäre.

[*Wenn Du gleich ins Gefängnis gekommen wärest, hättest Du ja auch nicht mitmachen können.*]

(lacht) Ja, stimmt. Aber dann ja, wenn die gesagt hätten: ‚Mach jetzt den Kurs, sonst gehst Du ins Gefängnis!', dann vielleicht.

[Sonst gar nichts?]

Nein, nichts.

[Glaubst Du, dass Du diese Androhung ‚sonst gehst Du ins Gefängnis' so ernstgenommen hättest, dass Du zum AAT gegangen wärest?]

Weiß nicht, vielleicht nicht. Nur wenn ich weiß, ich muss wirklich ins Gefängnis.

[Mit anderen Worten: Du hättest wirklich erst eingesperrt werden müssen, damit Du weißt, die meinen das auch wirklich so.]

(lacht) Stimmt, Sie haben Recht, aber ist so.

[Dann sage ich danke für das Interview.]

Ja.

Interview: 29/Namenskürzel: S.T. /Alter: 19

1. Was hat für Dich dagegen gesprochen, diesen AAT-Kurs durchzuführen?

Stress – zuviel zu tun. Ich hab damals ja schon in der Firma von meinem Vater gearbeitet, das hatte ich ja erzählt. Und mein Vater hat immer schon so viel gearbeitet und mit seinem Herz kann er eigentlich nicht so viel arbeiten, aber aufhören kann er auch nicht. Und nun versuch ich eben, ihm einige Aufträge abzunehmen, damit er sich mal ausruhen kann. Wenn wir am Donnerstag [Sitzungstag für das AAT; Anm. d. Verf.] Aufträge haben, schaff ich das auch nicht immer, dass ich um 18.30 Uhr [Sitzungsbeginn; Anm. d. Verf.] hier bin. Und immer zu spät kommen geht ja auch nicht, das wollt ihr ja nicht (lacht).

[Also machst Du das ganz eindeutig daran fest, dass Du so viel arbeiten musstest, weil Du Deinen Vater unterstützen wolltest?]

Ja, genau – wollte und auch musste.

224

2. *Wann hast Du die Entscheidung getroffen, diesen AAT-Kurs nicht bis zum Ende durchzuführen?*

Wie Entscheidung? Ich wollte das ja so nicht, hab ich ja schon gesagt. Nur, wenn ich am Nachmittag noch einen Auftrag von einem Kunden von uns reinkriege, kann ich den ja nicht warten lassen. Und wenn das dann länger dauert und ich auch noch Material aus der Firma holen muss oder ich muss irgendwo in einen Baumarkt, weil noch irgendwelche Teile fehlen, dann passt das eben nicht immer so, dass ich zum AAT kommen kann. Und das habt ihr ja auch gleich in den ersten Sitzungen gesehen, dass ich nicht immer pünktlich sein kann. Und wenn ich dann pünktlich gewesen bin, bin ich direkt von einem Kunden dahin gekommen und hab mich noch nicht mal umgezogen; da bin ich dann in Arbeitssachen dahin gekommen und konnte nicht mal mehr duschen vorher.

[Stimmt, Du warst auch mal in Deinen Arbeitssachen dort erschienen.]

Ja. Und dann manchmal auch noch genervt, wenn alles immer so stressig war noch vorher.

3. *Warum hast Du Dich entschieden, diesen AAT-Kurs nicht bis zum Ende durchzuführen?*

Wie gesagt, ging einfach nicht immer. Ich hab das ja schon mal versucht hier, weil ich ja schon mal angemeldet war, und da hab ich das ja auch nicht gepackt, weil ich immer so lange arbeiten muss. Das hab ich auch dem Richter gesagt, aber der hat trotzdem gesagt, ich muss das hier machen. Nur ich riskier doch nicht, dass wir Kunden verlieren, weil ich Aufträge nicht annehmen kann. Das hat mein Vater alles mühsam aufgebaut und dann kann ich nicht einfach sagen, ich geh da heute nicht mehr hin, weil ich noch einen anderen Termin habe – das kann ich meinem Vater doch nicht antun.

[Obwohl Du wusstest, dass Du diesen Kurs als richterliche Weisung hattest?]

Egal. Meinen Vater lass ich nicht hängen, sonst dreht der richtig ab mit seinem Herz. Das hab ich meinem Richter ja auch gesagt, aber der meinte, ich muss das jetzt endlich machen, sonst geht mir die Bewährung kaputt.

[Das heißt, der Richter ist bei seiner Entscheidung geblieben.]

Egal. Ich hab's ja versucht, aber ging nicht.

4. Wodurch bist Du angeregt (motiviert) worden, diesen AAT-Kurs nicht bis zum Ende durchzuführen?

Die Arbeit war wichtiger für mich. Das ist ja immer noch so. Ich kann nicht riskieren, dass wir Aufträge verlieren. Mein Vater hat Schulden und die müssen auch noch zurückgezahlt werden. Da können wir uns gar nicht erlauben, dass wir Kunden verlieren. Und wenn der Richter meint, deswegen muss er mich in den Knast schicken, dann soll er das machen – seine Sache. Ich hab so schon genug Stress.

[Was bedeutet ‚genug Stress' in diesem Zusammenhang?]

Na ja, dass ich mir das eben nicht aussuchen kann, ob ich arbeiten will oder nicht. Wir brauchen das Geld, und dabei helfe ich meinem Vater, ist doch klar. Und ich arbeite manchmal 14 Stunden am Tag, das ist Stress, wissen Sie, was ich meine?

[14 Stunden Arbeit am Tag kann durchaus Stress bedeuten, ja.]

Sehen Sie.

5. Welche Bedeutung hatte das TrainerInnenteam für Deine Entscheidung?

Ob ich hier mitmache oder nicht oder aufhöre oder so?

[Ja, zum Beispiel.]

Gar nichts damit. Also, Sie waren jetzt nicht Schuld daran, dass ich hier nicht mitgemacht habe – im Gegenteil: Sie sind ja in Ordnung, das hab ich ja auch so beim Vorgespräch gesagt. Das ist echt nichts gegen Sie und die anderen. Passte eben einfach nicht mit dem Job. Sie hatten ja sogar gesagt, Sie kümmern sich auch um andere Sachen so, wenn man Ärger oder so hat, aber die Aufträge können Sie ja auch nicht für mich übernehmen (lacht).

6. Unter welcher/welchen Voraussetzung/en hättest Du diesen AAT-Kurs beendet?

Weiß nicht. Weniger Arbeit vielleicht oder andere Zeit. Aber das wäre ja auch nicht gegangen, da arbeite ich ja auch. Und am Wochenende wäre ja auch albern. Ne, kann ich echt nicht sagen.

[Die Uhrzeit, also ein anderer Termin, hätte also nichts geändert?]

Nein, gar nicht. Das einzige wäre eben gewesen mit weniger Arbeit, aber sonst nichts.

[S:, vielen Dank, dass Du Dir Zeit für dieses Interview genommen hast – danke.]

Kein Problem, die Zeit hab ich mir dann schon genommen (lacht).

Interview: 30/Namenskürzel: N.M./Alter: 18

1. Was hat für Dich dagegen gesprochen, diesen AAT-Kurs durchzuführen?

Ich hab's verpasst. Vergessen eben. War auch zuviel – jeden Montag [Sitzungstag für das AAT; Anm. d. Verf.] dahin. Außerdem wollte ich das ja auch gar nicht machen. Das kam ja von der Richterin. Verplant die meine Termine, echt.

[Hat Dir niemand erklärt, weshalb eine Teilnahme am AAT aus der Sicht anderer für Dich hätte sinnvoll sein können?]

Was heißt erklärt? Die meinen, ich tick zu oft aus oder so.

[Wie siehst Du das?]

Geht so. Wenn ich was getrunken hab, geht schon mal was, aber ich bin ja nicht immer nur betrunken.

[Wenn Du sagst: ‚Verplant die meine Termine' – was genau ist daran für Dich nicht in Ordnung?]

Ja, was soll das? Ich sag doch auch nicht zu der [Richterin; Anm. d. Verf.], wann sie wohin gehen soll oder nicht.

[Das stimmt wohl. Allerdings hatte das doch einen Hintergrund, dass beim Gericht diese Entscheidung getroffen worden ist, dass Du am AAT teilnehmen sollst.]

Und? Wegen der paar Sachen muss die doch nicht gleich so 'ne Nummer abziehen da.

[Was für ‚eine Nummer' war das denn?]

Ja, eben AAT und mit Knast gedroht.

[Mit Knast oder Arrest?]

Arrest war das, genau, aber trotzdem macht die da gleich auf Welle, nur weil sie meint, ich muss mal ein bisschen ruhiger werden. Als würde ich immer gleich austicken.

[Mit anderen Worten: Du schätzt das anders ein?]

Natürlich, ich bin doch eigentlich auch ruhig.

[Wie kam es zu den Straftaten?]

Ach, albern, da war mal 'ne Schlägerei und dann geht gleich so was. Und außerdem war ich betrunken damals.

[Was ja nichts daran ändert, dass es zumindest eine Körperverletzung gegeben hat.]

Ja, was heißt Körperverletzung, ich wollte das ja gar nicht – ich war weggetreten, das war alles.

[‚Weggetreten' – und dann hast Du zugetreten – oder?]

Ja, aber ich wurde ja auch geschlagen von dem und auch getreten – das war ja nicht nur ich.

[*Zumindest weißt Du, dass Du nicht unbeteiligt warst.*]

Hm.

2. Wann hast Du die Entscheidung getroffen, diesen AAT-Kurs nicht bis zum Ende durchzuführen?

Gar nicht eigentlich. Ich bin ja rausgeflogen, weil ich so oft gefehlt hab. Danach ging das ja nicht mehr; das haben Sie mir dann ja auch gesagt. Aber ich hätte das auch so nicht gepackt. Dann wäre ich eben später rausgeflogen. Ich wusste gleich, dass mir das zuviel wird, da jede Woche hinzugehen. Als Sie gesagt haben, das ist jede Woche, hab ich mir gleich gedacht: Ne, danke, das ist mir zu stressig.

[*Was meinst Du damit, wenn Du sagst: ,Das ist mir zu stressig'?*]

Ja, so jede Woche dahin. Immer pünktlich und so.

[*Verstehe ich das richtig, dass Dir dieser eine verbindliche Termin innerhalb einer Woche zuviel Stress verursacht hat?*]

Ja, hört sich vielleicht albern an, aber ist so.

[*Was hattest Du denn damals noch alles auf dem Zettel, dass Dir das ,zu stressig' gewesen ist?*]

So eigentlich gar nichts, also nicht so, dass das gar nicht gegangen wäre, aber mir war das eben einfach zuviel, da jede Woche hin zu müssen.

[*Was gab es denn noch an Terminen für Dich?*]

Ja, so eigentlich gar nichts. Also, ich hab ja nicht gearbeitet, nur mal so gejobbt, aber das war ja nur ab und zu mal bis nachmittags; dann hätte ich da schon hingehen können, aber dann war ich auch immer müde, wenn ich nach Hause gekommen bin, und gekifft hab ich ja auch noch und dann hab ich das eben verpasst damals.

[Was hast Du ‚gejobbt'?]

Ach, was heißt gejobbt, ich hab mal so ab und zu Prospekte ausgetragen – nichts Großes.

[Also das Taschengeld aufgebessert?]

Genau, 'n paar Euro so nebenbei.

[Also waren Deine Stressfaktoren: Müdigkeit und Kiffen.]

Ja, kann man so sagen.

[Dann sagen wir das so.]

3. Warum hast Du Dich entschieden, diesen AAT-Kurs nicht bis zum Ende durchzuführen?

Zuviel einfach. Das war es. Ich hatte keine Lust, hier jeden Montag herzukommen. Am Wochenende ist man immer unterwegs, da ist man am Montag doch viel zu müde, um sich das hier noch zu geben.

[Was wäre ‚das hier' gewesen?]

Na ja, hier die ganze Zeit sitzen und rumlabern – jedenfalls nicht, wenn man müde ist, das geht nicht.

[Und wenn Du sagst: ‚Am Wochenende ist man immer unterwegs', dann ist damit der Grund genannt, warum dieser Termin für Dich Stress bedeutet hätte?]

Ja, genau.

[Welchen Stress hätte das denn genau verursacht, wenn Du hier zum Training erschienen wärest?]

Dass ich eben hierher kommen sollte, obwohl ich das gar nicht wollte. Am Montag geht das doch gar nicht – so nach dem Wochenende, wenn man sich erst mal erholen muss.

[Wäre denn ein anderer Wochentag für Dich besser geeignet gewesen?]

Also, ganz ehrlich: Das wäre auch egal gewesen.

[Kurz gesagt: Lustlos bis in die Haarspitzen.]

Kann man so sagen, ja.

[Also kommt zum Kiffen jetzt noch die Anstrengung von den Parties dazu?]

Ja (lacht), kommt noch mit dazu.

4. Wodurch bist Du angeregt (motiviert) worden, diesen AAT-Kurs nicht bis zum Ende durchzuführen?

Da gab's nichts eigentlich. Ich hatte Besseres zu tun, als hierher zu kommen.

[Schlafen zum Beispiel?]

Ja, auch (lacht), aber nicht nur. Auch mal mit Freunden losziehen oder Kino oder so.

[Also warst Du doch nicht immer so müde nach dem Wochenende?]

Na ja, immer ja natürlich nicht, aber manchmal eben. Und eben auch keinen Bock.

[Mit anderen Worten: Deine Freizeit war Dir wichtiger als die Teilnahme am AAT?]

Kann man so sagen, ja. War einfach nicht mein Ding damals.

[Gab es in Deinem Umfeld Personen, die zu Dir gesagt haben, dass Du mit 18 Jahren eventuell ein wenig mehr Ernsthaftigkeit für bestimmte Dinge aufbringen solltest?]

Nicht so, und wenn, war mir das egal, was die gesagt haben.

[Heißt das, es gab solche Hinweise?]

Gab es, aber war mir dann auch egal.

[Von denen konnte Dich niemand überzeugen, dass eine Teilnahme möglich gewesen wäre, ohne auf Deine Freizeit total verzichten zu müssen?]

Ne, obwohl die das schon versucht haben.

[Was glaubst Du, war der Grund, dass die das versucht haben, Dich zu überzeugen?]

Keinen Plan, vielleicht weil die meinten, das könnte gut für mich sein.

[Warum könnten die geglaubt haben, ,das könnte gut für Dich sein'?]

Oh, warum? Warum? Vielleicht, weil ich dann doch mal merke, dass nicht immer alles so weitergehen kann.

[Wie denn zum Beispiel?]

Na ja, eben so gar nichts machen und immer nur so rumhängen eben.

[Mit dem ,Rumhängen' bezeichnest Du jetzt das, was vorhin für Dich ,Freizeit' war?]

Rumhängen, Freizeit – ist für mich dasselbe, ja.

[Was ist denn überhaupt als Ausbildung oder Job geplant bei Dir?]

Im Moment ist da erst mal wieder Pause.

[,Pause' bedeutet, Du bist arbeitslos?]

Ja.

5. Welche Bedeutung hatte das TrainerInnenteam für Deine Entscheidung?

Nichts damit, dass ich nicht mitgemacht habe. Das lag nur an mir, nicht an anderen; also nicht an Ihnen und den anderen beiden [TrainerInnen; Anm. d. Verf.] da.

[Das klingt eindeutig.]

Ja, war auch so.

6. Unter welcher/welchen Voraussetzung/en hättest Du diesen AAT-Kurs beendet?

Keine Ahnung. Ich glaub ganz ehrlich, das wäre gar nicht gegangen. Ich wollte ja auch nicht. Gar nichts, keine Ahnung.

[Wundert Dich das aus heutiger Sicht?]

Dass ich damals nicht wollte?

[Ja. Und vor allem wie hartnäckig Du Deine Lustlosigkeit erwähnst?]

Was soll's? War ja so.

[Und wundert Dich das?]

Ach so, ne, gar nicht.

[Ich sage danke schön, dass Du Dich zu diesem Interview bereit erklärst hast. Danke.]

Kein Problem, gern geschehen.

Literatur

Ahrbeck, B.: Kinder brauchen Erziehung. Die vergessene pädagogische Verantwortung. Stuttgart 2004.

Albrecht, P.-A./Lamnek, S.: Jugendkriminalität im Zerrbild der Statistik. München 1979.

Ansen, H.: Methodik der Sozialen Beratung zwischen Wissen und Können. In: standpunkt: sozial 2 + 3/2011, S. 18 – 32.

Bandura, A.: Aggressionen: eine sozial-lerntheoretische Analyse. Stuttgart 1979.

Bloeß, I./Baumann, U./Laube, M.: „Das Gute daran ist das Gute darin!" In: Weidner, J./Kilb, R./Kreft, D. (Hrsg.): a.a.O., S. 97 – 118.

Bock, M.: Kriminaldiagnostik in der Angewandten Kriminologie und ihre Bezüge zur Konfrontativen Pädagogik, in: Weidner, J./Kilb, R. (Hrsg.): a.a.O., S. 392 – 401.

Boeger, A. (Hrsg.): Jugendliche Intensivtäter. Wiesbaden 2011.

Böhnisch, L.: Abweichendes Verhalten. Eine pädagogisch-soziologische Einführung. Weinheim und München 1999.

Bollnow, O. F.: Pädagogische Anthropologie als Integrationskern der allgemeinen Pädagogik. In: Flitner, A./Scheuerl, H. (Hrsg.): a.a.O., S. 196 – 207.

Brantschen, N.: Vom Vorteil, gut zu sein. München 2005.

Brecht, B.: Lektüre für Minuten. Auswahl und Nachwort von Günter Berg. Frankfurt am Main 1998.

Brunner, E. J./Rauschenbach, T./Steinhilber, H.: Gestörte Kommunikation in der Schule – Analyse und Konzepte eines Interaktionstrainings. München 1978.

Buber, M.: Reden über Erziehung. Heidelberg 1953.

Büchner, P.: Generation und Generationsverhältnis. In: Krüger, H.-H./Helsper, W.: a.a.O.: S. 253 – 261.

Büchner, R.: Gewalt fordert uns in der Haltung heraus!, in: Friedrich-Ebert-Stiftung (Hrsg.): a.a.O.: S. 41 – 57.

Bundesministerium des Innern (Hrsg.): Polizeiliche Kriminalstatistik 2011. Berlin 2012.

Cialdini, R. B.: Die Psychologie des Überzeugens. Bern 2006.

Colla, H. E.: Konfrontative Pädagogik – Impulse der Glen Mills School und Chance ihrer Übertragbarkeit. In: Hörmann, G. /Trapper, T. (Hrsg.): Konfrontative Pädagogik im intra- und interdisziplinären Diskurs. Baltmannsweiler 2007, S. 33 – 74.

Ders.: Personale Dimension des (sozial-)pädagogischen Könnens – der pädagogische Bezug. In: Colla, H. E./Gabriel, T./Millham, S./Müller-Teusler, S./Winkler, M. (Hrsg.): a.a.O., S. 341 – 362.

Colla, H. E./Gabriel, T./Millham, S./Müller-Teusler, S./Winkler, M. (Hrsg.): Handbuch Heimerziehung und Pflegekinderwesen in Europa. Neuwied 1999.

Combe, A./Helsper, W. (Hrsg.): Pädagogische Professionalität. Untersuchungen zum Typus pädagogischen Handelns. Frankfurt am Main 1996.

Dollinger, B.: Jugendkriminalität als Kulturkonflikt. Wiesbaden 2010.

Dollinger, B./Schmidt-Semisch, H. (Hrsg.): Handbuch Jugendkriminalität. Wiesbaden 2010.

Duden: Fremdwörterbuch, 10., aktualisierte Auflage. Mannheim, Zürich 2011.

Feuerhelm, W./Eggert, A.: Evaluation des Anti-Aggressivitäts-Trainings und des Coolnesstrainings. Mainz 2007.

Fischer, M./Röttger, M.: „Er bereitet sich auf ein anderes Leben vor". Interview mit Rolf Becker. In: Hamburger Abendblatt Sonntags vom 11.02.2007, S. 4/5.

Flitner, A.: Konrad, sprach die Frau Mama... Über Erziehung und Nicht-Erziehung. Weinheim und Basel 2004.

Flitner, A./Scheuerl, H. (Hrsg.): Einführung in pädagogisches Sehen und Denken. Weinheim und Basel 2000.

Frenzel, M./Gaertner, R.: Blutige Rache auf der Flaniermeile. In: Hamburger Morgenpost vom 29.05.2011, S. 9.

Froschauer, U./Lueger, M.: Das qualitative Interview. Wien 2003.

Geissler, E. E.: Autorität, in: Flitner, A./Scheuerl, H. (Hrsg.): a.a.O.: S. 76 – 87.

Giesecke, H.: Das „Ende der Erziehung". Ende oder Anfang pädagogischer Professionalisierung?, in: Combe, A./Helsper, W. (Hrsg.): a.a.O.: S. 391 – 403.

Gläser, J./Laudel, G.: Experteninterviews und qualitative Inhaltsanalyse. Wiesbaden 2004.

Günter, M.: Anlehnung und Autonomie, Kontrollbedürfnis und Risikobereitschaft, Sexualität und Gewalt. Zur Normalität und Pathologie adoleszenter Entwicklungsprozesse. In: ZJJ 1/2011, S. 15 – 24.

Guggenbühl. A.: Was ist mit unseren Jungs los? Freiburg im Breisgau 2011.

Hassemer, W.: Warum Strafe sein muss. Ein Plädoyer. Berlin 2009.

Hein, K.-C.: Rechtswissenschaftliche Aspekte konfrontativen Handelns, in: Weidner, J./Kilb, R. (Hrsg.): a.a.O., S. 58 – 69.

Heitkamp, S.: Gewaltexzess am Vatertag. In: Die Welt vom 04.06.2011, S. 32.

Helfferich, C.: Die Qualität qualitativer Daten. Wiesbaden 2004.

Herbart, J. F.: Sämtliche Werke, Band 2. Aalen 1964.

Hörmann, G./Trapper, T. (Hrsg.): Konfrontative Pädagogik im intra- und interdisziplinären Diskurs. Baltmannsweiler 2007.

Iksanov, A./Gaertner, R.: Koma-Prügler: Sie sind erst 17 Jahre alt! In: Hamburger Morgenpost vom 19.04.2012, S. 8.

Kilb, R.: Begriffsverständnis und Platzierung „Konfrontativer Pädagogik" im gesellschaftlichen Diskurs. In: Weidner, J./Kilb, R. (Hrsg): a.a.O., S. 30 – 46.

Ders.: ‚Konfrontative Pädagogik' als professionelle Balance zwischen Verstehen und Grenzen setzender Intervention In: Boeger, A. (Hrsg.): a.a.O., S. 59 – 83.

Ders.: Jugendgewalt im städtischen Raum. Wiesbaden 2009.

Ders.: Der Einsatz konfrontativer Techniken bei Ablöseprozessen Jugendlicher in pädagogischen Maßnahmen und Einrichtungen. In: Weidner, J./Kilb, R. (Hrsg.): a.a.O.: S. 149 – 163.

Kilb, R./Weidner, J.: Möglichkeiten und Grenzen des Anti-Aggressivitäts- und Coolness-Trainings – Aktuelle Auswertungen. In: Weidner, J./Kilb, R./Jehn, O. (Hrsg.): a.a.O.: S. 85 – 100.

König, E./Zedler, P.: Theorien der Erziehungswissenschaft. Weinheim und Basel 2002.

Dies. (Hrsg.): Qualitative Forschung. Weinheim 2002.

Krüger, H./Helsper, W. (Hrsg.): Einführung in Grundbegriffe und Grundfragen der Erziehungswissenschaft. Wiesbaden 2004.

Kunstreich, T.: antiGEWALTiges Training. In: Sozialextra Mai/Juni 2000, S. 35 – 39.

Kurzberg, B.: Jugendstrafe aufgrund schwerer Kriminalität. Freiburg i. Br.; Berlin 2009.

Lamnek, S.: Qualitative Interviews. In: König, E./Zedler, P. (Hrsg.): a.a.O., S. 157 – 193.

Leutner, C.: Praxisevaluation auf dem Prüfstand am Beispiel von Gewaltpräventionsprojekten. Köln 2010.

Maelicke, B.: Ambulante Alternativen zum Jugendarrest und Jugendstrafvollzug. Weinheim 1988.

Meyer, C.: „Freunde sind Fremde, die sich finden" – Liebe und Freundschaft im Generationenverhältnis in der Sozialen Arbeit. In: Meyer, C./Tetzer, M./Rensch, K. (Hrsg.): Liebe und Freundschaft in der Sozialpädagogik. Personale Dimension professionellen Handelns. Wiesbaden 2009, S. 53 – 73.

Mollenhauer, K.: Kinder und ihre Erwachsenen. In: Flitner, A./Scheuerl, H. (Hrsg.): a.a.O., S. 66 – 75.

Motamedi, S.: Konfliktmanagement. Vom Konfliktvermeider zum Konfliktmanager. Offenbach 1999.

Müller-Teusler, S./Colla, H. (Hrsg.): Die Person als Organon in der Sozialen Arbeit. Wiesbaden 2012.

Naplava, T.: Jugendliche Intensiv- und Mehrfachtäter. In: Dollinger, B./Schmidt-Semisch, H. (Hrsg): a.a.O., S. 293 – 306.

Nix, C./Möller, W./Schütz, C.: Einführung in das Jugendstrafrecht für die Soziale Arbeit. München 2011.

Nohl, H.: Die pädagogische Bewegung in Deutschland und ihre Theorie. Frankfurt/Main 1957.

Ders.: Jugendwohlfahrt. Sozialpädagogische Vorträge. Leipzig 1927.

Ohlemacher, T./Sögding, D./Höynck, T./Ethné, N./ Welte, G.: „Nicht besser, aber auch nicht schlechter". In: Weidner, J./Kilb, R./Jehn, O. (Hrsg.): a.a.O., S. 112 – 128.

Petri, H.: Der Verrat an der jungen Generation. Freiburg im Breisgau 2002.

Plewig, H.-J.: „Konfrontative Pädagogik". In: Dollinger, B./Schmidt-Semisch, H. (Hrsg.): a.a.O., S. 427 – 439.

Robertz, F. J./Wickenhäuser, R.: Kriegerträume. Warum unsere Kinder zu Gewalttätern werden. München 2010.

Rousseau, J.-J.: Emil oder: Über die Erziehung. Paderborn 1998.

Rückert, S.: Zur falschen Zeit am falschen Ort. In: Zeit-Magazin Nr. 5/2011, S. 10 – 18.

Rzepka, D.: Anti-Aggressivitäts-Training – Anmerkungen aus verfassungsrechtlicher und kriminologischer Sicht. In: Unsere Jugend 3/2004, S. 126 – 137.

Schaller, B.: Die Macht der Sprache. Wien 2005.

Schaller, R.: Wege, an sie ranzukommen. Weinheim und München 2005.

Schanzenbächer, S.: Anti-Aggressivitäts-Training auf dem Prüfstand. Herbolzheim 2003.

Schawohl, H.: Außerschulisches Anti-Aggressivitäts-Training für gewaltbereite sowie gewalttätige Jugendliche und junge Heranwachsende. In: Fingerle, M./Grumm, M. (Hrsg.): Prävention von Verhaltensauffälligkeiten bei Kindern und Jugendlichen. München 2012, S. 70-82.

Ders.: Aspekte der Klienten-Motivierung beim Anti-Aggressivi-täts-Training/Coolness-Training. In: standpunkt: sozial 2 +3/2011, S. 165 – 172.

Ders.: Kommunikative Kompetenz im Kontext der Konfrontativen Pädagogik. In: Weidner, J./Kilb, R. (Hrsg.): a.a.O., S. 157 – 166.

Ders.: Die Motivation der Klienten. In: Weidner, J./Kilb, R. (Hrsg.): a.a.O., S. 182 – 190.

Ders.: Vom Behandlungszwang zur Freiwilligkeit. Eine Evaluation des Entwicklungsprozesses von der sekundären zur primären Behandlungsmotivation bei Gewalttätern. Göttingen und Lüneburg 2009.

Ders.: Sprich mit ihnen – von Mensch zu Mensch! In: Unsere Jugend 3/2004, S. 99 – 106.

Ders.: Konfrontation provoziert prosoziales Verhalten. Anti-Aggressivitäts-Training soll Jugendliche zur Biographie-Erweiterung motivieren. In: ZJJ 3/2003, S. 271 – 277.

Schleichert, H.: Wie man mit Fundamentalisten diskutiert, ohne den Verstand zu verlieren. Anleitung zum subversiven Denken. München 1997.

Schmid, T./Lenz, S.: „Journalist – um erzählen zu können", in: Die Welt, 02.04.2011, WR 3 – 4.

Schnabel, U.: Die heilende Kraft der Beziehung. In: Die Zeit Nr. 27/2006, S. 33.

Schneider, S.: Vorwort. In: Leutner, C.: Praxisevaluation auf dem Prüfstand am Beispiel von Gewaltpräventionsprojekten. Köln 2010, S. 7/8.

Schneider, K./Schmalt, H.-D.: Motivation. Stuttgart 2000.

Scholl, A.: Die Befragung. Konstanz 2003.

Schulz von Thun, F.: Miteinander reden 1: Störungen und Klärungen. Reinbek bei Hamburg 1997.

Sitzer, P.: Jugendliche Gewalttäter. Weinheim und München 2009.

Steiner, O.: Über den Sinn von Gewalt. Wiesbaden 2011.

Storch, M./Riedener, A.: Ich pack's! – Selbstmanagement für Jugendliche. Ein Trainingsmanual für die Arbeit mit dem Zürcher Ressourcen Modell. Bern 2005.

Strafgesetzbuch: Sonderausgabe mit Auszügen aus dem Jugendgerichtsgesetz. München 2004.

Streek, U.: Braucht soziale Arbeit mit dissozialen Jugendlichen psychotherapeutisches Wissen? In: ZJJ 1/2012, S. 57 – 60.

Streit, P.: Jugendkult Gewalt. Wien 2010.

Tausch, R./Tausch, A.-M.: Erziehungspsychologie. Psychologische Prozesse in Erziehung und Unterricht. Göttingen 1973.

Thiersch, H.: Sozialarbeit zwischen Expertentum und Selbsthilfe, in: Kleiber, D./Rommelspacher, B. (Hrsg.): Die Zukunft des Helfens. Weinheim und München 1986, S. 241 – 263.

Ulrich, B.: Das Potential der Ambulanten Maßnahmen. Arbeitskreis beim 28. Deutschen Jugendgerichtstag: „Achtung (für) Jugend! Praxis und Perspektiven der Jugendkriminalrechtspflege". Münster, 11. – 14.09.2010.

Voss, J.: Was ist eigentlich der Placebo-Effekt? In: emotion 02/2007, S. 102/103.

Weber, W.: Wege zum helfenden Gespräch: Gesprächspsychotherapie in der Praxis. München 2005.

Weidner, J.: Das Anti-Aggressivitäts-Training (AAT®) zur Behandlung gewalttätiger Intensivtäter. In: Boeger, A. (Hrsg.): a.a.O., S. 85 – 109.

Ders.: Konfrontation mit Herz: Eckpfeiler eines neuen Trends in Sozialer Arbeit und Erziehungswissenschaft. In: Weidner, J./Kilb, R. (Hrsg.): a.a.O.: S. 11 – 23.

Weidner,J./Kilb, R. (Hrsg.): Handbuch Konfrontative Pädagogik. Weinheim und München 2011.

Dies. (Hrsg.): Konfrontative Pädagogik. Konfliktbearbeitung in Sozialer Arbeit und Erziehung. Wiesbaden 2004.

Weidner, J./Kilb, R./Jehn, O. (Hrsg.): Gewalt im Griff, Band 3. Weiterentwicklung des Anti-Aggressivitäts- und Coolness-Trainings. Weinheim, Basel, Berlin 2010.

Weidner, J./Kilb, R./Kreft, D. (Hrsg.): Gewalt im Griff 1: Neue Formen des Anti-Aggressivitäts-Trainings. Weinheim und München 2004.

Widulle, W.: Gesprächsführung in der Sozialen Arbeit. Wiesbaden 2011.

Wustmann, C.: Resilienz. Widerstandsfähigkeit von Kindern in Tageseinrichtungen fördern. Weinheim und Basel 2004.

Zimbardo, P. G.: Psychologie. Augsburg 1995.